本書出版得到國家古籍整理出版專項經費資助
本書爲全國高等院校古籍整理研究工作委員會規劃項目

中國古典文學基本叢書

王惲全集彙校

第一册

〔元〕王惲 著
楊亮 鍾彦飛 點校

中華書局

圖書在版編目(CIP)數據

王惲全集彙校/(元)王惲著;楊亮,鍾彦飛點校.—北京:中華書局,2013.11
(中國古典文學基本叢書)
ISBN 978-7-101-09224-0

Ⅰ.王… Ⅱ.①王…②楊…③鍾… Ⅲ.中國文學-古典文學-作品綜合集-元代 Ⅳ.I214.72

中國版本圖書館CIP數據核字(2013)第042190號

責任編輯:張 耕

中國古典文學基本叢書
王惲全集彙校
(全十册)
〔元〕王 惲 著
楊 亮 鍾彦飛 點校
*
中 華 書 局 出 版 發 行
(北京市豐臺區太平橋西里38號 100073)
http://www.zhbc.com.cn
E-mail:zhbc@zhbc.com.cn
北京瑞古冠中印刷廠印刷
*
850×1168毫米 1/32 · 155⅞印張 · 26插頁 · 3200千字
2013年11月第1版 2013年11月北京第1次印刷
印數:1-2000册 定價:480.00元

ISBN 978-7-101-09224-0

圖一　王秋澗先生小像（四部叢刊初編影印明弘治本《秋澗先生大全文集》卷首）

圖二　秋澗圖（四部叢刊初編影印明弘治本
《秋澗先生大全文集》卷首）

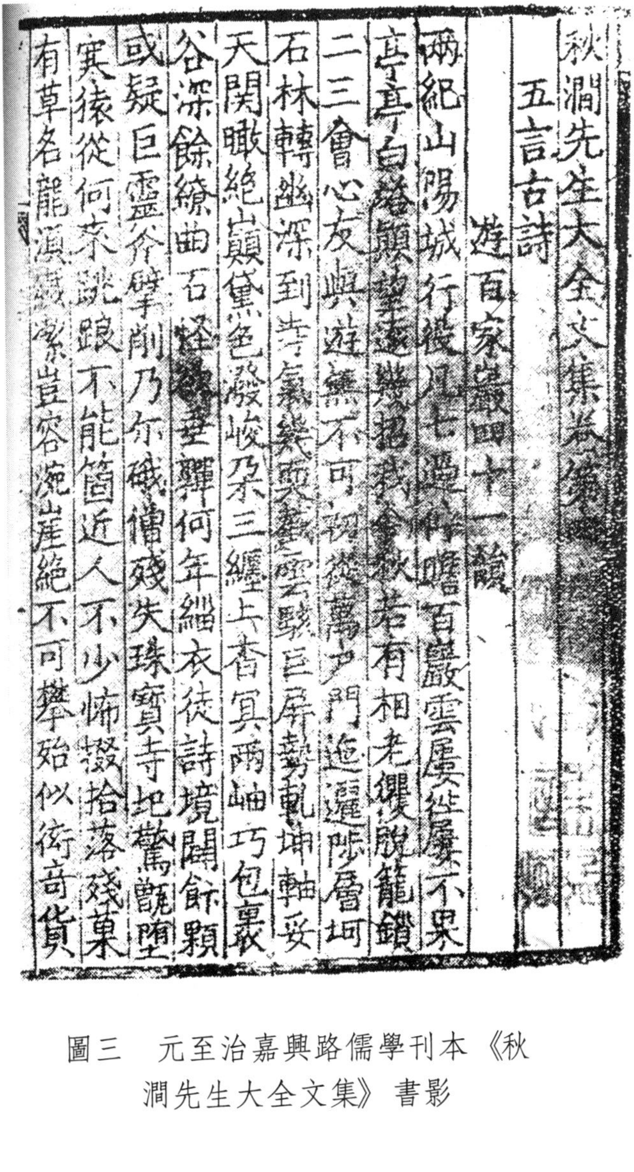
秋澗先生大全文集卷第五

五言古詩

遊百家巖四十一韻

兩紀山陽城行役凡七過時瞻百巖雲屢從屢不果
亭亭白石顛望遠幾招我會秋若有相老僕脫籠鎖
二三會心友與遊無不可翻從萬戶門迤邐陟層坷
石林轉幽深到寺氣幾變重雲駭巨屏勢軋坤軸妥
天關瞰絕巘巔黛色潑峻朶三纏上杳冥兩岫巧包裹
谷深餘繚曲石徑委垂彈何年緇衣徒詩境闢餘顆
或疑巨靈斧擘削乃介破僧殘失珠寶寺地鷲甌墮
寒猿從何來跳踉不能箇近人不少怖掇拾落殘菓
有草名龍鬚濺紫豈容施崖絕不可攀殆似衒奇貨

圖三　元至治嘉興路儒學刊本《秋澗先生大全文集》書影

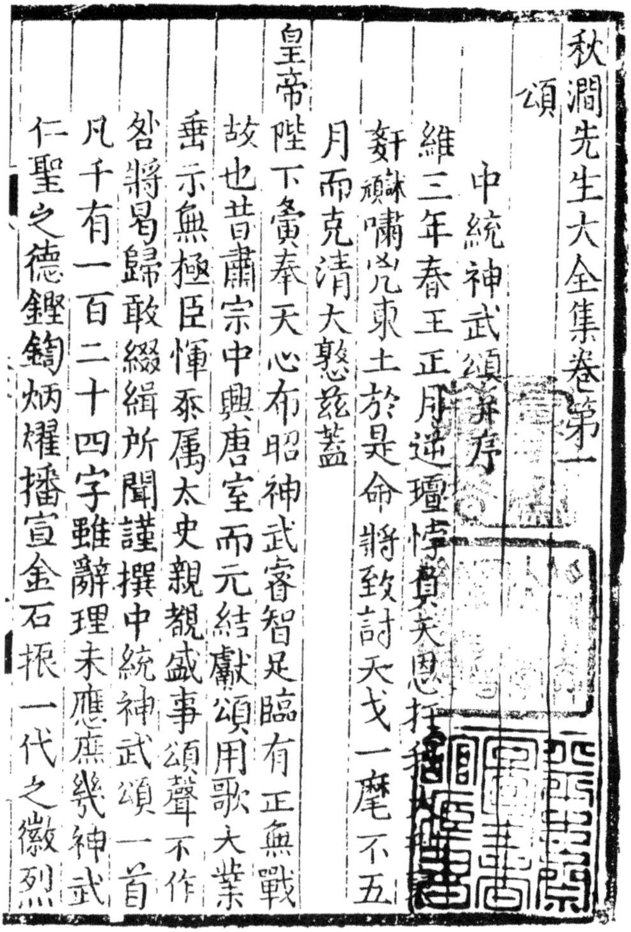
秋澗先生大全集卷第一

頌

中統神武頌并序

維三年春王正月逆璮悖負天恩扞據豻獄嘯兇東土於是命將致討天戈一麾不五月而克清大憝茲蓋

皇帝陛下奮奉天心布昭神武睿智足臨有正無戰故也昔肅宗中興唐室而元結獻頌用歌大業垂示無極臣惲忝屬太史親覩盛事頌聲不作豈將曷歸敢綴緝所聞謹撰中統神武頌一首凡千有一百二十四字雖辭理未應庶幾神武仁聖之德鏗鍧炳燿播宣金石振一代之徽烈

圖四　明弘治刊本《秋澗先生大全文集》書影

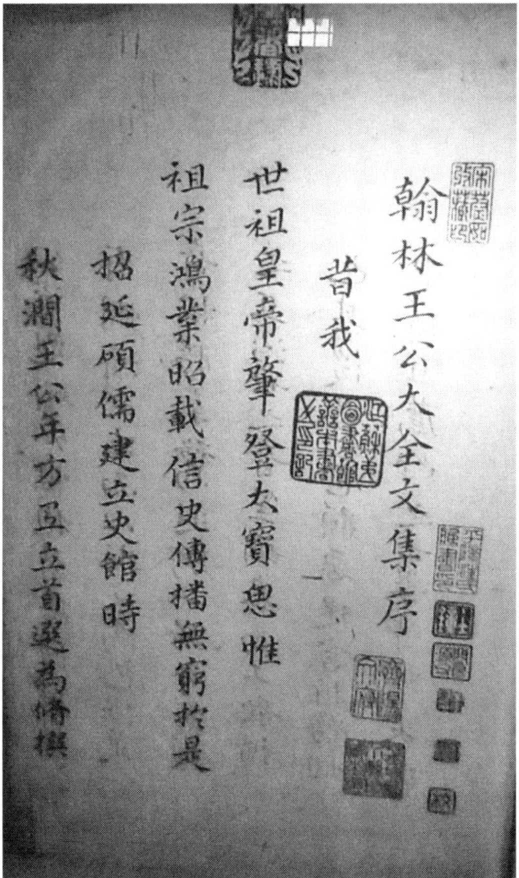

翰林王公大全文集序
昔我
世祖皇帝肇登大寶思惟
祖宗鴻業昭載信史傳播無窮於是
招延碩儒建立史館時
秋澗王公年方亞立首選爲脩撰

圖五　清丁丙跋、宋賓王鈔校本《秋澗先生大全文集》書影（原書現藏南京圖書館）

圖六　王惲墓遺址（今河南省衛輝市八
里屯附近　楊　亮攝）

圖七　秋澗讀書處遺址（今河南省衛輝市北
太公泉村附近　楊　亮攝）

圖八　王惲書《棲巖寺碑》拓片（國家圖書館「中國歷代石刻拓本匯編」第四八冊）

圖九　王惲書《漢柏詩》拓片（現藏國家圖書館）

圖十　王惲書《青巖山道院記》碑刻（現存河南省淇縣雲夢山　霍德柱攝）

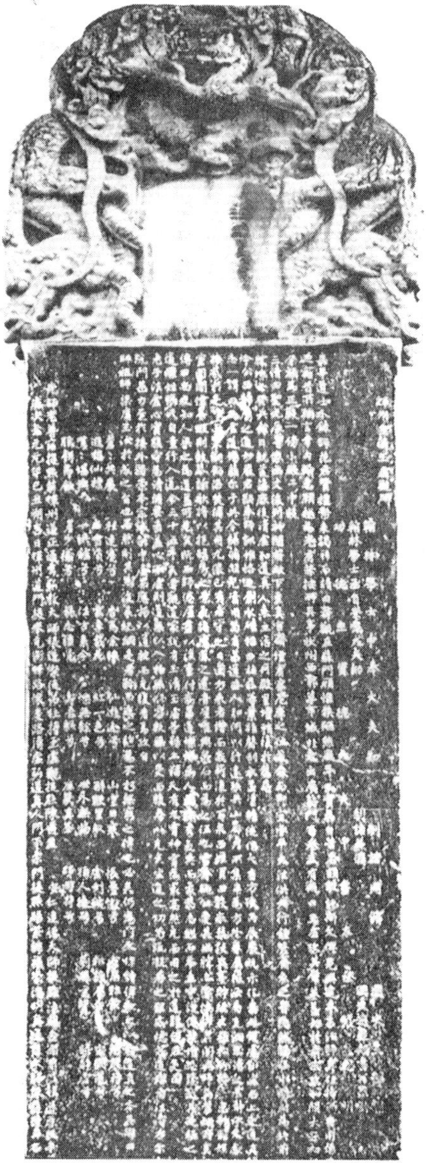

圖十一　王惲撰、趙孟頫書《輝州重修玉虚觀碑》碑刻（現存河南省輝縣市百泉）

前言

一、王惲生平仕履

王惲，字仲謀，號秋澗，衛州汲縣（今河南省衛輝市）人。承其父王天鐸「吾已錯，斷不容再，寒殍死，無吏習，能一至於道，以儒素起家，吾歿則瞑目矣」之訓〔一〕，用功於儒業，其子王公孺於《王公神道碑銘》亦言：「自少至老，未嘗一日不學，易簀方停筆。」〔二〕問學於永年先生（王磐）、元遺山（元好問），習經世實用之學，治史爲文深得永年先生真傳。中統初，經姚樞推薦，召爲翰林修撰。至元五年，拜監察御史。九年，陞平陽路判官。十四年，入爲翰林待制，歷河南、燕南、山東憲副，所至皆有聲。至元二十六年，陞福建憲使，明年以疾歸。至元二十九年，起爲翰林學士。大德五年致仕。大德八年卒，年七十八，謚文定。

王惲之卒年，《元史》卷一六七《王惲傳》：「大德八年六月卒。贈翰林學士承旨、資善大夫，追封太原郡公。」〔三〕王公孺《王公神道碑銘》：「不幸於大德甲辰歲六月辛丑以疾薨於私第正寢之春露堂，享年七十有八。越九月己酉葬。」〔四〕大德甲辰歲，即一三〇四年，亦即大德八年，當爲確説。

王惲之生年，學界仍有争論，所見有三説：《中國大百科全書》（中國文學卷）〔五〕、唐圭璋《全金元詞》〔六〕、蔣星煜《元曲鑒賞辭典》等作一二二八年（按，即金正大五年）〔七〕，《辭源》〔八〕、《中國文學家辭典》（遼金元卷）〔九〕、鄧紹基《元代文學史》斷爲一二二七年（按，即金正大四年）〔一〇〕，王季思主編《元散曲選注》〔一一〕、卜鍵主編《元曲百科大辭典》則認爲是一二二六年（按，即金正大三年）〔一二〕。於以上之三説，豐家驊于《胡祗遹卒年和王惲生年考》考定爲一二二六年〔一三〕，鄭海濤先生《元人王惲生卒年考——兼與豐家驊先生商榷》則提出當生於一二二七年〔一四〕，各有理由。豐先生推斷没有將虚歲計入，今從王惲子王公孺「享年七十有八」及鄭海濤先生意見，定王惲生年爲金正大四年，即一二二七年。

另，關於王惲是否在元大德五年（一三〇一）以翰林承旨學士致仕，臺灣袁冀先生考證，《元史》所謂「大德元年，進中奉大夫。二年，賜鈔萬貫。乞致仕，不許。五年，再上章求退，遂授其子公孺爲衛州推官，以便養，仍官其孫笴秘書郎。大德八年六月卒」中「五年」之説爲大德二年又過五年之意，即大德七年（一三〇三）致仕，明年卒〔一五〕。並舉陳儼所作《故翰林學士秋澗王公哀挽詩序》中「内翰王公謝事之明年，終命於家」以爲證〔一六〕。觀《秋澗集》内所作文，最晚者僅至大德五年（一三〇一），除此外便没有直接之證據以證袁冀先生「五年」之説，故特備其説於此。

王惲曾祖王經，隱居，謚文元先生；曾祖妣吕氏，臨清大家。祖父王宇，贈集賢侍讀學士、大中大夫，追封太原郡侯，謚敏懿；祖妣孟氏、韓氏，並追封太原郡夫人。父王天鐸（一二〇二—一二五七），字振之，號思淵子，金末官户部主事，元憲宗七年卒，年五十六，贈正奉大夫、大司農卿，追封太原郡公，謚莊靖；顯妣靳氏，追封太原郡夫人。妻推氏（一二二七—一二八六），共城人，至元二十三年卒，年六十，追封太原郡夫人。長子王公孺，生卒年不詳，字紹卿，至元三十一年（一二九四）任秘書監著作佐郎，大德二年（一二九八）進著作郎，歷翰林應奉，延祐間出知潁州，至治元年（一三〇八）爲翰林待制。孫王笴，一二七五年生，卒年不詳，小名韃郎，字君貢，大德七年（一三〇三）任秘書郎，延祐六年（一三一九）累遷刑部郎官。

二、王惲著述考敘

王惲終身勤於筆耕，著作豐富，據其子王公孺所撰《王公神道碑銘》：「平昔著《相鑑》五十卷，《汲郡志》十五卷，其《承華事略》、《守成事鑑》、《中堂事記》、《烏臺筆補》、《玉堂嘉話》，賦、頌、詔、誥、表、啓、書、疏、詩、文、碑、志、銘、贊、樂府，號《秋澗大全文集》者，一百卷。」〔一七〕《元史》卷一六八《王惲傳》言：「其著述有《相鑑》五十卷、《汲郡志》十五卷、《承華事略》、《中堂事記》、《烏臺筆補》、《玉堂嘉話》，並雜著詩文，合爲一百卷。」〔一八〕（按，中華書局本《元史》此處標點有誤，合爲一百卷者，即《秋澗集》，所收僅《承華事略》、《中堂事記》、《烏臺筆補》、《玉堂嘉話》並雜著詩文，《相鑑》、《汲郡志》未收入，當與《秋澗集》並列，不當與集內書籍一並用頓號。）另，我們通過翻閲《秋澗先生大全文集》所收一些序跋還發現，王惲生平著作當遠不止上述數量，《王氏藏書目録》、《文府英華》等十部書今均不見存，當亡佚日久。但由序文窺其提要可知，這些書籍內容龐雜，涵蓋面廣泛，可見王惲生平行誼、學問之特點，便於我們對於其人有更全面的認識。姑以四部叢刊本《秋澗先生大全集》（以下簡稱《秋澗集》）序文收録順序繫之。

（一）《秋澗集》

《秋澗集》一百卷，卷一爲頌、賦，卷二至卷三四爲詩，卷三五爲書、議，卷三六至四三爲記、序，卷四四至卷四六爲雜著，卷四七至卷七〇爲行狀、碑、銘、贊、傳、文、箴、表、啓、疏，卷七一至卷七三爲題跋，卷七四至卷七七爲樂府，卷七八至卷七九爲《承華事略》，卷八〇至卷八二爲《中堂事記》，卷八三至卷九二爲《烏臺筆補》，卷九三至卷一〇〇爲《玉堂嘉話》。此集流傳至今，最早的本子爲元至治初刊本，其餘主要本子還有明弘治十一年刊本、清四庫全書本、清影鈔本。

據《秋澗集》後序知，王惲大德八年（一三〇四）死後，其子王公孺爲之整理遺稿，以體分類，編次爲一百卷。編成後家貧無力刊播，直到王惲逝世十五年後之延祐六年（一三一九），長孫王笴取王惲遺稿，告之公孺：「朝廷公議：先祖資善府君，平生著述，光明正大，關係政教，嘗蒙乙覽，致有弘益。堂移江浙行省給公帑刊行，以副中外願見之心。」〔一九〕具體聖旨內容可參見元刊本前制詞，陸心源《皕宋樓藏書志》卷九七有收録〔二〇〕。至治元年（一三二一）依中書省議，王惲《秋澗集》依郝經《陵川文集》例，書稿移至江浙行省，召嘉興路儒學刊行二十部，所需資費從儒學學田錢糧內支取。（儒學路刻書爲元代書籍傳播之一大途徑，莫伯驥《羣書跋文》卷三在收録《秋澗集》殘卷題跋時〔二一〕，曾引有明代陸深《儼山外集》卷一二〔二二〕，詳言元代儒學刊書之特點。）

至治二年（一三二二），《秋澗先生大全文集》刊刻完畢，現存元刊本前題詞葉末有「右計其工役，始於至治辛酉之三月，畢於至治壬戌之正月」三行。又有「嘉興路司吏楊恢監督，嘉興路儒學路學録余元第董工，前蘭溪州判唐泳涯校正」三行。至治元年刊本由於印數較少，故流傳範圍較小，得之不易。到成化五年（一四六九）劉昌提學河南，編纂《中州名賢文表》時稱：

昌至衛，訪之不可得，最後於史參政坐間，參政舉《玉堂嘉話》數事，顧謂昌曰：「此在王文定公集中，集板在嘉興，可致也。」昌又徧訪之祥符，儒官有自嘉興來者，乃始托購文定公集。踰年而得，則殘缺過半矣。〔二三〕

可見元刊本明代時已罕見於世，且缺葉漫漶，非爲善本。

現知元刊本最早著録收藏者爲清初季振宜，可能得自錢謙益絳雲樓（按，錢氏《絳雲樓書目》卷四《金元文集類》有「王秋澗文集」著録）〔二四〕，現存本有季氏手跋，文中間或有季氏批語。此本迭經完顔麟慶、章綬銜諸人收藏，後歸陸心源皕宋樓。陸氏《皕宋樓藏書志》卷九七著録甚詳。皕宋樓書散出後，此書歸張乃熊，《菦圃善本書目》有著録〔二五〕，抗戰期間售予代表國立中央圖書館的「文獻保存同志會」，現存臺北「中央圖書館」。

此本半葉十二行，行二十字。制詞序文逢「世祖皇帝」、「朝廷」、「裕宗皇帝」、「聖朝」等詞，皆頂格提行，以明所尊。可爲元刊明證。前有至大春二月翰林學士承旨、中奉大夫、知制誥兼修國史王構序，又構子王士熙跋，又秋澗庶子承務郎、同知磁州公儀跋，至治壬戌春孟嘉禾郡文學掾羅應龍書後。

又有總目，按文體分五卷。後有秋澗授翰林修撰、封謚、文集刊行制詞，又有「諸賢慶壽哀挽詩並序」，後爲嗣子公孺所撰神道碑銘。全書卷終有王公孺、王秉彝後序。

季振宜康熙六年手跋時不免感歎：「惜乎板殘無銀錠之文，葉落乏玉楮之巧，如逢好月，一天皎皎，而蝦蟆又食之矣，可惜可惜。」〔二六〕蓋文字多有漫漶，墨釘隨處可見，且有後人墨描修補痕跡，因修致錯多處。又總計缺葉一百四十三葉，致部分篇章幾不可讀。故民國張元濟編選四部叢刊時沒有選用此本。後一九八五年，臺北新文豐出版公司在編印《元人文集珍本叢刊》時將此本列入，所缺葉用四部叢刊所影明刊本補齊，元刊本就此重新問世，可爲整理校勘之最原始祖本，頗爲珍貴。

另，據《北京圖書館古籍善本書目》〔二七〕，中國國家圖書館藏有兩種元刊本：其一（三六〇〇）存九十七卷，共三十五册；另一（〇一八〇五）存六十六卷，共十二册。前者國家圖書館網站無法檢索到，未敢妄加評論；後者質量不如新文豐影印版。

明弘治十一年刊本。由於明代時《秋澗集》已不易得，弘治丁巳冬（一四九七），李瀚巡按河南，在汴梁與時任河南按察司僉事、學政車璽語及王惲，車氏曾至汲縣拜祭王惲阡墓，並令有司修葺，又曾於汲訪求王惲文集不可得。李瀚以爲王惲詩文極爲重要，「不於故址表章之，何以風動鄉之士民？」〔二八〕故巡按河北道時，有右參政祝直夫、僉事包好問將《秋澗集》考證疑誤，李瀚檄命開封、衛輝守馬龍、金舜臣繕寫翻刻，弘治十一年夏四月工畢，車璽爲之序，即爲明弘治刊本。

此本係覆刻元刊本而來，基本忠於元本體例，行款一仍其舊，半葉十二行，行二十字，遇元帝字樣亦空格提行，及至異體字、筆劃特點也大致與元刊本同。所不同處大致有：此本前有王秋澗先生小像及秋澗圖；版心無字數與刻工姓名；元刊本前之王構、王士熙、王公儀、羅應龍等人序跋皆闕，而代以車璽序；元刊制詞、哀挽、墓誌等列於總目之後、目録之前，版心又刊「秋澗集目録」，未免眉目不清，明刊則皆改刻於全集最後，版心刊「秋澗集附録」，較爲允當；元刊空格提行處多代以墨釘；筆記重出條目作注説明，亦未全部抉出。

明弘治本陸心源《儀顧堂題跋》卷一三〔二九〕、《皕宋樓藏書志》卷九七、丁丙《善本書室藏書志》卷三三〔三〇〕、《八千卷樓書目》卷一六〔三一〕，俱有收録題跋。民國九年（一九二〇）四部叢刊本即據丁丙八千卷樓所藏明刊本影印，中間計缺八葉（按，卷六第十五葉、卷二十九第二葉、卷三十四第十四葉、卷四十一第七、八葉，卷四十四第十八葉，卷五十九第四葉、卷七十四第八葉），其中據宋賓王鈔本補兩葉（按，卷三十四第十四葉、卷七十四第八葉），其餘六葉元刊本亦闕，存白葉於卷中以待後補，此本最爲易得，通行學人中。原明刊本現藏南京圖書館。

四庫全書本。四庫本題名爲《秋澗集》，據《四庫全書總目提要》〔三二〕，所據底本爲「兩淮馬裕家藏本」。此本既無序跋之類，亦無目録，只有正文一百卷。有學者（按，中華書局《玉堂嘉話》點校者楊曉春）稱據與元刊本、明刊本對比，發現其中字爲元刊本不誤而明刊本誤者，故極可能馬氏家藏本出於「明刊本之舊鈔本」。然此本卷九七《玉堂嘉話》自「漢制武帝北伐乃置萬騎太守」條後有闕，少六條，約明刊本一葉半，恰爲現存元刊本所缺之葉，疑元刊本系統此葉一直闕，故無從補齊（按，清初宋賓王所鈔校本題跋亦稱自己力求補足元刊本，終篇仍闕六葉。宋氏抄本出自元刊本，百般訪求，仍不可補齊，則當時元刊本系統此葉已極難得）。而明刊本則不闕，故若馬裕藏本從明刊本鈔出，則此葉之闕於理不通，馬氏鈔本極有可能亦爲元刊本系統鈔補本。四庫本對元代人名、地名及清代避諱字眼竄改較多，總體價值不大。現可見有影印文淵閣四庫全書本、影印摛藻堂四庫全書薈要本，薈要本較文淵閣本精善。

清鈔本。清代另有數種抄校本存世，據《中國古籍善本書目·集部上》第四四五頁收録有清初鈔本〔三三〕、宋賓王校補並丁丙同跋抄本、嘉慶十一年十三年王宗炎家鈔校並跋本、韓泰華校並跋鈔本、金檀跋鈔本等五種，可備校勘參考之用，惜乎均不得見。其中宋賓王鈔校本較爲重要，既在四庫本之前，又未參考明刊本，對於勘探元刊本原貌有重要意義，丁丙《善本書室藏書志》卷三三有著録〔三四〕，收有宋氏跋語，國家圖書館有縮印膠卷供查閲。

（二）《王氏藏書目録》

《王氏藏書目録》，見《秋澗集》卷四一《王氏藏書目録序》，據序文内容可知，此書作於至元四年（一二六七）秋七月，此目録爲王惲曝曬其父王天鐸藏書時所作。

王天鐸，字振之，晚號思淵子，學者稱之爲文通先生，精通吏律，金正大元年（一二二四）中律科榜魁，後官至户部主事，金亡後曾以所長協助元斷事官耶律買奴籍括人口，後隱居淇上，終生學《易》不輟，爲一方名士。（按，生平事跡詳見《秋澗集》卷四四《家府遺事》、卷四九《南鄘王氏家傳》、《金故忠顯校尉尚書户部主事先考府君墓誌銘》、卷五九《文通先生墓表》、卷六六《先君思淵子畫像贊》、《宋元學案補遺》卷七八《校尉王思淵先生天鐸學案》。）隱居期間在汲汲於觀書研學同時，也大量收藏圖書，有意識地爲王惲弟兄成長創造條件。「聞一異書，惟恐弗及。其弱冠時，先君氣志精强，目覽手筆，日且萬字，不下年，得書數千卷。」〔三五〕友人劉沖曾問其爲何孜孜矻矻於此，答曰：

吾老矣，爲子孫計耳。有能受而行之，吾世其庶矣乎。世人知榮保其爵禄，不知一失足赤吾之族；知富寶其金玉，不知一慢藏已爲盗所目也，何若保書之爲寶乎？若子若孫由是而之焉，爲卿相，爲牧守，爲善人，爲君子，上以致君澤民，下以立身行道，道其在於是矣。〔三六〕

數千卷藏書量於金末元初戰亂頻仍的北方自然是佼佼者，其藏書勝於積富之觀念，以及對於後人由儒顯身之期許更是令人感慨，這也促使了王惲以後在仕途上採取汲汲求取的態度。

王惲作《王氏藏書目録》時年已四十一，不負王天鐸所望，早已經姚樞推薦進入仕途，（按：王公孺《王公神道碑》：「中統建元（一二六〇），左丞姚公宣慰東平，辟充詳議官，尋被中書召，特授翰林修撰、同知制誥兼修國史院編修官。」中統二年（一二六一）王惲即授職翰林院，此時當因王文統事免歸居家。）任職翰林修撰，在職期間所起草之詔制辭命，得到上下一致認同，共稱允洽敏贍。其文筆才思固然有個人天賦及師承淵源的重要因素，然其父王天鐸使家富藏書可以培養其學識的成長背景更是不可忽略。對此王惲此年曝書于庭時也不禁感慨：

遺言在耳，遺書在櫝，感念平昔，不覺泣下。因復慨歎，仕不爲進，退足自樂，蓋所恃者此爾。然置之而不力其讀，讀之而不踐其道，與無書等矣。《傳》曰：「遺子黃金滿籯，不如教之一經。」此誠先君之志也，可不懋敬之哉？〔三七〕可謂深體其父之意。故與其子王公孺對這些藏書加以編檢校定，並作目録以存世。據目前所知見，此書可謂元代第一部私家目録著作〔三八〕，惜乎亡佚，不可得見其體例及收録書目詳情。

（三）《汲郡圖志》

又名《汲郡志》，見《秋澗集》卷四十一《汲郡圖志引》。此書作於中統三年（一二六二）到至元三年間（一二六六），《神道碑銘》與《元史》均稱爲十五卷，爲王惲私人所作其家鄉衛州汲縣地方志。汲郡，又稱衛州，即今河南衛輝市，歷稱名郡，金代爲河平軍，元中統元年升爲衛輝路總管府〔三九〕，（按：《元史》卷五八《地理志一》：「衛輝路，下。唐義州，又爲衛州，又爲汲郡。金改河平軍。元中統元年，升衛輝路總管府，設録事司。户二萬二千一百一十九，口一十二萬七千二百四十七。領司一、縣四、州二。司即録事司，縣四：汲縣、新鄉、獲嘉、胙城。州二：輝州，淇州。」）縣爲府治所在。地理位置極其重要，「衛得天中桑土之野，北通燕趙，南走京洛，太行峙其西，大河經其南，河山之間盤盤焉一都會也。」〔四〇〕

是書之作緣起，王惲曾稱之爲「述先君之志也」。觀此序文知，王天鐸生前早有志於修一部完備的汲郡地方志，其退居汲縣後，尋訪舊志圖經不可得。而由於戰亂和舊志之久不傳世，汲郡歷史風物名跡多以訛傳訛，不得正傳，而王氏家族「世郡人也，生於斯，長於斯，宦學於斯，聚族屬於斯，由宋而金而皇朝，百有五十餘祀」〔四一〕，故王天鐸對家鄉感情深厚，對此舊郡遺俗不傳極其感慨，生前即教導王惲郡屬歷史，並立志修一部完善的地方志以正之。可惜志未得酬便過世。

中統三年（一二六二）《秋澗集》卷六三《故吏部尚書高公祭文》：「惟中統壬戌之春，惲以事累退耕于壠畝者，再罹寒暑。」〔四二〕其時正值李璮叛亂被平，丞相王文統因有所涉被殺，王惲因與王文統關係密切，牽連其中，由史天澤承保得歸家鄉（按，此段歷史具體考證可參見蔡春娟《李璮、王文統事件前後的王惲》〔四三〕）。王惲因此事歸居家鄉，讀書著述，發現王天鐸「所藏遺書，淚灑行間，愾歎久之」〔四四〕。此遺書當即王天鐸未完稿《汲郡志》。於是王惲決心繼志著述，完成此書，以慰己父。自此「聚書一室，研精緻思，蟫蠹羣言；外則訪諸耆宿，雜采傳記碑刻，復爲按行屬邑，以覆其所得」〔四五〕，並得到同郡士人相助〔四六〕，歷經五年，所成十五卷，終竣完工。

王惲史才歷來爲人稱道，此書所作，當可見其治史之一斑，惜乎久不傳。其子王公孺撰其神道碑銘時其書尚存，其後除《元史》外未見有書目著録，亦未見有言之者。其後二百年，明代嘉靖年間，汴梁李濂在其《嵩渚文集》卷七二《讀王秋澗文集》中已稱此書不可得見〔四七〕，當在此期間亡佚矣。然明末清初黄虞稷《千頃堂書目》中卻著録此書〔四八〕，處於元無名氏《相臺續志》與王鶚《汝南遺事》之間。《相臺續志》今已不存，《汝南遺事》尚存，故此《汲郡志》亦當是黄氏按圖索驥，未見其書而録。此類情況在《千頃堂書目》中多見，如於柳貫《待制集》二十卷之外另録《別集》二十卷，但此別集從不見傳。

（四）《文府英華》

《文府英華》，見《秋澗集》卷四一《文府英華敘》，不知卷數。此書作於至元三年（一二六六），成於至元四年（一二六七），爲王惲所輯自戰國以至於金數代文章之選本。

據序言稱，此書爲受其師永年先生啓發而作〔四九〕。永年先生，即元初名臣大儒王磐，字文炳，廣平永年人，故稱。王磐弱冠時曾從金代名儒麻九疇學習，汲汲於學問，是北方理學傳承之重要人物。曾中正大四年經義第，金末已有鉅名，《元史》稱：「文辭宏放，浩無涯涘」〔五〇〕。金亡時顛沛四方，曾流寓汲縣附近之共城（按，蘇天爵《國朝名臣事略》卷一二《内翰王文忠公》：「丙申（一二三六），襄陽難作，公孑身北歸，至洛西，適楊中書惟中被命招集士流，一見喜甚，録其名，授以告身，惟所欲往，遂北游河内。居亡何，值王榮之變去，隱共山，尋遷相下」〔五一〕），以授業教徒爲生，王惲正是在此時得以從其問學（按，《秋澗集》卷六一《提點彰德路道教事寂然子霍君道行碣銘并序》：「國朝甲辰（一二四四）、乙巳（一二四五）間，鹿庵先生教授共城，不肖亦忝侍几杖。」〔五二〕王惲即當在此时從王磐學，時年約十八九歲，故其稱「僕自弱冠時，從永年先生問學」〔五三〕）。

是時，元朝征服北方不久，科舉俱廢，王磐所授爲經世實用之學，所謂「士之特立者，當以有用之學爲心」〔五四〕，故其教授文章多從《資治通鑑》中命題。據王惲記載，他主要針對《資治通鑑》編纂中的兩個問題，即「或有其義而亡其辭，或存其辭而意不至者，課之以爲日業。」認爲雖然現在科舉不行〔五五〕，但多事之秋，貫通其中致用之意當有所爲。後來王惲經歷世故以後，益發覺得其言有徵。王磐入元後爲名臣，德望甚高，壽享九十二而薨。又於翰林院中爲領屬，王惲得以隨時受其教，歷五十年，實爲影響最深之業師。《玉堂嘉話》提及者凡二十三條，所談皆治史爲文之道。王惲作文即承王磐之緒，奉王氏文法爲圭臬，源流有自。

此書之編纂，大體以王磐所謂有用之學爲準的，所編多取作者「古人臨大節，處大事，征伐號令，涣汗云爲之際，含章時發，以之功業成而聲名白者」〔五六〕。編取時代跨度「斷自戰國以上，迄于金。」〔五七〕文章多爲「文字粲然適用於當世，觀法於後來者」〔五八〕。是書編選兩年，以《資治通鑑》爲綱，時間跨度頗廣，推測卷帙宏大，惜今不存。

此書顯示了王惲的史學意識和史學家的一面，亦是元初北方文士致力於服務蒙元王朝，强調文學功用之重要産物，具有鮮明時代特色〔五九〕。其提倡「爲有用之文」、「語語有徵」文學觀正是元初期北方文人集團創作一大特點。觀王惲一生創作，亦以此爲準繩，下筆爲文多有出處，其成就的取得當與此書的編撰有很大關係〔六〇〕。

（五）《博古要覽》、《書畫目録》

見《秋澗集》卷四一《博古要覽序》、《書畫目録序》。此二書當均作於至元十三年末（一二七六）到至元十四年（一二七七）間，時王惲平陽路總管府判官秩滿，期間曾與陳祐一同考試河南五路儒士，還京除翰林待制，在大都僅任職一年，很快又到地方擔任實職。（按：王公孺《王公神道碑銘》：「十三年，奉命同陳節齋考試河南五路儒士，語於陳曰：吾道如線，不宜用平時取法。凡就試者，皆以通文學第之。十四年授翰林待制。……明年秋，選授朝列大夫、河北河南道提刑按察副使，改除燕南，秩競移山東東西道。」）

而此年卻是歷史的轉折之處，僵持多年的江南宋元戰局發生了根本性的變化，伯顏率領大軍順長江而下，勢如破竹。至元十三年二月初五，於臨安城内正式接受南宋君臣投降。（按：《元史》卷一二七《伯顏傳》所録至元十三年伯顏賀表：「其宋國主已於二月初五日，望闕拜伏歸附訖。所有倉廩府庫，封籍待命外，臣奉揚寬大，撫戢吏民，九衢之市肆不移，一代之繁華如故。」）宋皇室所藏圖書典籍禮器寶玩運至大都。（按：《元史》卷九《世祖六》：「伯顔就遣宋内侍王野入宫，收宋國衮冕、圭璧、符璽及宫中圖籍、寶玩、車輅、輦乘、鹵簿、麾仗等物。」卷一二七《伯顔傳》：「三月丁卯，伯顔入臨安，俾郎中孟祺籍其禮樂祭器、册寶、儀仗、圖書。」）冬十二月達京師，敕命平章政事張易兼領監管清點事宜，史天澤之子史杠爲副，不久詔許在京中央官員觀覽。王惲此刻正在京爲翰林待制，故也得以參與其中，並運用自己對古禮器和書畫鑒賞知識作了這兩部書，我們從中可以看出王惲於書畫文物有很高的鑒賞水準。

《博古要覽》爲至元十四年春（一二七七）所作。中書左丞相耶律鑄在翰林院給王惲出示《宣和博古圖》一書，此書爲宋徽宗宣敕王黼編纂，成書于宣和五年（一一二三），爲北宋御藏古器的金石圖録，收録了宣和殿所藏自商代至唐代的青銅器八百三十九件。耶律鑄出示之意，當是令翰林院人員根據此圖考定所收南宋禮器及禮制規範。故王惲與翰林院編修趙復參考前代諸多金石圖録進行考録辨别。（按：《秋澗集》卷四一《博古要覽序》：「因假以歸，與院史趙復取《鐘鼎韻》，歐陽子、薛尚功《款志》，吕氏《博古》，李羣舒《考古》等圖參讀而節約之。」）王惲自言平生所愛即古彝器，此次結合自己所長，又得見實物，加之參以圖録，其鑒賞水準得到了很大提高，「生平所疑，前賢或闕而莫可致詰者，一覽而盡得，怡然理順，涣焉冰釋。」〔六一〕於是在《宣和博古録》的基礎上進行改定，按照彝器類别重新作圖譜若干卷，題曰《博古要覽》。《序》末自言作此書之意：「方今明天子御極，神聖慈武，撫四海而有之。禮器縟典，將維新是圖。一日告功神明，郊祀饗獻之禮行，有每事而問者，據所得而告之曰：此鼎也、彝也、卣也、匜也、爵也、罍也、犧也、象也，如是而已。」[六二]可見元世祖一統中國之後，漢族文士開始抱有推行以儒家禮制治國的幻想。

《書畫目録》一書，亦是作於平宋之後。至元十三年冬十二月，王惲作爲翰林院人員參與了南宋御藏書畫的清點工作。與商挺之子商琥（台符）一起批閱書畫竟日，得以窺見唐以來宮廷秘府所藏法書名畫，共計二百餘幅，其中書帖一百四十七幅，畫八十一幅。於是進行登記，作此《書畫目録》。此書當時或爲單行，但在《秋澗集》中並無以此爲名之書，故多以爲亡佚。實則後來王惲把其併入所作《玉堂嘉話》一書內，見其中卷二、卷三（按，又見《秋澗集》卷九四、九五），其敘興起與末跋正爲此序之割裂而成。後來民國時期黃賓虹、鄧實編選《美術叢書》，又將其從中抽離出來，重名之《書畫目録》一卷。由此我們可以得見其大概內容。此書收書帖條目七十九條，書畫五十一條，其中書法略分小類以晉人書、唐人書、顔書、坡書、米書（按，二者間有楊凝式、黃山谷、蘇才翁等人書）。多以簡單條目録之，間有其人簡介或點評。多數書畫作品可從《宣和（書）畫譜》中查見，可見爲宋室所藏無疑。此書雖體例不太嚴謹，分類不甚科學，然從中可得見元初書畫目録，及後來宮廷收藏書畫源流，故其文獻價值不可忽視。

（六）《新修調元事鑒》（附《編年紀事》）

又名《相鑒》，見《秋澗集》卷四一《新修調元事鑒序》，據《王公神道碑銘》，知爲五十卷。此書成於至元二十年（一二八三）。調元，王惲曾作以解釋：「胡氏謂：體元者，人君之事；調元者，宰相之職。」〔六三〕此書即爲集歷代宰相事蹟之作，故又稱《相鑒》，其書目的在於爲執政者提供借鑒。

至元二十年（一二八三），王惲五十六歲，山東東西道提刑按察副使職滿，稱疾歸鄉，開始了一段五年時間家居生活，直到至元二十五年（一二八八）因董文用之薦再起爲閩海道提刑按察使。（按，《秋澗集》卷四二《禮部尚書趙公文集序》：「後七年（一二八三），予自齊還衛，日與公孫維宏杖履徜徉，言笑者無時。」至元二十五年再起事，見蘇天爵《元朝名臣事略》卷一四《内翰董忠穆公》：「二十五年，拜御史中丞。公曰：『中丞不當理細務，吾當先舉按察使。』乃舉胡公祗遹、王公惲、雷公膺、荆幼紀、許楫、孔從道十餘人爲按察使，又舉徐公琰、魏公初爲行臺中丞，當時以爲極選。」）在這段時間内，王惲樂游山水，教授子弟，讀書著述，除詩文外，《玉堂嘉話》、《中堂事記》等名作即成書於此時〔六四〕，還包括現今已亡佚之《新修調元事鑒》、《編年紀事》、《顏魯公書譜》、《王氏易傳》等著作。

《相鑒》一書，所取年代「斷自殷周已來，終之近代，上下千有餘載間」，存取形式爲「其相之賢否具列無遺，俾歷朝之用捨，一代之安危，前後差易，咸集於是」。並加以斷語以見善惡取捨標準：「至若善或當與，詳其所可法，惡或可奪，書其所由然，準以夔、契、伊周之所行，斷以孔孟諸儒之正論，間以臆見附之。」〔六五〕開端起首人物本以蕭何爲首，盧摯有所批評，姚樞建議以皋、夔，最後定以伊、周爲始，可見是書之作在當時影響頗大。此書當於元代後期即亡佚，然體例爲明初《新編相鑒》所繼承。（按，《明史》卷九七《藝文志二》：「《相鑒》二十卷：洪武十三年罷中書省，詔儒臣采歷代史所載相臣賢者自蕭何至文天祥八十二人，爲傳十六卷；不肖者自田蚡至賈似道二十六人，爲傳四卷。太祖制序。」《文淵閣書目》題爲《新編相鑒》，當是區别于王惲所作。文淵閣四庫全書本《明太祖文集》卷一五收有所作《相鑒序》、《相鑒賢臣序》、《相鑒奸臣序》。其所取年代、類分賢奸及斷自蕭何，均與王惲《相鑒》基本相同。）後《千頃堂書目》卷九雖有著録，當是誤録。

《相鑒》一書所出有源，當是元好問《帝王鏡略》及王惲自己至元十八年（一二八一）進呈《承華事略》的延續繼承。（按，王惲曾於至元四年（一二六七）爲張敬叔所刊元好問《帝王鏡略》作序，見《秋澗集》卷四一，此書今不存，從序可知，「其馳騁上下數千載之間，綜理繁會數百萬言之内，駢以四言，叶以音韻，世數代謝，如指諸掌，歷代之能事畢矣。」王惲《承華事略》、《相鑒》明顯承此而來。《承華事略》書成於至元十八年（一二八一），收録於《秋澗集》卷七八、七九，另有單行本行世。）三書一爲帝王謀略參考書，一爲太子儲君教科書，一爲宰相輔政鏡鑒書。由此看出王惲良史材幹的同時，亦能發見其受元好問影響之深及對元王朝盡忠之切。

在編纂《相鑒》這一五十卷巨制的同時，還編有《編年紀事》，始於至元二十一年（一二八四），成於第二年冬（一二八五）。王惲在編纂《相鑒》過程中，發覺編年紀事史書多有闕誤而又極其重要，故在《相鑒》完成後，與士人韓宏一起增廣舊編而成《編年紀事》一書〔六八〕。其卷帙、體例與所增廣之「舊編」是否爲南宋袁樞所作《通鑒紀事本末》已不可考，而王惲所增輯的内容因此書失傳亦無從得知。

（七）《顔魯公書譜》

見《秋澗集》卷四一《顔魯公書譜序》。此書成於至元癸未（一二八三），亦爲家居汲縣時所作。

王惲是元代著名書法家，《秋澗集》保存了大量書畫題跋文，其手書作品至今仍有流傳。（按，目前所見真跡有國家圖書館藏所書《漢柏詩》、《棲巖寺碑》拓片，俱見《北京圖書館藏中國歷代石刻拓本彙編》。中州古籍出版社一九九七年版)。現今鶴壁淇縣雲夢山猶存元代石刻《青巖山道院記》,爲王惲撰並正書,尤爲珍貴。清胡聘之《山右石刻叢編》卷二五多著録其在平陽路總管府判官任上所書碑刻,小注多標「正書」,《棲巖寺碑》即在著録中,見實物可知王惲正書爲顔體「擘窠大字」。)觀其現存書法作品,尤重顔真卿,皆顔體正楷,《秋澗集》及《玉堂嘉話》中品評書法最多者無過顔真卿,對顔書評價甚高。如稱其「書勁而潤,蓋筆善轉而韻勝故也」,「顔意無窮,蓋以忠義之氣中貫之故也」〔六七〕,亦言「體端整而頗瀟散,如羽林壁壘,横天作陣,勢相戛摩,與衆星争光,而色正芒寒之氣,爲有間耳。其懷恪神道,銛鋒勁畫,望之凛然。挺植戈戟,一一較之,不無利鈍」〔六八〕,可見其對於顔體書法的推崇。王惲愛其書的主要原因是對其人品節行跡的仰慕,顔真卿的剛烈磊落、孤忠大節對王惲影響深遠,其一生以此爲榜樣,晚年曾專作《對魯公問》一文〔六九〕,闡發自己對魯公「履忠蹈義」的崇敬。

王惲不僅學顔體,而且收藏了大量的顔體書帖。其自言「予之耳聞目睹洎有其名而亡其書者,得六十有二,備録家藏,實有五十有一,只以澹僻酷愛,營求三十年之久,才所得如是。」〔七〇〕獨一人之力,歷三十年之久,得見如此之多顔氏書帖,家藏雖未必皆爲真跡,數量之多亦令人驚歎,且其時「公之書今存世者無幾,加之歲刓月敝,有磨滅而已」,可見王惲對其書喜愛之深。至元二十年(一二八三),王惲把所知見及所藏顔真卿書法作品輯爲一書,即《顔魯公書譜》,體例「按公春秋與所書碑刻歲月、官封,詳考而次第之。」可見此書非僅書法作品彙集而已,而加以考證其史實。另,按照「《書譜》」類目傳統,當亦有書法理論的闡釋。(按,《書譜》之名最早爲唐代孫過庭所用,既是書法理論作品,又是書法名品。王惲之前以《書譜》爲名者較著有北宋《宣和書譜》、南宋姜夔《續書譜》，皆側重書法理論的闡述，兼評點歷代書法作品。）

作此書之目的，王惲序言：「俾觀者知公之書因物賦形，變態百出，其胸中忠義之氣，蔥蔥郁郁散於筆墨之間者，至終老而不少衰，所謂只見性情，不見文字，令人想見當時氣象，有興起而不能已者，是不亦關於風教者乎？」〔七一〕忠義精神、性情剛直、書風勁健成爲王惲執著的追求。

（八）《王氏易學集説》

又名《王氏易纂》、《王氏纂玄》，（按，王惲《秋澗集》卷四九《南鄘王氏家傳》題名《王氏易纂》，《宋元學案補遺》卷七八同；同卷爲其父所作《金故忠顯校尉尚書户部主事先考府君墓誌銘》作《王氏纂玄》。卷四二書《序》所作最晚，又爲本書而作，當以《王氏易學集説》爲定名，朱彝尊《經義考》卷四一亦作此名）不知卷數。見《秋澗集》卷四二《王氏易學集説序》，是書爲王天鐸、王惲父子共同完成，定稿成書於至元二十五年（一二八八）春二月，爲《易》學集注集解著作。

王天鐸年輕時即潛心學《易》，據王惲記載，其在户部尚書張正倫下爲掾吏時，即利用張氏與人談《易》時侍聽學習，「日熟所聞，遂潛玩焉」〔七二〕。金亡後，王天鐸退居淇上，無心出仕，埋首經史，尤喜《春秋左氏傳》、《漢書》、《易經》，其中於《易》學研究用力最深，所得最多，嘗教導王惲弟兄：「學貴專精，汝不見鑒瑩則乃能別物，學苟不精，如治鑒不明，將安用爲？不學《易》，昧涉世之道；不讀麟經，無以見筆削之正。吾平昔行己得乎此而已矣。」〔七三〕用以勉勵其拋棄吏習，潛心學習儒家經典，以改變胥吏家風，並自己身體力行，用心苦矣。天鐸也曾從北方名儒王元禮求學問《易》，王元禮，華陰人，登金興定五年進士。（按，四部叢刊本《秋澗集》卷四九《先考府君墓誌銘》：「名元禮，華陰人，從衆進士。」四庫本作「天曆進士」；元刊本此葉闕，從四部叢刊本補。按，從衆，不詳；天曆，爲元文宗年號（一三二八—一三三〇），誤。考諸《寓庵集》卷六《王元禮墓誌銘》稱「登興定五年進士第」、《中州集》庚集卷七《景覃》稱之爲「予同年進士王元禮」，元好問亦爲興定五年登第）學者稱玉華先生，「平居好讀《易》，有通其義者，不遠數百里必往質問之」〔七四〕，爲當時名士。天鐸從之學，益有精進，問答之間，元禮稱其「得之矣」。其後王惲於文字間亦對其精于《易》學善天文卜筮、「旁通天人之術以濟厥用」多有記載，《宋元學案補遺》卷七八專爲之立《校尉思淵子學案》。可見王天鐸不啻爲一時《易》學名家。

此書爲天鐸集歷代諸家《易》説之作，爲集注體著作，以見其「遁世無悶」之意。並于集説時力求文意連貫有緒，達到「組節群言，使如出一手，辭約而意貫，諸家之善，蓋無餘藴矣。」〔七五〕文字暢曉易明，寓教化之意於其中，「是書之集，四者具列，要以近人情爲本，使學者切身以求用，易知而不雜。」即使人知「行己也恭，其事上也敬，其養民也惠，其使民也義」的君子之道，以達修身安邦之境界，儒學功用觀可見一斑。集諸家之説於一書，需博貫融通，存去粗取精之慧眼，可知天鐸用力之勤，寓意之深，又可見其儒者心境無時不在。該書在其生前或已脱稿，藏諸於家。至元二十五年（一二八八），王惲六十一歲，翻檢此書，憶其父庭訓深意，遂「沉潛是編，冠修述之意於篇首」，並增其所得天鐸未見《易》説於後，約共五十家之數，仍命名爲《王氏易學集説》，集父子二人數十年之功共同創作的一部《易》學著作至此定稿。

元代《易》學研究相當發達，相關著作豐富，散佚程度卻也非常之大。據考證，元代《易》學書籍「可知者共二四〇種，確有流傳者五十七種」〔七六〕。所存大多爲南方文士所作，北方尤其初期文士所作所見極少，此書今雖已亡佚，然由此可知北方文士經學用功之深。

（九）《淇奥唱和詩》

見《秋澗集》卷四二《淇奥唱和詩序》，爲王惲歸居家鄉時與南樂縣尹周能唱和詩總集，今佚，不知卷數。

周能，生平不詳。據此文序、王公孺《王公神道碑》及《秋澗集》中大量唱和詩，可略知其大概。其人字幹臣，號曲山，曾任南樂縣尹之類的小官，故王惲詩中多稱之「曲山」、「周幹臣」、「周宰」或「南樂」，居官有廉聲，後歸隱林慮西山，與胡祗遹等人均有交往。周能與王惲相知甚早，當爲王惲在王磐門下問學同輩，（按，《秋澗集》卷三一《題王明村老黄店壁八絶壬辰歲三月廿五日葬曲山回作》：「筠林同業憶當初，幾醉黄翁舊酒壚。鄰笛聲中何限恨，不堪零落曉星孤。」自注：「五丑今獨予在。當時同門者十三四人，上有李士觀、傅士開。」《秋澗集》卷七五《感皇恩》詞二十闋，頭闋即題爲《贈李士觀諱儀霸州人予廿時鹿庵先生門同舍郎也性端方嘗爲刑司經歷官好學不倦與人交有終始》，知其年輕時與王惲、周能等人同爲王磐門下同學輩）青年時代即交厚，至其壬辰（一二九二）逝世之時，相知已近半個世紀，故王惲爲其所作挽詩稱之爲「四十年來老弟兄」〔七七〕。因病辭世時約六十歲左右，（按，《秋澗集》卷二一《爲曲山久病作詩以慰之》：「曲山隱機一冬餘……

六十坡仙年未老，萬緣灰冷覓方書。」《秋澗集》一書大致按照時間順序排列篇章。此卷詩多爲壬辰、癸巳間作品，周能挽詩亦收録其中，由此推知，周能去世時當年約六十。）因清貧以至無以下葬，王惲出資按照禮儀規制協助其家人葬之〔七八〕。

此部唱和詩總集的編定大致也在周能去世前一年，即一二九一年左右。（按，《秋澗集》卷二一《和曲山見示十六夜詩》：「書生伎倆宜人笑，兩束庚章要不刊。」自注：「爲曲山欲以近唱和等作編集成帙以示來者故云。」）序言：「曲山慮其散亂遺逸，欲命劉生琛第而爲帙。」所録多爲二人優遊山水、燕集酬唱詩作，即王惲自言「吾輩不過道閒適、安命分、遣興寄、詠性情而已」者〔七九〕。名之曰《淇奥唱和詩》，蓋取意於《詩經·衛風·淇奥》，淇者，淇水也，正在二人賞遊之地汲縣附近，又取《詩》中吟詠讚賞才德君子之旨，以見二人砥礪品節互勉之意。

此書雖已亡佚，不得見其全貌，然尋諸現存《秋澗集》，《淇奥唱和詩》中王惲所作大部分當已録入，應是王惲卒後、王公孺編次文集時，將其收録。存者有詩、詞二種，散見於《秋澗集》卷一二、一三、二一、二五、三一、三二、七六、七七等。周能所作詩已不存，賴《秋澗集》得見二人唱和與文人交遊之詳情。

另，據《元史》卷一六八王惲本傳，知其曾於元貞元年以通議大夫、翰林學士、知制誥同修國史的身份參與了《世祖實録》的修纂工作，並因之集《聖訓》六卷，明修《元史》時多有借鑒。此二書今均不存，因《世祖實録》爲翰林院整體編修、《聖訓》爲述而不作之語録輯體，故亦不作爲王惲著作加以考辨。

可以看到，以上十部書爲目前所知王惲私家著述散佚作品，其一生勤于著述，從中可以看到王惲詩文家、史家、書畫家、經學家的多重身份，而這些對瞭解元代北方文士在元初中期文壇的創作活動有重要意義。

三、王惲詩文評價

（一）

王惲《秋澗集》是後世研究元代文史最重要資料之一，可以説是元代文史之淵藪。王惲詩文百卷近四千篇，其目的是刻意保存史料，爲後世撰史之用，其《中堂事記》、《烏臺筆補》、《玉堂嘉話》都是有意識地記述元代文士活動及當時政治機構演變之重要文獻，也是其「備見一代之史」觀念的重要表現。

王惲詩文創作之特點的確立及其成就後世很少涉及，後世對其作品之引用多在其史料之價值。王惲作爲金末元初一位重要文士，以文字侍奉翰林三十餘年，影響巨大，又前承金代諸多文壇名宿，在金元文學風格的確立及其轉變上有著重要地位。因此其詩文創作，無論對於研究當時文學創作風氣還是文學思想流變，都具有重要的意義。同時，對王惲創作的特點應該從其本人作品和當時文壇實際入手，特别是南北文人創作的風格異同入手，這樣結論可能更爲可靠。

其子王公孺所撰文集後序説：

先考文定公，人品高古，才氣英邁；勤學好問，敏於製作；下筆便欲追配古人。騰芳百代，務去陳言，辭必己出，以自得有用爲主。精粹醇正，非他人所可擬……天資既異，師問講習者又至，繼之以勤苦不輟，致博學能文之譽聞於遠近，其後五任風憲，三入翰林，遇事論列，隨時記載，未嘗一日停筆。平生底緼，雖略施設，然素抱經綸，心存致澤，桑榆景迫，有志未遂，一留意於文字間，義理辭語，愈通貫精熟矣。故學者以正傳，各家推尊之。〔八〇〕

王公孺認爲其父人品高尚，而且資質較好，這當然是溢美之詞，然而他説起父親勤于創作，其論文主張是「自得有用爲主」，確實是點出了王惲創作成就高低之關鍵因素，王惲是由吏起家，不尚浮文是其踐行之標準，而且這也是金元之際北方文士在實際創作上所奉行的一個主要原則。

王惲認爲「君子之學貴乎有用，不志於用，雖曰『未學』可也。」〔八一〕是否「有用」成爲王惲判斷從政、爲學、爲文之主要標準。王惲言：

講究義理，其用有三：體認明白，臨事能施爲出，一也；道義傳受，必託於言辭筆頭發明出來，二也；其或諸生請益，發藥啓迪，化若時雨，三也。至若都曾經歷，只爲目前，不曾專心理會；又不能記誦，乍了若無，使此心茫然，如道傍空舍，諸物得去來住持，不敢認爲己有；又學既不固，及人説著，方才省記，終了自無所得。〔八二〕

王惲對「有用」進行了理論性的分析，雖然討論還比較淺，大致是按照自己體會得來，但他將義理、作文、經歷、體認結合在一起，很明確地表明了「志乎用」的重要性，這也是王惲評價文士論文水準高低的一個重要標準。其評價胡祇遹時説：

金季喪亂，士失所業，先輩諸公絶無僅有，後生晚學既無進望，又不知適從。或泥古溺偏，不善變化；或曲學小材，初非適用。故舉世皆曰：「儒者執一而不通，迂闊而寡要。」於是士風大沮。惟公起諸生，秉雄剛之俊德，負超卓之奇才，慨然特達，力振頽風，志大學，致實用，談笑議論，揮斥流俗，文章氣節振蕩一時。其見諸容度事業者，皆仁義道德之餘，剛明正大，終始一節，追配昔賢，矯革時弊。〔八三〕

胡祇遹長期在翰林國史院任職，在資歷與輩分上長於王惲，二人交往過從很多，如果翻檢《紫山大全集》就會發現二人文風和觀點的一致性。

蒙金之間的戰爭，金源之地中上層貴族及文士所受到的戰亂之苦並不比下層百姓少，而且他們因爲文化素養較高，對苦難的感受更深，我們看元好問《中州集》、劉祁《歸潛志》的記述就會發現很多士大夫死于戰亂。「大夫、士、衣冠之子孫陷於奴虜者，不知其幾千百人。」〔八四〕文士面對戰亂束手無策，自然會産生無用的想法，因而文集中出現很多儒士無用的文字也就不足爲奇了。後世在論述元代詩文及思想轉變的時候，誇大了儒學及儒士的作用。因爲《元史》的編纂已經到了明初，他們對金、宋、元之間朝代更迭之下，儒學及儒士的作用體會並不深切，自然對儒學的記載有所誇大，這也是後世修史的一個通常做法。

王惲並不認爲僅僅仕進就是「有用之學」，他對「有用之學」有着明確的主張：

> 萬物盈於兩間，未有一物而不爲世用者，況人乎？ 人之爲物，得氣之全而靈之最者也。 苟自棄自暴，不爲世之所用，非惟返不及物，而賤之所由生也。……彼衣敝緼袍，並夫華簪盛服之士，貴賤固有間矣；其所以秉有靈彝，物備於我者則不殊也。 故爲士者烏可惡其居貧處賤，戚戚然世之不我用也？ 要當明德志學，思求其致用之方可也。 世之所謂學者多矣，有有爲之學，有無用之學。 窮經洞理，粹我言議，俾明夫大學之道者，此有用之學也； 如分章摘句，泥遠古而不通，今攻治異端，昧天理而畔於道，若是皆無益之學也。〔八五〕

顯然王惲將爲學分成：「有爲之學」、「有用之學」、「無用之學」、「無益之學」。 王惲認識比較客觀，首先這跟財富地位無關，那麼「有用之學」必須關乎現實，顯然對現實社會的關照成了王惲判斷所學是否有用的一個主要標準，而不明現實形式，拘泥於典章，尋章摘句的所謂學問，在王惲眼中不關世用，當然沒有一點用處。 面對當時對儒士的輕視，王惲專門寫有《儒用説》作爲回應。 王惲認爲：「士農工賈謂之四民，四民之業，惟士爲最貴。」〔八六〕 認爲元朝建立，儒士立有大功，顯然這是對當時一些頑固保守的蒙古上層權貴認爲儒士無用的一種批評：

> 國朝自中統元年以來，鴻儒碩德，濟之爲用者多矣。 如張、趙、姚、商、楊、許、三王之倫，蓋嘗忝處朝端，謀王體而斷國論矣。 固雖文武聖神廣運於上，至於弼諧贊翼，俾之休明貞一，諸人不無效焉。

今則曰「彼無所用，不足以有爲也」，是豈智於中統之初，愚於至元之後哉？予故曰：「士之貴賤，特繫夫國之重輕，用與不用之間耳。」嗚呼，國之所以爲國者，有其人也。今天下之心同然而深惟者，天統大開，六合同軌，及其選一材，取一士，舉目望洋，無所於可正。孔子稱杞宋二邦無足徵證，蓋傷其賢既不足，文典之傳有不可强而爲者。復以時務論之，今選行於上，材乏於下，是有國者之最所當病。故唐取士之法，歲萬人爲率，猶三十年可盡，況法未備而無所取哉？又老成先進、文學經制之士，舉海内而計之，不三數人耳。故州郡所謂學校勉勵進修之方，從而無實，掃地何有？」〔八七〕

金朝在和蒙古交戰中，連年戰敗，過去士大夫所賴以生存之基礎沒有了，而他們所擅長之品題鑑賞、吟詩作賦的生活方式全被打破，取消科舉制度使他們進身仕進之路斷絕。「貞祐喪亂之後，蕩然無綱紀文章。」〔八八〕金源士大夫命運改變之劇烈程度比宋元之間南宋士大夫還要慘烈，只不過後世關注不多而已。王惲舉出張文謙、趙復、姚樞、商挺、楊果、許衡、王鶚、王磐、王構等當時在元朝建立過程中起過重要作用的士大夫來反駁儒士無用之觀點。在這種情況下，當時很多士大夫無暇爲詩，而把精力主要集中在恢復漢文化，傳播儒學，挽救當時飽受苦難之生靈。北方文士與南方文士不同，元朝統治者和金朝統治者一樣，都是外族在中原地區建立統治，在北方文士眼中，他們都是正統，因而他們家國之悲和南宋文士還不同，這裏面無所謂夷夏觀念，因而元世祖建立元朝反而代表了天命和正統的觀念。很多金源區域之漢族文士對元朝之認同程度與南宋文士是有着明顯區別的。

王惲認爲所學能夠爲朝廷所用才是根本目的，因而他對仕進抱着積極態度，如其在予元仲一之信中說：

蓋聞居天下有二道焉，「出」與「處」而已。……第所可惜者，時也。朝廷嚮明而治，聖王順應而行，圖回天功，混一區宇，網羅英俊，片善俾舉。彼聞風興起者，雖山澤之芻蕘，布衣之賤士，思砥節礪行，竭力悉智，願仰副上之好賢樂善之實焉。……嗚呼！何君不聖？何王不明？必得聰明至靜之士，見微知著，臨事不惑，斷於中而察於外，夫然後可得非常之士而能建莫大之功。當今之時，可以與權者，舍上人一二輩，其孰與哉？〔八九〕

他甚至爲自己所學無用，不能積極用世而感到焦慮：

若僕也，蟫蠹書史，兀坐窮年，佔畢之外，百事不解，邇來二十有八年矣。《傳》曰：「四十、五十而無聞焉，斯亦不足畏也。」僕每讀至此，未嘗不掩卷嘆息，内增愧赧。噫！自治不勇而喋喋於左右者，何哉？蓋僕恨以荒疎無似，不能卓然自表於世，而上人遭際乃爾，君臣之義既不可廢，今日之出可謂千載一時也。〔九〇〕

顯然，能夠爲朝廷任用而一展抱負，是王惲人生之最大理想。所以王惲在詩文中反復表露「以斯文效用，將託於不朽故也」的情懷〔九一〕。

元好問說：「死不難，誠能安社稷、救生靈，死而可也。」〔九二〕應該説元好問面對現實的選擇是務實而又慘痛的，所以他的弟子王惲、郝經入仕蒙元，元好問非常支持。郝經曾言：「今日能用士，而能行中國之道，則中國之主也。」〔九三〕可以説，元好問、王惲、郝經等人觀點雖然表述不同，但背後意思是很明確的。追求安邦濟世的務實之學、有用之學是當務之急。從這個角度來講，王惲爲文樸實剛健、中和沉穩，不作艱深含混之語，其文得蘇軾之才氣，又有歐陽修平淡之美，受元好問影響很深也就很好理解了。

同時人王秉彝序說他：

語性理則以周邵程朱爲宗，論文章則以韓柳歐蘇爲法，才思泉湧，下筆輒數千言。星回漢翻，韶鳴鳳躍，千變萬狀，可駭可愕，文中巨擘也。〔九四〕

又集中附録元人陳儼所爲哀挽詩序言：

唯公嗜古力學，凡所未見書訪求百至，必手爲謄寫，老大尤篤……平生詩文幾四千篇，雜誌總八十卷，方易簀，始停筆，其勤可謂至矣。其振耀來世宜矣。〔九五〕

王惲一生勤於文字，其文章作法受益于王磐、劉祁，其中又以王磐尤多。尋諸《玉堂嘉話》，多可見師徒討論爲文技巧之對話，大抵以唐宋古文爲準的，熟讀唐代文賦，並師法其中，推崇詞必己出，不落前人窠臼，以自得有用爲主，以虚言陳詞爲恥〔九六〕，不尚奇險，「于中和中做精神」〔九七〕，提倡「浮豔陳爛是去，方能造乎中和醇正之域。」〔九八〕觀其一生文字，亦是嚴格實踐着這一創作主張的。王惲言中和，但中和具體所指很難用語言表達。其師元好問在《詩文自警》中對「中和」作了具體規定：

文須字字作，亦要字字讀。要破的，不要粘皮骨；要放下，不要費抄數；要工夫，不要露椎鑿；要原委，不要著科臼；要法度，不要窘邊幅；要波瀾，不要無畔岸；要明白，不要涉膚淺；要簡重，不要露鈍滯；要委曲，不要强牽挽；要變轉，不要生節目；要齊整，不要見間架；要圓熟，不要拾塵爛；要枯淡，不要沒咀嚼；要感諷，不要出怨懟；要張大，不要似叫號；要敘事，不要似甲乙帳；要析理，不要似押韻文；要奇古，不要似鬼畫符；要驚絶，不要似敕壇咒；要情實，不要似兒女相怨思；要造微，不要鬼窟中覓活計。〔九九〕

王惲在文貴實用之主張下，碑誌、事狀、序記、劄記、題跋記述廣泛，對當時社會巨大變遷、宗教力量興起、文士活動詳情、機構設置變動都有詳實記述，使很多資料得以保存。同時他對文章之技巧也較爲重視，作傳記不拘泥於固定格式，文中既有史家之筆法，又有小説家之風致，其碑文深得「中和」之旨，行文生動有趣，而又有神采，所述之人往往都和王惲有過往，有些甚至交往很深。

（二）

王惲詩作存世極多，各類詩體均有涉及，其詩受元好問影響很深，崇尚氣骨風神，推崇唐詩氣象，主張「温醇典雅」、「平淡而又涵蓄，雍容而不迫切」〔一〇〇〕，實是元代「舉世宗唐」詩風之先行者。其詩作以七絶爲主，存世有二十一卷之多，爲元詩之最。其歌行頗類遺山，氣度非凡，如《俠義行》、《長慶行》等。律詩也動盪開闔，章法分明，句律妥帖，不作小家口吻，如《燕城書事》等，除卻一些應酬唱和詩外，他也注重紀録社會現實，有刻意模仿杜詩痕跡，唐人風采時有閃現，故清代顧嗣立《元詩選》初集卷一五《秋澗詩小序》言：「秋澗詩才氣横溢，欲馳騁唐宋大家間」，同時又對《秋澗集》存詩過多提出批評：「然所存過多，頗少持擇，必痛加芟削，則精彩愈見」〔一〇一〕，也對王惲所處詩歌創作時代背景及其成因作了簡要分析：「北方之學，變于元初，自遺山以風雅開宗，蘇門以理學探本，一時才俊之士，肆意文章，如初陽始升，春卉方茁，宜其風尚之日趣于盛也。」顧爲元詩選家之大成者，所閱極多，此處自然是行家語。

乾隆年間，四庫館臣評價王惲《秋澗集》詩文未免浮泛，重點强調其良史材幹：

惲文章源出元好問，故其波瀾意度，皆不失前人矩矱。詩篇筆力堅渾，亦能嗣響其師。論事諸作，有關時政者尤爲疏暢詳明，瞭若指掌。史稱惲有才幹，殆非虚語，不止詞藻之工也。〔一〇二〕

近代以來，受元代詩文研究整體邊緣化影響，王惲詩文創作未受重視。九十年代初，鄧紹基主編之《元代文學史》才給予元詩文很大肯定及關注，對於王惲及詩文作了分析評價。總體而言，鄧氏認爲平庸之作佔多數〔一〇三〕；對於王惲取法元好問持否定態度，認爲把王惲詩歌創作與元好問聯繫起來，總覺勉强〔一〇四〕。然按諸王惲自敘及生平創作，雖未長期親炙遺山門下，但終身推崇不少減，私淑詩文創作章法，處處可見，故鄧說不確。

楊鐮《元詩史》對於王惲詩作給予了較公允評定，認爲其七言律絶成就較大，諸種近體詩受元好問影響，古詩師法韓愈，其中反映現實作品可稱佳作，然由於身居高位，感慨有空洞之嫌，終難稱優秀作品〔一〇五〕。

王惲詞作現存二百四十四首，亦爲元代之冠。清末況周頤《蕙風詞話》稱讚其詞「清渾超逸，近兩宋風格」，鄧編《元代文學史》也認爲其詞作成就超過了詩文創作，詞風「蘊藉風流」〔一〇六〕。大體而言，其詞學觀念與詩文大略相同，提倡中和醇正，繼承蘇、辛、元風采氣骨，又不乏清新自然。上承兩宋金源，下開元代文士詞風，可謂引領一時風氣，故陶然先生把王惲納入詞人羣體研究之序列，認爲「他既是東平詞人羣中的中堅詞人，同時後來又成爲大都詞人羣中的重要人物」〔一〇七〕，承前啓後，對於元代詞壇發展延承有著不可忽視的重要意義。

王惲記述元好問之言説：「千金之貴，莫逾於卿相，卿相者，一時之權。文章，千古事業，如日星昭回，經緯天度，不可少易。顧此握管銛鋒雖微，其重也，可使纖埃化而泰山，其輕也，可使泰山散而爲微塵，其柄用有如此者。」〔一〇八〕可見王惲對自身之文的重視，以及强調自身「文統」之正統地位。以王惲爲代表的北方文士在後世逐漸被忽視，這與元代中期以後，北方文人在文壇地位下降，南方文士在文壇逐漸崛起密切相關。總體來看，研究元初政治格局之變遷、文士命運之變化、詩文面貌之演變，王惲及其文集無疑是最重要的參考資料之一，因此有必要對金元北方文士佔據主導地位時期的詩文創作加以還原和重新認識。

參考文獻

〔一〕王惲《秋澗集》卷四九《南鄘王氏家傳》，四部叢刊初編本。
〔二〕王惲《秋澗集》附録王公孺《王公神道碑銘》，四部叢刊初編本。

〔三〕宋濂等撰《元史》卷一六七，北京：中華書局，一九七六。

〔四〕王惲《秋澗集》附録王公孺《王公神道碑銘》，四部叢刊初編本。

〔五〕《中國大百科全書》卷二一——二二《中國文學》，北京：中國大百科全書出版社。

〔六〕唐圭璋《全金元詞》，第六四八頁，北京：中華書局，二〇〇〇。

〔七〕蔣星煜《元曲鑒賞辭典》，第一二四四頁，上海：上海辭書出版社，二〇〇八。

〔八〕《辭源》，北京：商務印書館，一九九八。

〔九〕鄧紹基、楊鐮主編《中國文學家辭典》（遼金元卷），第二八頁；北京：中華書局，二〇〇六。

〔一〇〕鄧紹基《元代文學史》，第四〇〇頁，北京：人民文學出版社，一九九一。

〔一一〕王季思主編《元散曲選注》，第二六頁，北京：北京出版社，一九八五。

〔一二〕卜鍵主編《元曲百科大辭典》，北京：學苑出版社，一九九一。

〔一三〕豐家驊《胡祗遹卒年和王惲生年考》，《文學遺産》一九九五年，第二期。

〔一四〕鄭海濤《元人王惲生卒年考——兼與豐家驊先生商榷》，《古籍整理研究學刊》，二〇〇八年，第六期。

〔一五〕袁國藩《大陸雜誌　史學叢書》第三輯第三册《宋遼金元研究論集·元史劄記》第八條，臺灣：大陸雜誌社。

〔一六〕王惲《秋澗集》附録陳儼《故翰林學士秋澗王公哀挽詩序》，四部叢刊初編本。

〔一七〕王惲《秋澗集》附録王公孺《王公神道碑銘》，四部叢刊初編本。

〔一八〕宋濂等撰《元史》卷一六七，北京：中華書局，一九七六。

〔一九〕王惲《秋澗集》附録王公孺《秋澗先生大全文集後序》，四部叢刊初編本。

〔二〇〕陸心源《皕宋樓藏書志》卷九七，光緒八年十萬卷樓刻本。
〔二一〕莫伯驥《五十萬卷樓羣書跋文》卷三，《國家圖書館藏古籍題跋叢刊》二七册影印民國三十年排印本。北京：北京圖書館出版社，二〇〇二。
〔二二〕陸深《儼山外集》卷一二，文淵閣四庫全書本。
〔二三〕劉昌編《中州名賢文表》卷二八《秋澗集》附録劉昌後序，臺灣：華文書局影印清康熙刊本。
〔二四〕錢謙益《絳雲樓書目》卷四《金元文集類》，粵雅堂叢書本。
〔二五〕《菦圃善本書目》中册集部，國家圖書館藏抄本（153558）。
〔二六〕丁丙《善本書室藏書志》卷三三，清光緒二十七年錢塘丁氏刻本。
〔二七〕《北京圖書館古籍善本書目》，第二二五八頁，北京：書目文獻出版社，一九八七。
〔二八〕車璽《王秋澗先生文集序》，四部叢刊本《秋澗先生大全文集》卷首。
〔二九〕陸心源《儀顧堂題跋》卷一三，北京：中華書局，一九九〇。
〔三〇〕丁丙《善本書室藏書志》卷三三，清光緒二十七年錢塘丁氏刻本。
〔三一〕丁仁《八千卷樓書目》卷一六，《續修四庫全書》九二一册影印錢塘丁氏聚珍仿宋版，上海：上海古籍出版社，二〇〇二。
〔三二〕紀昀等撰，劉誠點校《欽定四庫全書總目》卷一六六，北京：中華書局，一九九七。
〔三三〕《中國古籍善本書目·集部上》第四四五頁，上海：上海古籍出版社，一九九八。
〔三四〕丁丙《善本書室藏書志》卷三三，清光緒二十七年錢塘丁氏刻本。
〔三五〕王惲《秋㵎集》卷四一《王氏藏书目録序》，四部叢刊初編本。

〔三六〕王惲《秋涧集》卷四一《王氏藏书目録序》，四部叢刊初編本。

〔三七〕王惲《秋涧集》卷四一《王氏藏书目録序》，四部叢刊初編本。

〔三八〕張長華《元代書目所知録》，山東圖書館季刊，一九九一年，第三期。

〔三九〕宋濂等撰《元史》卷五八《地理志一》，北京：中華書局，一九七六。

〔四〇〕王惲《秋澗集》卷四一《汲郡圖志引》，四部叢刊初編本。

〔四一〕王惲《秋澗集》卷四一《汲郡圖志引》，四部叢刊初編本。

〔四二〕王惲《秋澗集》卷六三，四部叢刊初編本。

〔四三〕蔡春娟《李璮、王文統事件前後的王惲》，《中國史研究》，二〇〇七年，第三期。

〔四四〕王惲《秋澗集》卷四一《汲郡圖志引》，四部叢刊初編本。

〔四五〕王惲《秋澗集》卷四一《汲郡圖志引》，四部叢刊初編本。

〔四六〕王惲《秋澗集》卷二十四《挽趙教授公净》，四部叢刊初編本。

〔四七〕李濂《嵩渚文集》卷七二《讀王秋澗文集》，《四庫全書存目叢書》七〇册影印明嘉靖刻本，濟南：齊魯書社，一九九七。

〔四八〕黄虞稷《千頃堂書目》卷八，上海：上海古籍出版社，二〇〇一。

〔四九〕王惲《秋澗集》卷四一《文府英華敘》，四部叢刊初編本。

〔五〇〕宋濂等撰《元史》卷一六〇《王磐傳》，北京：中華書局，一九七六。

〔五一〕蘇天爵《名臣事略》卷一二《内翰王文忠公》，北京：中華書局，一九七六。

〔五二〕王惲《秋澗集》卷六一《提點彰德路道教事寂然子霍君道行碣銘并序》，四部叢刊初編本。

〔五三〕王惲《秋澗集》卷四一《文府英華敘》，四部叢刊初編本。
〔五四〕王惲《秋澗集》卷四一《文府英華敘》，四部叢刊初編本。
〔五五〕王惲《秋澗集》卷四一《文府英華敘》，四部叢刊初編本。
〔五六〕王惲《秋澗集》卷四一《文府英華敘》，四部叢刊初編本。
〔五七〕王惲《秋澗集》卷四一《文府英華敘》，四部叢刊初編本。
〔五八〕王惲《秋澗集》卷四一《文府英華敘》，四部叢刊初編本。
〔五九〕魏崇武《憂「賤生于無用」而呼喚「有用之文」——元代初期文學功用觀的時代特徵之一》，《民族文學研究》，二〇一〇年，第一期。
〔六〇〕王惲《秋澗集》附録王公孺《秋澗先生大全文集後序》，四部叢刊初編本。
〔六一〕王惲《秋澗集》卷四一《博古要覽序》，四部叢刊初編本。
〔六二〕王惲《秋澗集》卷四一《博古要覽序》，四部叢刊初編本。
〔六三〕王惲《秋澗集》卷七一《題丙博陽問牛圖後》，四部叢刊初編本。
〔六四〕王惲《秋澗集》卷八〇《中堂事記序》，四部叢刊初編本。王惲《秋澗集》卷九三《玉堂嘉話序》，四部叢刊初編本。
〔六五〕王惲《秋澗集》卷四一《新修調元事鑒序》，四部叢刊初編本。
〔六六〕王惲《秋澗集》卷四二《編年紀事序》，四部叢刊初編本。
〔六七〕王惲著，楊曉春點校《玉堂嘉話》卷四，北京：中華書局，二〇〇六。
〔六八〕王惲《秋澗集》卷七一《題魯公書臧氏碑後》，四部叢刊初編本。

〔六九〕王惲《秋澗集》卷四五《對魯公問》，四部叢刊初編本。

〔七〇〕王惲《秋澗集》卷四一《顔魯公書譜序》，四部叢刊初編本。

〔七一〕王惲《秋澗集》卷四一《顔魯公書譜序》，四部叢刊初編本。

〔七二〕王惲《秋澗集》卷四二《王氏易學集説》，四部叢刊初編本。

〔七三〕王惲《秋澗集》卷四九《金故忠顯校尉尚書户部主事先考府君墓誌銘》，四部叢刊初編本。

〔七四〕李庭《寓庵集》卷六《金故朝請大夫同知裕州防禦使事王君墓誌銘》，文淵閣四庫全書本。

〔七五〕王惲《秋澗集》卷四二《王氏易學集説》，四部叢刊初編本。

〔七六〕黄沛榮《元代〈易〉學平議》，臺北：臺灣研究院中國文哲研究所二〇〇〇年編《元代經學國際研討會論文集》。

〔七七〕王惲《秋澗集》卷二一《周曲山挽章壬辰三月十五日》，四部叢刊初編本。王惲《秋澗集》卷三一《題王明村老黄店壁八絶壬辰歲三月廿五日葬曲山回作》，四部叢刊初編本。

〔七八〕王惲《秋澗集》附録王公孺《秋澗先生大全文集後序》，四部叢刊初編本。

〔七九〕王惲《秋澗集》卷四二《淇奥唱和詩序》，四部叢刊初編本。

〔八〇〕王惲《秋澗集》附録王公孺《秋澗先生大全文集後序》，四部叢刊初編本。

〔八一〕王惲《秋澗集》卷四一《南墉諸君會射序》，四部叢刊初編本。

〔八二〕王惲《秋澗集》卷四四《日用》，四部叢刊初編本。

〔八三〕王惲《秋澗集》卷四〇《故翰林學士紫山胡公祠堂記》，四部叢刊初編本。

〔八四〕段成己《創修棲雲觀記》，明成化《山西通志》卷一五，濟南：齊魯書社，《四庫全書存目叢書》史部第一七四册。

〔八五〕王惲《秋澗集》卷四四《賤生於無用説》，四部叢刊初編本。
〔八六〕王惲《秋澗集》卷四六《儒用説》，四部叢刊初編本。
〔八七〕王惲《秋澗集》卷四六《儒用説》，四部叢刊初編本。
〔八八〕元好問《遺山集》卷三五《紫微觀記》，文淵閣四庫全書本。
〔八九〕王惲《秋澗集》卷三五《上元仲一書記書》，四部叢刊初編本。
〔九〇〕王惲《秋澗集》卷三五《上元仲一書記書》，四部叢刊初編本。
〔九一〕王惲《秋澗集》卷三五《謝張詹丞書》，四部叢刊初編本。
〔九二〕脱脱等《金史》卷一一五《完顔奴申傳》，北京：中華書局，一九七五。
〔九三〕郝經《陵川集》卷三七《與宋國兩淮制置使書》，文淵閣四庫全書本。
〔九四〕王惲《秋澗集》附録王秉彝《序》，四部叢刊初編本。
〔九五〕王惲《秋澗集》附録陳儼《故翰林學士秋澗王公哀挽詩序》，四部叢刊初編本。
〔九六〕王惲《秋澗集》卷四三《遺安郭先生文集引》，四部叢刊初編本。
〔九七〕王惲《秋澗集》卷九四《玉堂嘉話卷之二》，四部叢刊初編本。
〔九八〕王惲《秋澗集》卷四三《遺安郭先生文集引》，四部叢刊初編本。
〔九九〕元好問《元好問全集》卷五二《詩文自警》，太原：山西古籍出版社，二〇〇四年版。
〔一〇〇〕王惲《秋澗集》卷四三《遺安郭先生文集引》，四部叢刊初編本。
〔一〇一〕顧嗣立《元詩選》初集卷一五《秋澗詩小序》，第四四四頁，北京：中華書局，一九八七。

〔一〇二〕紀昀等撰，劉誠點校《欽定四庫全書總目》卷一六六，北京：中華書局，一九九七。
〔一〇三〕鄧紹基主編《元代文學史》四〇一、四〇二頁，北京：人民文學出版社，一九九一。
〔一〇四〕鄧紹基主編《元代文學史》四一六頁，北京：人民文學出版社，一九九一。
〔一〇五〕楊鐮《元詩史》二八六至二八九頁，北京：人民文學出版社，二〇〇三。
〔一〇六〕鄧紹基主編《元代文學史》四〇二頁，北京：人民文學出版社，一九九一。
〔一〇七〕陶然《金元詞通論》三一六至三一九頁，上海：上海古籍出版社，二〇〇一。
〔一〇八〕王惲《秋澗集》卷四五《遺山先生口誨》，四部叢刊初編本。

凡例

一、《秋澗集》一百卷，元王惲撰。元刊本半葉十二行，行二十字。制詞序文逢「世祖皇帝」、「朝廷」、「裕宗皇帝」、「聖朝」等詞，皆頂格提行，以明所尊。前題詞葉末有「右計其工役，始於至治辛酉之三月，畢於至治壬戌之正月」三行。又有「嘉興路司吏楊恢監督，嘉興路儒學路録余元第董工，前蘭溪州判唐泳涯校正」三行。《秋澗集》卷一爲頌、賦，卷二至卷三四爲詩，卷三五爲書、議，卷三六至四三爲記、序，卷四四至卷四六爲雜著，卷四七至卷七〇爲行狀、碑、銘、贊、傳、文、箴、表、啓、疏，卷七一至卷七三爲題跋，卷七四至卷七七爲樂府，卷七八至卷七九爲《承華事略》，卷八〇至卷八二爲《中堂事記》，卷八三至卷九二爲《烏臺筆補》，卷九三至卷一〇〇爲《玉堂嘉話》。元刊本，至治初刊行二十部，但到明代時已經罕見於世，且缺葉漫漶，非爲善本，現存臺北「中央圖書館」。一九八五年，臺北新文豐出版公司在編《元人文集珍本叢刊》時將此本列入，所缺葉用《四部叢刊》所影明刊本補齊，元刊本就此重新問世，可爲整理校勘之最原始祖本，頗爲珍貴。《秋澗集》另一種重要版本爲明弘治十一年刊本，李瀚巡按河北道時，右參政祝直夫、僉事包好問將《秋澗集》考證疑誤，李瀚檄命開封、衛輝守馬龍、金舜臣繕寫翻刻，弘治十一年夏四月工畢，車璽爲之序，即爲弘治刊本。此本係覆刻元刊本而來，基本忠於元本體例，行款一仍其舊。所不同處：前有王秋澗先生小像及秋澗圖；版心無字數與刻工姓名；元刊本前之王構、王士熙、王公儀、羅應龍等人序跋皆闕，而代以車璽序；筆記重出條目作注説明，但未全部抉出。《四部叢刊》收有此集，係據丁丙八千卷樓所藏明刊本影印，中間計缺八葉：卷六第十五葉、卷二九第二葉、卷三四第十四葉、卷四一第七、八葉，卷四四第十八葉，卷五九第四葉、卷七四第八葉，其中據宋賓王鈔本補兩葉：卷三四第十四葉、卷七四第八葉，其餘六葉存白葉於卷中以待後補，此本是目前最通行之版本。原明刊本現藏南京圖書館。另外還有四庫全書本及清鈔本。四庫本對元代人名、地名及清代避諱字眼竄改較多，經比勘考證，發現四庫系列祖本爲國家圖書館所藏朱彝掌清初鈔本（12739），爲重要元鈔本系統之一，對元刊闕文處多有補充，又因流傳廣而易得，因此具有重要校勘價值。現可見有影印文淵閣四庫全書本、影印摛藻堂四庫全書薈要本，薈要本較文淵閣四庫本精善。清代另有數種鈔校本存世，其中宋賓王鈔校本學術意義較大，具有重要的校勘價值，且在四庫本之前，又力求補全元刊本缺葉，對於勘探元刊本原貌有重要意義，本次校勘即以國家圖書館所藏縮印膠卷（S 1048）校勘核對。

二、爲了整理方便，用明刊本遞補之元至治初刊本簡稱元刊明補本；明弘治十一年本簡稱爲弘治本；清宋賓王鈔校本簡稱宋鈔本；摛藻堂四庫全書薈要本簡稱薈要本；文淵閣四庫全書本簡稱四庫本。

三、就底本與諸參校本具體文字而言：元刊明補本、弘治本版本較早，弘治本雖經明人「考證疑誤」，但所作改動較少，且校改審慎，比較忠實於底本原貌；元刊明補本則是以至治初刊本爲本，缺頁漫漶，又據弘治本添補，可大致窺見《秋澗集》祖本之面貌；二本文字僅有微異，且差異處多可互相印證。薈要本、四庫本則對底本進行了較大幅度校改：元刊明補本、明刊本用通假字，薈要本、四庫本則多改爲相應之本字，如「芼」改作「毛」；元刊明補本、明刊本用偏旁類化而産生之詞，薈要本、四庫本則多改爲相應之本詞，若「惻憶」改爲「惻隱」；二字某義本可相通，元刊明補本、明刊本用使用較少之字，薈要本、四庫本則多改爲使用較多之字，若「原來、本來」義，「元」改作「原」。此外，薈要本、四庫本由於流傳相對較久，文字錯訛亦相對較元刊明補本、明刊本嚴重，亦多有異文不知所祖何本；單就此二本言，則薈要本校改審慎程度要遠勝四庫本，文字亦多精於四庫本，校勘價值不可小覷；四庫本雖錯誤較多，校改亦欠審慎，但收入《四庫全書》，流傳相對較廣，亦有一定之校勘價值。

現存元刊本缺葉衆多，通過比勘發現明代補修時使用的即爲弘治本，其缺葉部分使用弘治本參校無意義。四庫本在抄寫時，對正文缺漏處雖有所補全，但臆改、妄改之處較多，影響其校勘價值。宋賓王抄本則祖承元刊本，且致力使用元本補闕，學術價值遠高於四庫本。故此次整理，對於元刊本缺葉及正文缺漏處，一律以「此處爲明補本」表明，並用宋賓王抄本（簡稱抄本）核對補正，力求最大程度還原元刊本面貌。

四、今次整理王惲詩文，以元刊明補本爲底本，以弘治本、清鈔本、薈要本、四庫本爲校本。詩集部分還參校了顧嗣立《元詩選》丙集、國家圖書館出版社《詩淵》、明曹學佺《石倉歷代詩選》。文集部分也參校了蘇天爵《元文類》七十卷，蔣易《皇元風雅》三十卷。

《秋澗樂府》部分，現今詞學研究界成果雖然較多，但經蒐集對勘發現，均未有使用元至治刊明補修本爲底本整理研究，即如廣泛流行之《全金元詞》，因當時條件所限，未使用至治本及清抄本，故此次整理，仍按照本書統一體例重新進行校勘整理，以便學者使用。現今已有王惲研究之學術成果，此次整理亦酌情參考。

關於本書的校勘原則，尚需説明如下：

［一］由於古代社會特定的尊卑秩序要求，古籍中出現大量諱筆現象。若「燁」各本均缺一豎筆。凡此在文中徑直改正，不出校記。

［二］元刊明補本雖錯誤相對較少，但仍有部分筆誤。故録入原文時，對元刊本錯字、别字之訂正亦不在少數。其中明顯錯誤徑行改正，如「戊戌」改爲「戊戌」；各本已、己、巳大多不分，紀年的「甲巳」「甲己」改爲「甲巳」。

［三］各本在具體用字上存在差異，主要表現在：俗體字大量存在，異體字各個版本多有不同，同一版本中古今字也偶有出現。具體處理方法如下：俗體字參考慧琳《一切經音義》、黄征《敦煌俗字典》、丁度等修《集韻》、劉復《宋元俗字譜》及大型字典辭書統一改爲相應之正體字。異體字之具體選用情況是：異體字統一改爲相應正體字；在古漢語中多通用但又有細微差别者不一，附於校記中略作説明如：「考」和「攷」，「核」和「覈」。古今字一般不改，如埜和野；新舊字則統一改成相應之新體字，若：録、録統一爲録。

〔四〕《秋澗集》各本中又有一些相對特別的不規範文字：湏、須，本爲二字，但元代就有須誤作湏者，明、清兩代乃至民國，從氵、彡者多相混，而字典中又明確説「須，俗作湏，非」。實際上這也是一種尚未經廣泛認可的俗字，故在校記中予以説明。再若莭、節，本爲二字，但因艹旁舊體字與⺮旁極其相近，二字遂有相混之處。

〔五〕關於本書之出校原則：一，各本文字，因元刊明補本多優於他本，故凡有元刊明補本文義暢達，不致引起歧義，而他本不同者，基本上保持元刊本原貌，並將異文附於校記之中。二，元刊本有明顯錯誤，則依他本不誤者校改，改動處亦詳記於校記之中。三，文本中，或異或改，均加校者相應解釋，但不强解。不解者有三：異文處本無可勘正者；異文處孰是孰非不需解者；注者識力所限不能解者。四，前後校記多次出現用例完全相同的異文，僅出第一次異文的校記，後注「後依此不悉出校記」；對於異文相同而詞義及用法不同的，均出校記。五，校記中的術語：「亦通」，異文與底本文字本可通用；「亦可通」，謂文非而義是；「某、某，多可通」，爲二字意義及用法微殊，多可通用；某，同/通某，謂某此處同/通某；某，某(也)，謂某此處義爲某。

五、《秋澗集》今次整理緣起有二：其一，王惲及其家族横跨金元，歷經易代之變，且王惲入仕蒙元之後，多處任職，與金元大儒多有交際，其詩文對研究元代歷史及文化有重要意義。其二，雖然近年來對王惲之研究有所重視，但还遠遠不夠，實有提供一個完善的、具有學術價值的整理本之必要。

六、爲提高本書學術價值，特附《王惲年譜》於後。歷代有關王惲資料對於瞭解王惲其人及元代文史，具有重要意義，故另在附録部分將王惲相關文獻加以分類彙編，以資學人之用。

七、鑑於王惲詩文在元代的重要地位及研究上的不足，今次特於《前言》中對王惲生平仕履、著作考述、詩文評價作出相應之介紹，以期學者對王惲及其詩文創作有一個總體把握。

楊亮

改訂於河南大學臥雲樓

目録

鶴媒賦……二四
玄猿賦……二六
蟠木山賦……二八

王惲全集彙校卷第二……三一

五言古詩……三一
拜奠魯文憲王廟二十八韻……三一
拜奠宣聖林墓……三三
陪總管陳公肇祀商少師比干廟……三五
擬韓子秋懷十一首……三七
九日和淵明詩韻……四一
寒雀歎……四二
觀葬者有感走筆爲賦……四三
自喻……四三
改葬冥漠君……四四
青青兩桐樹……四五
鹿喻……四六

送宋大使漢臣之任延安……四七
溪田暮歸……四九
散步清溪湄……五〇
讀林和靖詩集……五〇
西溪始泛同王子初訪王柔克……五二
擬古……五三
過劉元海陵寢……五四
遊萬固寺……五五
静樂堂……五七
舜泉……五八
跋席懷遠臨終語録……六〇
録老農語……六〇
吴大使子明致樂堂……六一
遣發僕夫李老櫬歸瘗淇上……六三
感寓……六三
陳村待渡……六四

汾水道中……六五
宿板橋田舍……六五
過鹿臺山……六六
觀穫蕎麥……六七
臨汾節婦吟……六八
過鹿臺西崦……六八
答老農語……六九

王惲全集彙校卷第三……七一

五言古詩……七一
題玉石蓮華洞道院壁……七一
御驃出廐圖……七三
題吕充隱和陶詩卷後……七四
昆陽懷古……七五
苦熱歎四十六韻……七六
聽講吕刑諸篇……七八
謝子文龍尾藤策之贈……七九

贈仲温教授求授真訣……八一
泛漳篇……八二
柏亭歎……八三
九門道中……八四
野河渡……八五
菊歎……八六
輓漕篇……八七
元日示孫阿鞬六十韻……八九
桑蟲歎……九二
靈光塔……九三
春榆歎……九五
折齒吟二十四韻……九六
癸未七月秋分日鎮陽澤宫弘道堂讀韓子有感……九八
董大夫廟……一〇〇
漢丞相條侯廟……一〇一
泥阻小大西門道中……一〇二

鋤鏤詩……一〇三
牛升哥詩……一〇四
聞談劉齊王故事……一〇五
過深州故城有懷韓昌黎解牛元翼圍事……一〇七
賢哉霍生行……一〇八
題洪崖先生卷後……一〇九
出香奇石……一一〇
洗硯示孫阿韃……一一〇

王惲全集彙校卷第四……一一三

五言古詩……一一三
遊百家巖四十一韻……一一三
謝王中丞惠柏栽……一一五
飼牛辭……一一六
種蔬……一一八
餞王和之北還……一一九
汲冢懷古……一二〇

壽弟監使仲略……一二一
酬紹開提刑見寄原韻……一二四
擊訓狐……一二五
明農亭……一二六
感興詩三首……一二七
苦寒效昌黎體……一二九
怪石辭……一三〇
疇昔一首寄胡紫山……一三一
元日吟……一三三
嗟哉傳生行……一三四
處暑日偶書……一三五
秋雨中書懷……一三七
餞侯敬甫還汴……一三九
望崧吟……一四〇
宣城筆……一四一
賦襄邑蒸豚……一四二

雙廟懷古……一四四
虞姬墓……一四五
江船二詠……一四六
舟宿桃源縣……一四七
劉營田拜慶詩……一四八
食鱸魚……一四九
長至日次赤岸驛……一五〇
平望道中……一五一
大安嶺……一五二
自淮口抵宿遷值風雨大作……一五三
吕梁……一五四

王惲全集彙校卷第五……一五七

五言古詩……一五七
和淵明歸田園……一五七
教授晉卿旬月間連失三孫……一五八
響板辭……一五九

海獚……一六〇
和曲山遊澤宫感舊詩廿一韻……一六一
韓晉公畫蒼牸出水圖……一六三
唐邊鸞正面孔翠……一六三
琅山……一六四
望黄金臺有感……一六五
和紫山題觀音堂山石詩韻……一六六
張鵬飛治虎骨爲鎞插作詩以贈……一六七
淵明漉酒圖……一六七
有懷雪庵禪師……一六八
李庭珪墨……一六九
贈承旨唐壽卿……一七一
成德堂詩卷……一七二
題趙文卿嘉山詩卷……一七三
東征詩……一七四
覓風字歙硯詩贈侍其府尹……一七六

十月牡丹……一七八
送范藥莊子楚教授嘉興……一七九
贈大同利彦祥……一八〇
贈筆工張進中……一八一
送張幼度倅冠州……一八三
遊嬀川水谷太玄道宫……一八四
題�菊亭……一八六
陪張右相祭奠司徒忠懿公墓……一八七
書日者卷後……一八八
題張氏先塋記後……一八九
送張勝非任汝寧府判……一九一
壯士吟題郝奉使所書手卷……一九二
送徐平叔還廣平因次其韻……一九四
題焦節婦卷後……一九五
送許澮齋提舉隆興學校……一九六
觀臺鄉劉氏瑞蓮……一九七

蒲城行……一九八
黑山秋霽……一九九

王惲全集彙校卷第六……二〇一
七言古詩……二〇一
舒辟劍歌……二〇一
飛豹行……二〇三
匹紙歌……二〇五
金馬門行……二〇六
相從行……二〇七
南風謡……二〇九
長劍行……二一〇
雜言喻爲彦政失子作……二一二
湧金遊……二一三
秦川行……二一四
東方碑帖歌……二一五
墨竹歌……二一六

乞雁歌……二一七
夏夜晨起理髮……二一九
衡門行……二二〇
大雹行……二二一
捕魚歌……二二三
宿仙山朝元觀題示……二二四
雁門公子行……二二六
贈田生赴監河之召……二二七
贈孟祝史德卿還燕城……二二八
題韓幹畫馬圖……二二九
梁秀才惠棖……二三〇
三勸漿歌……二三一
驅蝗行……二三二

王惲全集彙校卷第七

……二三五
七言古詩……二三五
題薛少保稷畫鶴圖……二三五

僧傳古坐龍圖嚴東平所藏至元二年秋九月張簽省耀卿處觀七年閏十一月甲戌公退馬上偶得時秋苦旱冬天無雪……二三六
趙邈齪虎圖行……二三七
楊秘監百馬圖……二三八
和姚左轄梨花詩韻……二四〇
絳州法帖歌……二四〇
題趙仲器治古齋……二四二
題都山老人慶九十詩卷次胡員外韻……二四三
惡溝行……二四四
題趙城南王開鋪樓壁……二四六
清江引……二四七
張郎中彦亨督太原梳運道出平陽索鄙語爲餞因賦是詩兼簡子初宣慰……二四八
平陽官府行奉送部掾劉文偉北還兼簡省臺諸公……二四九
鵯鵊詞……二五〇
遊姑射山神居洞……二五一
北洞……二五二

銅方爵歌……二五三
短歌行山中寒食作……二五四
風秀丹山歌……二五六
醉歌行……二五七
玉璧城懷古……二五九
聽祥師彈琴……二六〇
襄陵行……二六一
贈賈主簿德遠赴春官……二六二
戴嵩畫牛圖……二六二
李營丘寒江晚捕圖……二六三
七夕日同府僚觀稼西郊……二六四
黄崖行……二六五
曲沃道中與老農語……二六六
新道成車中即事……二六七
金店馬生者贈余峴山圖走賦是詩以謝之……二六八
山中瓏研歌寄商左山副樞……二六九

題董少平廟壁……二七〇
吴娃行……二七一
鎮州懷古……二七二
周卿二子歌……二七二
冬十月朔展墓回有感……二七三
簜樽歌……二七四
西京王生歌……二七六

王惲全集彙校卷第八……二七九

七言古詩……二七九
入侍行贈董符寶……二七九
小山行……二八一
沙堤行……二八三
羽林萬騎歌……二八五
瑞雪歌……二八七
謁蘇墳……二八八
雜言送文郎中子周宣慰江西道……二八九

義士姜侯歌……二九〇
趙穆篆隸歌……二九一
食梅子有感……二九二
潛齋歌贈中山知府史子華……二九三
長慶行酬暢純甫贈元白二集……二九四
虎牢關行……二九五
送齊彦簽事湖南……二九六
商鼎歌……二九七
歸夢謡……三〇〇
日蝕詩……三〇一
南宫老仙雲山圖……三〇四
盧仲傑送所逸東萊集二帙……三〇四
簽院趙公許惠歐蘇集作詩以問之……三〇五
涇陽鎮中秋贈馬御史……三〇六
小邊行一百五日同總尹張彦亨赴小邊口相視河流回馬上偶作此詩……三〇七
夢陳節齋……三〇八

信陵公子行……三〇九
題子猷迴舟圖……三一〇
山陽早發……三一一
雄狐行……三一二
月老招飲……三一三
望黄金臺歌……三一四
越雞行贈柔明憲使……三一五
春溪小獵行……三一六
野兒行……三一七
哀老般辭……三一八
憫雨行……三一九
王惲全集彙校卷第九……三二三
七言古詩……三二三
滹沱流澌行……三二三
布穀辭……三二五
惡鵶行……三二七

鴻雁歌……三二八
健兒歌贈李裕卿……三二九
贈滑州龍教授取新……三三〇
馬天章畫廬山清曉圖……三三一
放猿詞……三三二
田家謡……三三二
素馨辭……三三四
宣和寶墨歌……三三五
寶鼎歌贈開元僧法恒……三三七
義俠行……三三八
贈僧芝庵……三四一
題右相文獻公畫鹿圖……三四二
桑災歎……三四四
入奏行……三四五
紫藤花歌……三四六
聽馬姬彈明妃引……三四九

讀舜廟碑……三五〇
星聚鳳池硯歌……三五一
贈張道士……三五二
辛夷花歌……三五三
至元癸未夏四月廿五日同獲鹿主簿蓋義甫同遊封龍上觀……三五四
題桃源圖後……三五五
贈九萬户……三五六
嗟嗟住河濱……三五七
滹沲秋漲行……三五七
謝安從事見贈放生池碑本……三五九
紀夢……三五九
平原行……三六〇
常山太守歌……三六二
負籠行……三六三
王惲全集彙校卷第十……三六五
七言古詩……三六五

華不注歌……三六五
趵突泉歌……三六六
東坡海南醉歸圖……三六八
河冰篇……三六九
短歌行……三七〇
荒雞行……三七一
龍在田詩……三七一
讀五代史記作古樂府五首……三七三
楊柳枝辭……三七三
檀來歌……三七三
椒蘭怨……三七四
汜水行……三七四
劉山人歌……三七五
後飼牛辭……三七六
春寒曲……三七七
驅狼行……三七七

寶鴨歌……三七八
漢宣帝幸池陽宫圖……三七九
入奏行送右丞史侯……三八〇
送雪堂南行……三八一
樂閒老人歌……三八一
醉道士歌……三八三
雙峯歌……三八五
過宋義墓……三八七
中秋吟……三八八
花工王氏歌……三八九
河圖篇答伯明學官……三九〇
風字瓦研歌示陳生……三九一
雷將軍歌……三九二
革故謡……三九四
通漕引……三九五
珍珠果詞……三九六

當熊詞……三九七
東征謡……三九八
下瀨船……四〇〇
征士謡……四〇一
天星行……四〇二
雨木冰……四〇三
建春樓歌……四〇五
潛蛟行謝温將軍惠石……四〇六
重門行……四〇七
唐申王畫馬歌……四〇八
秋澗著書圖歌贈畫工張仁卿……四〇九

王惲全集彙校卷第十一……四一一

七言古詩……四一一
題耆英圖奉呈子初中丞……四一一
紫芝歌……四一二
圯上行……四一三

題長江萬里圖後……四一四
問吴臺辭……四一五
南臺懷古……四一六
游九仙閣……四一七
雜言寄中隱信宣慰時在泉州近辱書過蒙遠問倥偬間不時奉答獲罪多矣人行謹以雜言爲報奉别後一粲……四一八
李夫人畫蘭歌……四一九
雜言……四二一
福唐中秋對月酬劉端友見贈之什……四二三
題釣臺……四二四
洛中吟……四二五
竹鹿辭……四二七
游金山寺……四二九
鬼車行……四三一
流民歎……四三二
南樓行送信御史佐鄂岳行院……四三四

五色鸚鵡歌……四三五
福星行……四三六
白鹿嵬歌……四三七
瓊華露酒歌……四三九
有狐篇……四四〇
罩魚歌……四四一
風狸行……四四三
賀君玉林兄得重孫……四四四
二俊歌……四四四
題任南麓畫華清宫圖後……四四五
和東坡聚星堂雪詩韻……四四七
雞蹠劍歌……四四八
飛廉館瓦研歌……四四八
清霜怨……四五〇
賀雨詩……四五一
題中山劉壽翁九十五詩卷……四五二

送李蕭二君奉使安南……四五三
繼翰屬詩韻昨觀諸君光和所謂眼中有鐵皆勍敵也復爲滲漉以見鄙懷……四五五
礱硯詞……四五六
秦山圖……四五七
送曹仲堅赴建寧路教……四五八
雁門公子行……四五九
泉石雙松圖……四六一
江南道……四六二
贈五星鄒宜齋……四六三
湘中後怨……四六四
摩莎辭……四六五
街東宅效樂天體嘆暴貴而戒貪得也……四六六
碧玉琱枕歌壽王承旨……四六七
淮西行送湯侯宣慰廬江郡……四六八
黄鵠下太液池歌贈張詹丞子有……四六九
海燕蒲萄鏡歌贈趙克敬……四七〇

和張鵬飛詩韻……四七一

王惲全集彙校卷第十二……四七三

五言律詩……四七三
壽史開府……四七三
壽徒單顒軒……四七四
送外弟韓茂卿北上……四七五
春夜宴史右相宅……四七六
送表弟韓雲卿赴臺……四七八
謁武惠魯公林墓……四七九
靈巖寺二十六韻……四八一
壽郡侯……四八二
贈周曲山……四八三
夢入閩清府……四八四
送李郎中德昌北還情見乎辭……四八五
謁光武廟……四八六
和幹臣食粽有感詩韻……四八七

番禺杖……四八八
秋月篇壽幹臣周宰取杜默爲李文定公迪詩例……四九〇
送趙都司秉彝赴遼東省幕……四九一
送忠翁南歸……四九二
賦手植檜酒鍾……四九四
哀曹府君詞……四九五
送趙克敬判定武……四九六
省題詩……四九七
紅藥當階翻……四九八
朱干玉戚詩……四九八
何參政母夫人哀辭……五〇〇
仲和張君孝友純至來求詩因賦此以贈……五〇一
題常仁卿運使西覲紀行……五〇二
太平宴二詩……五〇三
冬日即事……五〇四
壽韓生弘……五〇五

哭友親完顏仲希墓……五〇六
挽吴衡甫……五〇六
壽王子初……五〇七
秋夜月下獨酌時回自燕都……五〇七
治穢……五〇八
贈彦政副使……五〇八
清明日南寺對雨……五〇九
秋夜……五一〇
出門……五一〇
挽真定史二相君……五一〇
挽武安道……五一一
壽雷彦政……五一二
白松……五一三
早發泓芝驛……五一三
禹廟……五一四
温國公故宅……五一五

周幹臣詩韻和……五一六
和秋漲二首……五一六
題有趙義士三侯祠……五一七
禱雨孚惠靈祠……五一八
慶王丈子壽八秩之壽……五一八
奉酬紹開外郎……五一八
星子鎮道中……五一九
題柏璧鎮……五一九
夷齊墓……五二〇
舜井……五二〇
河中……五二一
登歷山聖人嶺……五二二
跋運使張君會琴圖……五二二
田間……五二三
過萬泉縣……五二四

王惲全集彙校卷第十三

……五二五

五言律詩……五二五
哀尚書高公詞……五二五
送成耀卿尹温縣……五二七
奉題趙侯禹卿東臯林亭……五二七
重謁樓桑昭烈帝廟……五二九
固安道中……五三〇
除蝗……五三一
秋日過濟衆僧舍……五三一
送紫陽歸柳塘……五三二
午憇陽城北龍泉寺……五三二
簡寄龐雲卿……五三三
元日夜燈下即事……五三三
詠史開府宅鶴……五三四
清苑道中……五三五
至元十七年正月十三日巳刻出完州抵暮入保定夜未分雪大作至翼日午刻
方止偶得此詩預喜歲事之有成也……五三五

答螽州天寧寺英老……五三六
座中偶得示舜舉舊遊仲賢良醫……五三六
龍門寺……五三七
辭長樂先塋二首……五三七
飲食……五三九
辭先塋後臨行作……五三九
望舍弟消息……五四〇
送趙克敬任孟州同知……五四一
蕭相國廟……五四一
火獵……五四二
汴堤道中……五四三
十一月十三日宿濉寧夢總帥史子明見教……五四四
次宿遷望紫山不至……五四四
淮安州……五四五
寶應道中……五四六
出寶應雪中舟行……五四六

高郵道中二首……五四七
召伯埭……五四八
揚州……五四八
衢州……五四九
玉山道中……五五〇
常山道中晚行……五五〇
信州道中……五五一
石溪道中……五五一
鵝湖寺己丑冬仲望日雨中過此坐間爲主僧希聲留題……五五二
閩中……五五二
閩清湯池留題……五五三
建寧北苑……五五四
望嶺……五五四
鵝湖道中……五五五
題柯山寶嚴寺壁……五五五
首夏家居即事……五五六

方竹杖……五五七
枯燈花……五五八
送杜簽事之任江西……五五八
和幹臣重九日雨中醉歸韻……五五九
舍弟仲略題孫韃郎名字説後……五六〇
贈欒子英詩……五六〇
贈岳鍊師仲和……五六一
月桂……五六二
賦白鷴……五六二
京華舊俗歲終廿四日諸神上界夜家人設祭遣奠致詞且有遏惡揚善之
囑遂作小詩庶見風物……五六三
和曲山冬夜即事韻二首……五六四
奉酬舍弟仲略見寄之什……五六五
挽宋耀州漢臣二首……五六五
辛卯歲十二月望日大雪連明信宿開霽日色暄妍如春乾坤清淑之氣肅肅
可挹數年來未之見也作小詩以紀……五六六

五加皮酒……五六六
題杜氏六子名後……五六七
燭花詩李真人索賦……五六七
火罐……五六八
題甘河遇仙詩卷……五六八
和仲常牡丹詩并序……五六九
題郝氏世德碑後……五七〇
八月十二日夜病不能寐步月達曙……五七一
大行皇帝挽辭八首……五七一
題冀州馬同知拜慶詩卷……五七四
秋日下直玉堂……五七四
餞安南國王弟回鄂渚……五七五
雪夜聞鐘元貞元年冬無雪十二月廿一日夜大雪喜而作此……五七五
王氏拜慶詩……五七六
賈仲和慶八秩……五七七
慶閻庭直壽母詩……五七八

送喬元朗……五七八
榕樹……五七九
五言絶句……五八〇
贈高邑趙教諭……五八〇
冬藏和曲山詠懷嚴韻……五八〇
安坐……五八二
讀史……五八二
咏梅……五八二
己亥歲門帖子……五八三
跋吕丈扇頭……五八三
秋雲自激……五八四
夢中得……五八四
出門二首……五八五
望淮……五八五
夏夜……五八六
出門……五八六

雨後看山……五八六
夢中得……五八七
喜雨……五八七
秋夜……五八七
中秋制中對月……五八八
披襟……五八八

王惲全集彙校卷第十四……五八九

七言律詩……五八九
哭劉房山……五八九
中秋月……五八九
送王嘉父……五九〇
和靖教授送行詩韻……五九一
秋日言懷……五九二
清明日錦堤行樂……五九二
八月十九日雨晚晴……五九三
上史節使晉明壽……五九三

南城納涼晚歸……五九四
七夕立秋……五九五
涼夜……五九五
八月十一日夜坐……五九六
雪晴望……五九六
題何練師巨川虛白庵……五九七
太康展江亭……五九八
送紫陽歸柳塘……五九九
送蕭四祖北上……六〇〇
上闕闕學士……六〇〇
壬子夏六月陪蕭徵君飲方丈南榮同會者烏大使正卿董端卿經歷學士徒單雲
甫張提點幾道王秀才子初洎家府小子惲隅侍席末云……六〇一
送王子初東行……六〇二
杜君美耕隱堂……六〇二
春懷和术忽坦夫韻……六〇二
雨中與諸公會飲市樓……六〇三

秋漲後晚訪王柔克書舍……六〇四
報子初以書見慰……六〇五
春望……六〇五
冬夜坐……六〇六
砧紙……六〇六
夜歸……六〇七
壽周都運……六〇八
秋雨有懷呂丈子謙……六〇八
壽王參謀二首……六〇九
贈元仲一書記……六一〇
和仲一詩韻……六一〇
送百德正臣之汴梁……六一一
贈王脩甫……六一二
挽趙父師提舉……六一二
送盧叔賢之鄧州……六一三
壽王子初……六一三

自適……六一四
登熙春閣……六一四
哀故宮……六一五
送趙相君北上……六一五
登凌雲閣……六一六
送王子初之鄧州……六一六
送郝伯常歸堡塞……六一七
贈李幹臣……六一七
登資聖閣……六一八
跋西蒲老人燕處圖……六一八
上史相君壽……六一九
過楚卿子冠軍宋義墓……六二〇
元齋……六二一
過朝歌……六二二
銅臺懷古……六二三
佑德觀早起留別道人陳彦達……六二三

寄蕭茂先……六二四
晚菊……六二五
聞詔……六二五
陽穀道中有懷黄石公事寄呈敬齋姚公……六二五
趙御史挽章……六二六
上王翰林……六二六
夢受庭訓其中頷頸二聯蓋先君之意云……六二七
贈孟文伯……六二八
壽姚宣撫……六二九
周仲寅處覓貂帽……六二九
邢夫人拜慶詩軸……六三〇
鎮州懷古……六三〇
祗謁昭烈皇帝廟……六三一
燕城書事二首……六三一
望西陵……六三二
牧野道中……六三二

奉送平章趙公赴闕庭之召少答省檄見招之意云……六三三
贈鄉先生韓義和……六三三
送常道人子明……六三四
送劉同知還鎮陽……六三四
爲王朝顯贈梁邦傑兼簡郝勸農……六三五
和幹臣今晨所見……六三六
大風……六三六
雨後草堂即事……六三七
挽季子文……六三八
五年六月初八日夜夢遺山先生指授文格覺而賦之以紀其異……六三九
夏日南堂即事……六四〇
同幹臣讀漳濱唱和詩軸……六四〇
謝人惠瓦甎……六四一
六月初七日夜二更雷雨大作……六四二
和幹臣韻……六四二
雨後出門言懷……六四三

和幹臣雨晴出郭之什……六四四

王惲全集彙校卷第十五……六四五

七言律詩……六四五

蘧大夫廟……六四五

苦雨吟……六四六

迎秋……六四六

明霽……六四七

箕子廟……六四八

挽梁防禦邦傑二首……六四八

奉答彥正參議書問……六四九

酒醒聞雪作……六五〇

至元四年歲在丁卯暮春之初陪陳王二郡侯泛舟清水兼攜妓樂……六五一

寄王總管子初……六五二

和節齋言懷詩韻……六五三

林塘秋晚……六五三

卜築……六五四

送王子初總管奉詔北上……六五五
簡寄楊治中文卿……六五五
上史丞相……六五六
題相者訾洞春……六五六
和高麗參政李顯甫……六五七
開平夏日言懷……六五八
郊送雲叟公……六五八
直中書省……六五九
開平晚歸……六六〇
弔竹……六六〇
和龐參軍雲卿詩韻……六六一
送陳尚書經略成都……六六二
太原筆工李子昭許贈予雙筆久不見付作詩以問之……六六二
聞諸軍飛渡鄂渚前次建康……六六三
秋日會牙城白雲樓譙行院使者及嘉定府新附諸校坐中觀西山風雨……六六四
賦西域鸜鵒螺杯……六六五

乙亥夏六月廿四日西城即事馬上望姑山煙雨濃淡開闔有不可端倪者偶賦是詩以紀其奇觀云……六六五
挽翟器之八月十七日清晨夢翟君器之晤言者良久覺而賦此以悼魂而有靈恐當擊節也……六六六
哭郝内翰奉使……六六七
次楊子英詩韻……六六七
題開封府後堂壁……六六八
投宿洧川驛……六六九
許昌道中……六六九
潁封人廟……六七〇
友人喪馬……六七一
南陽府試院中作……六七一
寄李士觀……六七二
南陽北城同陳節齋晚眺……六七三
宛葉道中……六七四
次宿汝樓韻二首……六七四

贈别按察王立夫二首……六七六
留别節齋公因次嚴韻……六七七
夜宿朝元閣下……六七七
挽吕權漕子謙……六七八
臨武堂讌醉後有懷省臺諸公……六七九
簡寄陳節齋……六八〇
鞠餘望月東臺即事……六八〇
日用……六八一
送王丈子壽南下河中……六八一
郝提舉子某至元八年冬見於京師楊氏書院與之語温醇有禮愉色睟然意謂奉身周謹篤於其親者也今年春予官平陽一日介吴君子明來謁具道郝南還之事相與擊節嘉歎久之噫方衰俗頽波中其孝養有如此者孰謂曾閔之門和樂之氣有時而息邪此心不匱豈特錫類而已哉故傳曰惟孝友于兄弟施于有政其是之謂歟喜爲賦詩以贈且廣其敬養致樂之心色難無違之旨云……六八二
白樓晚眺……六八三
洪洞道中送客回有懷子初舍人……六八四

公堂即事……六八四
和周録事感春詩韻……六八五
夏縣道中……六八六
題聞喜廟學古柏……六八六
餞張子文驛送戈甲前赴成都子文雲中人至元八年冬相識於大都李玄暉南庵……六八七
寄送朱信卿還吏部……六八八
霍岳道中……六八八
霍邑懷古……六八九
送周録事幹臣任滿赴都……六九〇
送漢臣張弟……六九〇
壽趙秘監輔之時奉使日本迴西歸京兆……六九一
陳季淵挽章三首……六九一
挽殷簽事獻臣……六九二
微恙……六九二
至元十一年歲在甲戌上巳日會府倅張侯明卿治中忽英甫前總判張行甫禊飲于晉源鄉蘭莊刁氏之醒心亭張侯行甫之子思誠息翁孺侍讌……六九三

送郭按牘彦實……六九四
洛陽懷古……六九五
遊澤州青蓮寺……六九五
和前韻……六九六
夜過關嶺山……六九七
虞鄉道中……六九八
謁王官谷唐司空表聖祠堂……六九九
慶路伯達八秩之壽……六九九
爲鄉人壽……七〇〇

王惲全集彙校卷第十六……七〇一

七言律詩……七〇一
壽總管陳公……七〇一
清明日拉友生李士觀遊長春宮因謁純真王鍊師且陪姚左轄商簽院二公高論時至元八年二月十九日也……七〇二
送陳按察東還……七〇三
追挽省郎王仲蔚……七〇三

寒食日韓氏南莊讌集……七〇四
贈李濟之修撰……七〇五
簡寄王推官漢臣今從事彰德幕府表弟韓從益雲卿自相下來伏審雅候佳勝喜慰之
餘謹以此寄奉别後一笑也……七〇五
和趙明叔言懷……七〇六
餞陳簽省行臺西夏……七〇六
張夢卿惠奇石……七〇八
考滿日言懷書呈侍講顒軒……七〇九
題李練師崇聖宫圖姚左丞索賦……七一〇
夏日讌集田氏林亭御史諸公留别……七一〇
聞丞相史公受開封之拜……七一一
御史秩滿日效樂天詩體書懷……七一二
上太保劉公詩……七一二
山人……七一三
和郝子貞見贈之什兼餞舟行二首……七一四
題韓通甫城南别業……七一五

送子初宗兄出鎮閼臺……七一五
登臨武堂……七一六
唐山道中早發……七一六
懷舊詩……七一七
辛未歲除夕言懷……七一八
大暑……七一九
挽王脩甫……七二〇
奉陪左丞張公尚書李公王學士徒單待制赴禹卿觀稼之會偶得五十六字奉林下一笑也……七二一
遊玉泉山……七二二
書懷兼簡陳節齋……七二二
題趙宣撫樊川山中雜詠……七二三
歸潛洞……七二三
趙樊川……七二四
適安堂……七二四
趙公泉……七二五
未央硯爲趙明叔賦……七二六

至元七年庚午奉陪憲臺諸公闕下賀正口號……七二六
贈相者陳士廉……七二七
爲遼人劉信甫慶八秩之詩……七二七
同馬才卿暇日登昊天寺寶嚴塔有懷……七二八
寄贈德長老……七二九
至元己巳八月一日偕馬才卿游聖安寺……七三〇
院書懷簡胡員外應奉……七三一
奉送大丞相史公行臺河南時用兵襄陽封衛國公以平章政事副忽剌出附馬督視諸
軍時至元六年八月也……七三二
寄陳按察慶甫……七三三
跋王內翰與木庵唱酬詩軸……七三三
追挽歸潛劉先生……七三四
繼張相言懷二首……七三四
至元辛未冬仲廿四日夜五鼓夢衛南郊行夢中得頷聯兩句既覺爲足成之……七三六
跋梁斗南先生無盡藏手軸……七三六
叔良西歸秦中感而賦此……七三七

寄李和甫見未央瓦研……七三八
至元辛未秋八月廿八日同長老金燈義方暨馮君用聶文超劉敬臣王仲通馬才卿石
壽之座主賈君叔良會飮于開泰之丈室約各賦詩道盍簪之歡因爲賦此……七三九
壽徒單待制……七四〇
菊歎……七四〇
送臺掾趙明叔赴濟南迎侍母氏來燕……七四一
壽房祖……七四二
送李尚書仲實參知北京行省……七四二
壽紹開外郎……七四三
繼商樞相韻贈禪師李玄暉……七四四
送和之簽山東按察司事……七四四
餞參政楊公出鎮覃懷……七四五
送陳按察赴任山東……七四五
贈羅徵君……七四六
孟待制駕之哀辭……七四六
祭子襄先生……七四七

寄贈總管韓君通甫暨弟君美兼簡公弼良友……七四八
哭馬孟州才卿……七四八
哀大都督史公……七四九
題張府君墳丘……七五〇
姑射北仙洞予既爲新道立石且會諸君子明日大雪仲明賢良賦詩光賀因次嚴韻以答佳貺……七五〇
王衛州挽章……七五一
哭交親州判李叔……七五二
別盧漢臣……七五三
挽杜止軒徵君……七五三
留別忽治中英甫……七五四
王惲全集彙校卷第十七……七五五
七言律詩……七五五
奉誄大丞相忠武史公……七五五
追挽元遺山先生……七五六
哭賈叔良別駕……七五七

詩祭館主謝總管……七五七
參政楊公挽章……七五八
挽張簽省……七五九
留别總府諸公……七六〇
徒單學士挽章二首……七六〇
和劉懷州詩韻……七六二
餞王全州二首……七六三
同劉景融過西園……七六四
送高飛卿尹順德……七六四
用劉景融韻答客問……七六五
西苑懷古和劉懷州景融韻……七六六
和虞帝廟弔古……七六七
和劉懷州韻……七六七
和高飛卿韻……七六八
别高屯田晦之……七六九
即席壽青陽學士……七六九

和左山言懷韻……七七〇
遊封龍北麓……七七一
中溪書院……七七一
贈知事劉大用……七七二
即事……七七二
留別鎮陽諸公赴任濟南……七七三
經史總帥戰處……七七三
閔子墓……七七四
公堂言懷……七七五
糟魚……七七五
甲寅歲元日……七七六
挽杜止軒……七七六
挽孟德卿……七七七
和張鵬舉詩韻……七七八
和張仲常韻……七七八
賦白舜俞多月亭……七七九

遊佛首山開化寺至元廿一年四月八日挈行者孫鞬郎……七八〇
遊靈巖寺三首……七八一
送世傑郎中奉使雲南……七八二
漢柏詩……七八三
過沙溝店……七八四
長清官舍……七八五
觀光三首……七八五
壽鹿庵大學士三首……七八七
贈友人張彥魯……七八八
趙州石梁……七八九
三臺懷古……七八九
壽姚雪齋……七九一
慶宋尹母八十壽……七九一
贈鄉先生逍遥子……七九二
送裕卿都司南還……七九三
任懷遠慶九十詩卷……七九三

挽楊春卿先生……七九四
寄壽博關趙總管……七九五
壽平章張公……七九六
送商台符赴行臺御史……七九六
病目書懷……七九七
送按察王煥卿之任建康三首……七九八
送李敬之按察淮東……七九九
送馮壽卿簽事……八〇〇
寄子初提刑自陝西改授行臺中丞治揚州……八〇一
目疾自警……八〇一
寄梁幹臣簽事……八〇二
壽趙同簽……八〇三
送劉侍御……八〇三
雨聲……八〇四
夢焦簽事在一官署輪余除授於某官前……八〇五
送甯端甫宣慰東平……八〇五

送杜時舉歸平陽……八〇六
哭張總判行甫……八〇七

王惲全集彙校卷第十八……八一一
七言律詩……八一一
哭節齋陳公五詩……八一一
壽繼先侍御……八一四
送劉侍御分司上都兼呈中丞……八一五
題鳳山逸叟王明甫八秩手卷……八一六
杜季明表兄史千載南還荆門索同賦爲餞謹書三詩以贈……八一七
張提刑子敬挽章……八一九
詩寄季明郎中……八一九
暇日登飛仙休逸二臺……八二〇
詩寄劉清卿都事……八二一
秋日早衙示同僚閻簽事子靖……八二一
慶趙仲器母八秩……八二三
椰實詩宣慰高飛卿開宴出示此果邀諸君賦詩西溪首唱僕乃賡焉……八二三

寄參政相公……八二三
和西溪韻送良弼提刑赴憲臺之召……八二四
送李士觀還壽春幕府……八二五
挽禮部丁公郎中……八二六
相下送舍弟之官鄧鄙……八二七
舍弟仲略生朝……八二七
送千秋都司任密州諸城令……八二八
至元十六年歲在己卯四月十一日偕大同郭天錫佑之大梁劉衡漢卿天党李昌齡千秋遊内梁門西大佛寺寺即宋寶相院也主僧郭里人臘七十餘相與會堂東丈室坐間話文字及壬辰歲京城警嚴令人嘅嘆久之佑之爲放聲長歌劉起浮大白者數行懷仰之思涣焉冰釋然後知盛衰之不恒哀樂之無端也開口而笑頻何厭焉遂留題而去侍行者安陽楊韙義甫……八二九
山陽偶與大繼長相遇自辛亥年相别至今廿八年矣追念疇昔作詩爲贈……八三〇
漢東陽武太守臧公廟……八三一
太守劉景融之任滑臺索詩謹此爲贈……八三一
信察判士達來辭以贈言爲榮因書此以送且見余之素行云……八三二

賦湖石得於汴梁……八三三
和士觀見贈詩韻……八三三
春露堂三首……八三四
送何參政北上……八三五
幹臣周君邂逅淇上作……八三六
鄉人魏先生家藏樂天神一軸作二像對立一則五十時容一則六旬後真也上有樂天
自贊别稱爲蓬婆仙云卅年前屢獲瞻拜近讀公長慶集偶記此畫爲訪問云已磨滅
久矣遂作詩以弔……八三六
嘉禾篇……八三七
種玉亭……八三八
西村二詩……八四〇
桃花菊四首……八四一
苦雨……八四三
與諸君會飲中作……八四五
赴趙子儀飲會……八四五
秋懷……八四六

弔王提舉柔克……八四七
謝道人惠竹……八四九
�溪軒詩卷補亡……八四九
慶雲鸚鵡杯……八五〇
鸚鵡螺……八五一
札剌觧斷事官系出中朝勳族喜讀書温雅尚禮與賢士夫相接過衛來訪慇厚之意無以相答謹作是詩爲贈且見夫妙齡英發之氣云……八五四
餞王倅北行……八五四
壽鄉兄君玉評事……八五五
送從事李庭玉北上……八五六
秋欄四詠……八五六
宜男……八五七
寒菊……八五七
秋蝶……八五七
薔薇……八五七
謝趙主簿惠古鉼……八五九

上巳日禊飲林氏花圃舍弟仲略首唱……八六〇
和韻三首……八六一
喜雨……八六二
題雪堂雅集圖……八六三
瑞麥……八六四
秋風如水聲……八六五
遊白茆寺……八六六
欹器詩三首……八六六
賀介甫提刑得雄……八六九
成耀卿以所釀秬酒相餉走筆賦詩爲謝……八七〇
廿四年丁亥歲重九日同弟忱展墓奠辭二首……八七〇
奉奠野臺之目……八七二
送弟仲略得假南行……八七三
緑毛龜……八七三

王惲全集彙校卷第十九

……八七七
七言律詩……八七七

老境六詠 …… 八七七
飯後即步 …… 八七八
目倦忘書 …… 八七八
言慎養氣 …… 八七八
食甘戒飽 …… 八七九
寤寐絶思 …… 八七九
息藝休心 …… 八七九
坐倦即眠 …… 八八〇
汲城懷古 …… 八八三
夢王尚書子勉時罷中丞在揚州 …… 八八三
冬藏 …… 八八四
丁亥歲十月十日夜夢乘船渡一大河既濟望南岸一閣高數百尺窗户北向自簷至地上下以琉璃大簾垂蔽翠色半天甚奇麗也 …… 八八五
篘飲 …… 八八六
透月巖 …… 八八七
成氏西灣即事 …… 八八七

清明日花下獨酌……八八八
後一日雨中招林韓李三君子小酌且爲梨花洗粧……八八九
東坡汲乳泉圖……八九〇
送姬仲實隱士北還……八九一
壽器之國醫……八九二
白簽事彦隆哀辭……八九二
王師中哀辭……八九三
壽少尹竇同知……八九四
顔氏冠詩寄浦城主仲由祠李知觀……八九五
朱砂餅菊詩……八九六
送録事薛彦暉秩滿北上……八九七
王尚書子勉挽辭三首……八九八
遊蒼峪青巖山有懷烈士甄濟……八九九
商左山副樞承屢念及作詩以答雅意……九〇〇
賀士常侍御授吏部尚書……九〇一
題懷孟路宋總管太夫人九秩詩卷……九〇一

和陶主簿見寄詩韻……九〇三
哀挽亡友中丞王兄五首……九〇三
牡丹……九〇五
海棠……九〇六
挽史九萬户……九〇六
小園即事……九〇七
託陶晉卿借鄭氏所藏劉房山行草效吴體出入格……九〇七
復作一詩以繼前韻……九〇八
戊子歲穀雨日……九〇九
括九峯禹貢解北條北境之山……九〇九
大卿徐先生挽章……九一〇
壽總尹劉公……九一一
龍教授哀挽……九一二
商左山哀辭……九一三
夾谷尚書哀挽……九一四
追挽承旨王文康公……九一四

左丞史公哀辭……九一五
丙戌歲中秋後二日夢過真定與宣慰張鵬舉相會作詩爲贈既覺頗記首尾意韻因足成之……九一七
□□蔓慶憲副良友……九一八
寄贈介甫憲倅聞除興元總尹……九一八
送徐正卿秩滿還漳南……九一九
謝湯宣慰惠書……九二〇
代書寄友舊二首……九二〇
西村三首和韻……九二一
寄道之憲使仁兄……九二二
聞平章由公薨於維揚以詩挽之……九二三
丙戌除夜……九二四
賀文卿同簽宣慰河朔……九二四
同簽趙公挽辭……九二五
禮部尚書許公挽辭……九二六
宋賓客弘道挽辭……九二七
追悼參政李公仲實詩……九二八

挽教官石仲遷……九二九
送府判李侯赴調東曹其懷與政備見乎辭……九二九
代書奉寄子明宣慰……九三〇
壽子初中丞……九三一
送史邦直之任竹山……九三二
丙戌歲除夜……九三二
答何劉二端公……九三三
挽李子揚……九三四
餞士達御史還臺……九三五
王惲全集彙校卷第二十……九三七
七言律詩……九三七
西溪見夢……九三七
儀封道中……九三八
睢州道中寄友人……九三八
過歸德寄何相……九三九
十月廿七日過下邑喜與趙彥伯侍郎相遇作詩而別……九三九

宿宋家山趙氏田舍……九四〇
揚州送劉漢卿東歸汴梁……九四〇
西湖……九四一
留别左轄台相……九四一
己丑冬仲三日與宣慰楊子秀總管高瑞卿侍郎田榮甫三君子邂逅於餘杭其喜有不勝者以詩留别情見乎辭……九四二
下大安嶺……九四二
三山元日……九四三
贈之問泉尹……九四四
送李司卿輔之北還……九四五
庚寅春三月與張參政獻子李司卿輔之會飲九仙絶頂……九四六
暇日登道山亭懷古亭在烏石山巔有碑刻南豐記文其上刻鄰霄臺三大字……九四六
送師彦貞藺寶臣二御史……九四七
大中德長老見贈竹輿作詩爲謝……九四八
贈鼓山長老平楚……九四八
庚寅夏四月送二御史回淮安道中即事語知己者……九四九

遊鼓山五首……九四九
道山亭燕集……九五二
酬余招討見贈詩韻……九五三
送魏參政赴邵武時與江西三省會合破賊……九五四
省郎李應中見示所藏書畫因題其後……九五四
八月八日雨中書懷……九五五
小樓秋望……九五六
寄紫山憲使……九五七
秋雨……九五七
御史陳君濟來知紫山病告已滿浩然北歸余以微官自絆留滯閩中未卜歸期定在何日慨然感而賦此……九五八
寄參政何公……九五九
寄左丞馬公……九五九
即事……九六〇
卧病中即事……九六一
即事……九六一

芙蓉……九六二
卧病吟……九六三
閩中即事……九六三
八月十八日野奠回入西湖開化寺……九六四
送趙提舉仲遠職滿還江西……九六四
即事……九六五
題建寧府建安堂壁……九六六
子孺腹疾良愈謝全王二醫官……九六七
贈三衢儒醫徐登孫升伯……九六八
又題石橋山……九六九
繼李昌道見贈詩韻以寄……九六九
遐觀亭……九七〇
九日南劍道中……九七〇
憫雨呈幹臣詩友……九七一
和錢神詠……九七二
芭蕉扇……九七三

近讀夜永不寐等作覺清而頗寒吾恐傷中和而病吾子也因復繼前韻假辭而薰炙之亦晁補之擬騷之遺意也幸笑覽……九七三
和曲山覓菜詩韻……九七四
和幹臣詩魔韻……九七五
睡魔……九七六
和幹臣齒痛詩韻……九七七
折齒吟自慰……九七八
適見總府應詔薦章偶得一詩庶明鄙意呈幹臣……九七八
寄胡紫山提刑……九七九
寄六祖真人……九七九
五月八日同幹臣遊耿家池上……九八〇
和幹臣山居……九八一
和幹臣以目疾詩相儆……九八三
掃晴婦……九八四
江山萬里圖……九八五
喪馬……九八六

過郭璞墓……九八七
佛狸祠……九八七
即事三詩奉呈幹臣明府詩友……九八八
韓齋小集呈幹臣詩友……九八九
送同仁甫之任武陟……九九〇

王惲全集彙校卷第二十一……九九一

七言律詩……九九一
溪田晚歸……九九一
辛卯重九嘲幹臣周宰……九九二
壽李夫人……九九二
寄竹林劉隱君文甫兼簡苦齋詩老……九九三
周曲山挽章……九九四
哀馬希驥……九九四
競渡詩……九九五
獨頭木香……九九六
元夕……九九七

和曲山見贈之什……九九七
和紫山見寄四詩……九九八
立春日五詩……一〇〇〇
守歲夜……一〇〇二
元日……一〇〇三
和曲山詩韻寄紫山年兄……一〇〇三
人日有懷紫山年兄效少陵清明詩格……一〇〇五
和曲山見贈高韻……一〇〇六
肉豉……一〇〇六
人日贈曲山周宰……一〇〇七
爲靳嘉議壽……一〇〇七
琉璃肺……一〇〇八
簡寄魏參政兼謝白紵之貺……一〇〇九
樂全老人詩……一〇〇九
耳聵自感……一〇一〇
過顒軒先生林墓……一〇一〇

良霄散步詩……………………………………………一〇一一
和曲山題太一宮詩韻…………………………………一〇一二
喜雨……………………………………………………一〇一三
即事言懷………………………………………………一〇一四
涼夜……………………………………………………一〇一四
跋御史梁公題祖隱君墓碑後中憲大定二十七年進士仕至河南府少尹………一〇一五
賈秘監宅蓄大龜來自海南盈尺三尾真靈物也觀玩之餘賦詩以詠爲提點老友一粲………一〇一六
壽韓生弘………………………………………………一〇一七
送參政飛卿時改遷西省………………………………一〇一八
和曲山冬日述懷嚴韻…………………………………一〇一八
奉和曲山胡桃詩嚴韻…………………………………一〇一九
餞中丞義甫還闕下……………………………………一〇二〇
和曲山見示十六夜詩…………………………………一〇二一
寄贈總帥便宜汪………………………………………一〇二二
燈市行樂………………………………………………一〇二三
爲曲山久病作詩以慰之………………………………一〇二四

再和慰曲山前韻……一〇二四
予拜顒軒墓後七日其孫以脾疾亡復作詩以哀之……一〇二五
僮哀詩……一〇二六
挽總尹湯侯……一〇二七
題珠簾繡序後……一〇二七
題香山寺畫卷……一〇二八
過朝歌與苦齋馬上聯句……一〇二八
題府判黄懋卿手卷……一〇二九
送舍弟南歸穰下……一〇二九
觀光……一〇三〇
壽右平章不忽术……一〇三〇
賦王詹丞宣賜玉杖……一〇三三
同鵬飛遊長春宫……一〇三三
張鵬飛治虎骨爲鎞插作詩以贈……一〇三四
虎腦杯二首……一〇三四
十一月十八日壽宫小集……一〇三五

贈牛教授伯祥……一〇三六
壽長春張真人……一〇三七
送王講師歸終南舊隱……一〇三七
吾友鵬飛張君壯歲論交十年三遇少聞如意多見隱憂燕越相望契闊復爾衰年遠別互深相愛之情判案頻煩例有三惑之誚冰清玉潔餘孰何堪下怨上疑自昔如此在李華而未免於吾子以何如若作計以處時宜貴和而容衆子其行矣詩以送之……一〇三八
送左丞董君行院金陵……一〇三九
朝謁柳林行宫二詩……一〇四〇
癸巳清明後三日偕益津李士觀登太史臺……一〇四一
奉和李樂齋登太史臺詩韻……一〇四二
和李樂齋馬病詩韻……一〇四三
爲中丞博陵公壽……一〇四四
喜答李六祖病後見憶……一〇四四
送吴僧清琬長遊上都……一〇四五
挽樊君道録……一〇四五
答晉卿教授……一〇四六

挽趙公同簽……一〇四七
詩餞王中丞復任中慶諸路行臺愛仰之懷義形于辭知音者無惜同賦……一〇四八
過樞東府二首呈王院判仲常……一〇四九
題嵣山白石洞野齋序文後……一〇五一
送王司業嗣能倅衢州……一〇五一
完顏士慶赴任蜀省來別索詩……一〇五二
輔提刑正臣挽詩……一〇五三
李廷珪墨瀋世傳能定人神志予病久思若慌惚因假之師孟研汁一龠飲之戲漬餘香
復賦詩少見無聊賴之緒時癸巳八月朔日也……一〇五四
送鄧郎任繹州……一〇五五

王惲全集彙校卷第二十二

王惲全集彙校卷第二十二……一〇五七
七言律詩……一〇五七
誠説堂……一〇五七
史宣慰子明友松亭詩……一〇五八
壽張左丞子友……一〇五八
甲午歲正月二十三日右丞何公紱麟華旦謹奉唐律二章以介眉壽……一〇六〇

過左副賈相公新阡……一〇六一
彭澤二賢堂……一〇六一
李清甫分齋……一〇六二
送表弟雲卿經歷赴上都先時韓壽院判仲常詩有通介不隨新進士虀鹽依舊老書生之句
大爲王君稱賞及北行仲常用元韻餞贈韓持詩見示亦請予依韻相送因勉爲賡賦……一〇六三
秋日宴廉園清露堂……一〇六四
德壽殿玉方池研……一〇六四
甲午秋七月九日㕍山約赴李君水芝之會予以事不克往明日例徵詩因繼中齋韻……一〇六五
爲周紫巖賦冬日牡丹……一〇六六
再繼前韻贈中齋承旨……一〇六六
賀梁參政陞拜左轄……一〇六七
題奉常李謙甫歸覲詩卷……一〇六七
賀唐承旨新堂落成……一〇六八
甲午八月一日赴李總管蓮溏之會坐中走筆賦此……一〇六九
諸人酬詠既已復和前韻……一〇七〇
甲午中秋日宴同簽洪公東第賓僚集賢翰林兩院而已將暮雲陰四合既歸月明如晝

偶賦此詩且記盛筵三首……一〇七〇
題高和甫侍郎先世圖譜後……一〇七一
送東崖學士總尹建昌軍……一〇七二
遊水峪……一〇七二
過誨之高兄新居……一〇七三
爲洪同簽書諸公中秋燕集詩卷因題于後……一〇七三
壽泉平章……一〇七四
壽董承旨……一〇七四
送縉雲教官伯讓之任瀏陽仍和見贈韻……一〇七五
元貞二年丙申元會日大雪……一〇七五
送省掾李希顔隆興總判……一〇七五
題彭壽之慶八十詩軸……一〇七六
大賢詩三首……一〇七七
異菊圖一枝十花容色各異未之見也故賦……一〇七九
聞友人買犀帶……一〇七九
贈瀋州朴生子温……一〇八〇

送總統佛智師南還……一〇八一
與梁總判楊少監武子劉總管叔謙會梁都運高舍別墅夜話帳中樂怡怡也梁君
索詩因書此以答雅意元貞三年二月十八日也……一〇八二
挽子敬楊君……一〇八三
送李敬甫之任靖江總管……一〇八三
呈高麗世子……一〇八四
冬日海棠……一〇八四
壽唐承旨母王氏……一〇八五
慶王彦舉太夫人九秩之壽……一〇八六
和樞院王仲常雪詩嚴韻……一〇八六
壽王仲常院判……一〇八七
題節婦甯氏手卷……一〇八七
贈高麗樂軒李參政甥朴學士中統初予載筆中堂嘗陪先相文會且有唱和
今覩高標日暮懷人不覺慨歎因賦是詩爲贈情見乎辭……一〇八八
題保定醫學劉教授慶八十詩卷……一〇八九
和贈高麗鄭學士詩韻……一〇八九

和雪中鄭朴二學士金司業來訪詩韻……一〇九〇
挽馮廉副壽卿友契……一〇九〇
養志堂詩……一〇九一
高麗國王謝事詔世子嗣位東還詩以送之……一〇九二

王惲全集彙校卷第二十三……一〇九三

七言律詩……一〇九三
贈西雲上人……一〇九三
謝岳昭文惠新曆……一〇九四
跋祈真人畫像……一〇九五
送安參政南還汴梁……一〇九五
題南塘居士宋公畫像卷後……一〇九六
跋東門祖道圖二首……一〇九七
奉和寅甫學士九日迎鑾北口高韻……一〇九八
過趙瓠瓜林墓……一〇九九
長至日即事……一一〇〇
挽平章御史中丞克齋公……一一〇一

哭挽母弟略監使……一一〇二
雪後即事……一一〇二
翰林即事……一一〇三
湘雲瀰月二首……一一〇四
送杜熙正省掾考滿授四川省都事……一一〇五
聞長春宮溪水復至……一一〇六
謝徐容齋贈梅……一一〇七
弔鄭徵君説心……一一〇七
范徽卿風雪和林圖……一一〇八
題劉處士墓碑後……一一〇九
大德二年冬十一月同昭文大學士若思登太史新臺周覽儀象久之而下
侍行者姪子公特……一一〇九
贈不蘭奚侍御……一一一〇
廣平毛巨源壽萱堂……一一一一
張子惠母夫人手卷……一一一一
王太君授誥正月十四日拜慶家庭……一一一二

送趙提舉仲遠之順昌縣尹……一一一三
送李司馬任順德總尹……一一一三
順德道中……一一一四
贈中山賈仲器……一一一四
己亥歲京師除夜……一一一五
庚子元日賀荀嘉甫授徽政院長史……一一一六
詩呈平章公……一一一七
雲卿郎中方以嗣續致慮側聞弄璋喜作詩爲賀……一一一八
夢昇天詩……一一一八
繼張參政守歲詩韻兼寓鄙懷……一一二〇
庚子正月十一日夜夢中丞崔公顧揖間已知身故談笑眄睞殆若平生殊朗然也……一一二一
介郡君王太夫人壽……一一二三
送曠秀才奎東還廬陵序……一一二三
大德四年五月中旬余從太史郭若思求畫周文公肖像者數日竟以事奪因作此詩
以見鄙意幸賜采覽……一一二四
賀威衛王公壽……一一二四

無盡藏……………………………………一一二五
壽梁太夫人……………………………………一一二六
贈相士李達……………………………………一一二六
題無名亭詩……………………………………一一二七
題萬知府瑞麥圖……………………………………一一二八
送李景山宣慰夜郎仍用留别詩韻……………………………………一一二九
感舊書懷……………………………………一一三〇
簾筆……………………………………一一三〇
送不蘭奚行臺中丞……………………………………一一三一
寄何參政……………………………………一一三一
贈雕鐵石抹世亨……………………………………一一三二
贈道者李雲叟……………………………………一一三三
題葛氏臨漳五福堂……………………………………一一三四
龜詩……………………………………一一三四
送僧印東還鍾離詩……………………………………一一三五
保定曾總管清隱亭詩卷……………………………………一一三七

餘慶堂……一一三七
慶耶律秘監九秩之壽……一一三八
贈雪堂……一一三八
贈順德天寧方丈……一一三九
送荆書記幹臣北還詩……一一三九
董氏家庭拜慶詩……一一四〇
近按部襄國提舉張子厚爲僕留連者月餘既而得代裕如也因念其治燕南鐵官之最不旬時同僚給淨由以付張子之臨財莅政其爲人廉幹可知已將行以贈言爲榮喜書此以貽……一一四一
挽中書左丞魯齋許公……一一四二
庚伏日大雨……一一四三
廣宗董主簿二親同壽八十求詩爲慶……一一四三
留别鎮陽諸公……一一四四
哀清和公……一一四四
詩送宋克温郎中北還……一一四五
西池幸遇詩……一一四六
挽元倅善長……一一四八

贈張詹丞子有二首……一一四九
贈史中丞并王高二侍郎……一一五〇
贈趙禹卿……一一五一
壽楊奉御玉郎……一一五一
贈楊吏部子裕……一一五二
劉禮部歸國詩卷……一一五三
贈崔中丞……一一五三
月波引清商六調其一寒光相射其二冷侵牛斗其三静聽龍吟其四遊魚躍浪其五風蹙成紋
其六深夜回舟雙溪相公首唱和韻者澮游張緯文僧本庵趙虎巖著苗君瑞之姪良弼求詩
於余勉爲奉和以續五賢之右……一一五四
謝平章聰山公見惠東陽佳醞大同枸杞……一一五五
王惲全集彙校卷第二十四……一一五七
七言絶句……一一五七
寄張孝先……一一五七
寄贈王嘉父……一一五八
送王子冕天壇行香……一一五八

蕭徵君哀詞……一一五八
比干廟……一一六〇
雪夜……一一六一
八月十四夜與雷彦正步月……一一六一
卓水……一一六二
夜過滑州……一一六二
跋龍眠二駿圖……一一六三
美人卻扇圖……一一六三
游瓊華島……一一六四
杜莘老荒山訪友圖……一一六五
秋懷效樂天體……一一六六
早起……一一六六
冬日與呂丈讀毛詩廿二首……一一六七
梁園對月……一一七一
過蕩陰東周留村……一一七一
喜蕭茂先得雄……一一七一

夏夜……一一七二
夢中賦月燈詩……一一七二
遊泰山雜詩……一一七三
贈相者李吉甫……一一七五
跋豐稔還鄉圖……一一七六
過邯鄲……一一七六
題雪谷早行圖……一一七七
新店看山望京樓……一一七七
秋雨靖山道中……一一七七
酌百泉水……一一七八
偶書……一一七八
跋司馬温公燕處圖……一一七九
壬戌歲除夜……一一八〇
春風萬里圖……一一八〇
蓮社圖二首……一一八一
跋蒼江待渡圖……一一八一

贈别王晉卿……一一八二
挽藺同知進之……一一八三
戊辰後正月七日雪……一一八四
戊辰門帖子……一一八五
送劉主簿文遠赴都……一一八五
題薛微之遺安堂……一一八六
因題前詩偶書……一一八七
挽趙教授公浄……一一八七
跋申達夫藍采和扇頭……一一八九
謁梁太師王彦章祠……一一八九
雨後溪田即事……一一九〇
録役者語……一一九一
觀風浪中回舟……一一九三
清溪晚眺……一一九四
題陳德秀東臺手卷……一一九四
至元戊辰應聘憲臺留别淇上諸公……一一九四

竹林幽隱圖……一一九五
春夜獨坐……一一九六
仙遊曲五絶……一一九七
六度寺……一一九八
同劉勸農彦和葛縣令祐之遊蒼谷口……一二〇〇
贈星斗客冷景發……一二〇一
遊霖落山雜詩……一二〇二
王惲全集彙校卷第二十五……一二〇五
七言絶句……一二〇五
五年夏四月朔日即事……一二〇五
贈周幹臣……一二〇六
題風雨迴舟圖……一二〇六
題王武子觀馬圖……一二〇六
題李伯時所畫開元御馬圖……一二〇七
題山堂會琴圖……一二〇七
寄潞尹侯伯禄……一二〇八

題李伯時畫支遁觀馬圖……一二〇九
金城店……一二〇九
金城懷古……一二〇九
絳陽道中……一二一〇
絳州公廨即事……一二一〇
讀絳陽園池記……一二一二
題斛律王廟壁……一二一二
過絳州北哺饑坂……一二一三
題夏當務壁……一二一四
龍祠禱雨……一二一四
禱雨龍祠訪張總判不遇因題其壁……一二一五
登白雲樓……一二一五
贈墨卿秦得真……一二一六
秋望……一二一六
題子猷山陰圖……一二一七
自嘲……一二一七

自壽……一三一七
待旦軒假寐而作……一三一八
題永安刁氏別墅壁……一三一八
聚遠亭……一三一九
英武王馬燧廟……一三一九
汾脽懷古三首……一三二〇
過聞喜縣有懷元鼎故事……一三二一
過太寧宫……一三二一
安邑道中……一三二二
謁司馬温公墓……一三二二
遊棲巖寺八絶……一三二三
跋提刑王副使航海圖……一三二五
遊普救寺……一三二五
讀破口先事迹……一三二六
贈船篷姚道人……一三二六
臨晉道中……一三二六

春雪……一一二七
曳龜圖……一一二七
公堂午吏散一首……一一二八
清明後一日作……一一二八
跋李提點和甫筠溪亭……一一二九
題鄠縣簿雷損之景程齋詩卷……一一三〇
題田使者玉泉垂釣圖……一一三一
挽平陽教授崔君度……一一三一
孟浩然灞橋圖……一一三一
高鳳漂麥圖……一一三二
跋蘇武持節圖……一一三二
慶趙汲古八秩之壽效樂天體……一一三三
至元辛未歲八月十二日拉馬都事才卿遊韓氏南莊歸效樂天體得詩十絶皆書目前所見覺信手拈來也……一一三三
裴晉公緑野探梅圖……一一三六
東皋八詠……一一三七

匏瓜亭……一二三七
李齋……一二三七
東皋村……一二三八
耘軒……一二三八
遐觀臺……一二三八
清斯池……一二三八
流憇園……一二三八
歸雲臺……一二三九
夢中又賦開元御馬圖……一二四〇
予寓舍前有所謂水官珠者客曰此即薏苡也因呼兒採實作詩以識之……一二四〇
讀開元雜事……一二四一
歸去來圖……一二四二
煮茶……一二四二
四皓圖……一二四三
題楊息軒盤谷圖……一二四四
關山秋霽圖……一二四四

甯戚叩角圖……一二四五
五王避暑圖……一二四五
蓮鳥窺魚圖……一二四五
門帖子……一二四六
題袁安臥雪圖……一二四六
題顯宗承華殿墨戲……一二四七
題東海徐白魚……一二四七
酹祭宋先生子缶六首……一二四七
跋龍陽松隱圖……一二四八
承華殿墨戲圖……一二四九
感寓……一二四九
至元七年十月廿二日過順州與梁御史話金節使剛忠王公子明死節事馬上爲賦此詩
以弔州舊治唐歸順州見大曆五年試太子洗馬鄭宣力所撰開元寺碑……一二五〇
題趙仲器銅芝蟾瓶滴……一二五〇
題張夢卿雙清圖……一二五一
王右丞輞川圖……一二五二

遷張氏新居……一二五三
題秋江月夜摘阮圖……一二五四
闕下元日口號五首……一二五四
魏豹故城……一二五五
題解梁廨壁……一二五五
再過絳陽……一二五六
夜宿李氏林館……一二五六
禹廟……一二五六
路村道中……一二五七
解州廳壁題示……一二五七
題平正縣堡樓壁……一二五八
王惲全集彙校卷第二十六……一二六一
七言絶句……一二六一
華嶽廟留題……一二六一
渡渭有感……一二六二
安邑道中……一二六三

洪洞道中望霍岳諸峯……一二六三
留題霍岳……一二六四
題豫讓橋……一二六四
過益昌橋……一二六四
霍州……一二六五
跋范蠡歸湖圖……一二六五
題趙城縣環翠亭……一二六五
趙城道中早發圖……一二六六
跋米元章蘆雁圖……一二六六
甲戌歲門帖子……一二六七
庖舍門帖子……一二六七
山市晴嵐……一二六八
古柏寒鴉……一二六八
松蔭寒泉……一二六八
雲竇飛湍……一二六九
蒲中十詠爲巖卿師君賦……一二六九

蒲津晚渡……一二七〇
舜殿薰風……一二七〇
虞坂曉發……一二七〇
首陽晴雪……一二七〇
鸛雀波聲……一二七〇
東林夜雨……一二七一
林亭夜月……一二七一
王官飛湍……一二七一
西巖疊巘……一二七一
嬀汭夕陽……一二七一
贈寫真賈生……一二七三
寄李裕卿……一二七三
過横望嶺……一二七四
澤潞即事雜詩一十首……一二七四
太嶺道中泉眼並雜詩……一二七六
過遊僊李節使墳……一二七七

遊青蓮寺……一二七七
夜過關嶺山……一二七七
夏縣……一二七八
虞鄉道中……一二七八
猗頓道中……一二七八
跋蘭昌宫圖……一二七九
乙亥歲門帖子……一二七九
李潛宛馬圖……一二七九
丙相問牛圖……一二八〇
謝太傅東山圖……一二八〇
四皓圖……一二八〇
顯宗墨竹……一二八一
雲溪先生畫像……一二八一
訪京師故里……一二八二
秋夕早起……一二八二
聞方響……一二八二

目録

壬申門帖子……………………………………一二八三
題王仲通二友亭…………………………一二八三
題卜隱王君手軸…………………………一二八四
題松陰訪古圖……………………………一二八五
春雲出谷圖………………………………一二八五
牧牛圖……………………………………一二八六
溪橋風雨圖………………………………一二八六
跋後唐莊宗披樂圖………………………一二八六
群鵲古柏圖………………………………一二八七
書夢中語…………………………………一二八七
春江獨釣圖………………………………一二八七
峴山秋晚圖………………………………一二八八
伐石東崗得小山一株雙峯并秀若夏雲突元者因命曰湧雲僉謂名之甚稱作詩以紀之…一二八八
孟光捧按圖………………………………一二八九
稠禪解虎圖………………………………一二八九
乙亥重九日客□臺鄉板橋里……………一二九〇

讀易龕即事……一二九一
十三年四月十九日待中灤渡……一二九一
宿開封後署……一二九二
許昌道中望三封山……一二九二
跋松風醉歸圖……一二九二
題煙江疊障圖……一二九三
昆陽道中同陳節齋考試河南……一二九三
路氏子榮養堂……一二九四
退思亭詩卷……一二九四
拜狄梁公祠下……一二九四
京西道中……一二九五
怨笛落江梅……一二九五
柏鄉光武朝……一二九五
山行雜詩……一二九六
過山陽縣題七賢祠……一二九七
山行雜詩……一二九七

過濯溾城……一二九八
題馬坊……一二九八
題山陽七賢祠……一二九八
山行雜詩……一二九九
唐叔虞廟……一二九九
潞公亭……一二九九
陽城道中……一三〇〇
守歲夜宿太陵田舍……一三〇〇
過郊底村聽田父話陝州事……一三〇一
新道成試車東下寄德昭書史……一三〇一
野步……一三〇一
王惲全集彙校卷第二十七……一三〇三
七言絶句……一三〇三
過文貞宋公墓……一三〇三
沙丘宫……一三〇三
柏鄉道中……一三〇四

大都小雪時聞兩廣捷至……一三〇四
宮杖亡宋物也左丞姚公以上所賜出示坐客故有此作……一三〇五
過中山府……一三〇五
過梁門……一三〇五
毳幕卓歇圖……一三〇六
題花光墨梅二絶……一三〇六
裕卿李兄來別復效樂天體以贈……一三〇八
題朱彦暉三陪手卷……一三〇八
江村訪友圖……一三〇九
韓幹畫照夜白圖……一三一〇
題何侍御所藏雪霽江行圖……一三一一
滕王蛺蝶圖……一三一二
夏日玉堂即事……一三一三
故開府儀同三司中書左丞相贈太尉謚忠武史公挽詞……一三一四
萬壽節同宋太常弘道出左掖門口號……一三一八
過王太師廟……一三一九

題開州驛亭壁……一三二〇
顯宗畫三教晤言圖……一三二一
徽宗臨張萱宮騎圖……一三二二
戊寅歲燕都元夕……一三二三
九齡忠諫圖……一三二三
樂土宣瀉鵜圖……一三二三
四皓圖……一三二四
送南冠徐子懌兵後還武昌……一三二四
王摩詰驪山宫圖……一三二五
跋張龍丘簪花圖……一三二五
荆氏周急圖……一三二六
宣和梅蘭圖……一三二六
題張寶臣手卷……一三二七
跋船子和尚圖……一三二八
漁樵閑話圖……一三二八
觀稼……一三二八

雨後馬上看山……一三二九
竹林七賢圖……一三三〇
讀文中子傳……一三三〇
山壑萬松圖……一三三〇
讀開元天寶間事……一三三一
李龍眠二駿圖……一三三二
候廉相病……一三三三
明皇按樂圖……一三三四
李伯時二馬圖……一三三五
承顏堂……一三三五
太子府戊寅夏六月廿日千秋節同承旨姚公尚書許公行香口號……一三三六
題沁州杜敬夫醉經堂沁春秋時地名銅鞮即文中子祖父故居銅川地……一三三七
李相師詩……一三三八
過仁宗陵……一三三九
題承顏堂卷……一三三九
題理宗所題宫扇……一三四〇

跋嘉祐熙寧間李昭玘所受告身三通……一三四一
跋秦王擒竇建德圖……一三四一
王昭君出塞圖……一三四二
讀趙飛燕傳……一三四二
題黠鼠賦後……一三四三
黄筌蜂蝶圖……一三四四
題劉君用可庵手卷……一三四四
題樂天不能忘情圖……一三四五
題醉仙圖……一三四六
公堂即事自箴……一三四七
門帖子……一三四七
題杜氏近仁堂……一三四八
跋燕肅牧羊圖……一三四九
題温居士畫像……一三四九
題魯人張仲和卿舒嘯亭手卷……一三五〇
己卯清明日雜詩……一三五一

汴梁清明……一三五二
寒食日過隆德宫……一三五三
題孫郎中孝友峯……一三五三
館史開府第宅……一三五三
宫牆……一三五四
王惲全集彙校卷第二十八……一三五五
七言絶句……一三五五
故宫遺石……一三五五
至元十六年蕤賓前二日同賈漢卿遊上方光教寺謁相上人不遇因賈往年留題五詩清新婉麗煩襟爲灑然也亦留詩壁間仍用其韻爲鑑堂一笑……一三五五
閒閒公至大二年爲慈聖兩宫重修寺碑説寺蓋夷山之地唐令狐楚愛其奇勝曾居於此塔係唐新羅僧智照用海船運新羅琉璃甓所建……一三五七
流杯池……一三五七
太白捫月圖……一三五八
閆次于秋山圖……一三五八
李白醉吟圖……一三五九

題蘭廣寧望海寺詩卷後……一三五九
紫陽觀雜詩和西溪嚴韻……一三六〇
宫井七絶……一三六二
武元直雪霽早行圖……一三六四
侯敬甫四題同西溪賦……一三六四
跋唐申王畫馬圖……一三六五
題劉平妻胡氏殺虎圖……一三六六
重陽前三日仝大挙長畢茂先酌七賢祠下……一三六六
蓮社圖……一三六六
贈唐縣李縣尹……一三六七
庚辰歲唐縣元日……一三六九
宣和珍禽圖……一三六九
和唐邑教官石雲卿見贈詩韻……一三七〇
完州道中……一三七〇
過蔡國公第宅……一三七一
庚辰歲人日前一日書夢中所見……一三七一

題木蘭廟 …… 一三七一
登完州城樓 …… 一三七二
望郎山有懷郝陵州 …… 一三七三
張九元帥哀辭 …… 一三七三
保下春夜 …… 一三七六
題抱陽山張燕公讀書堂 …… 一三七六
贈孤月老 …… 一三七七
祝香保定文廟 …… 一三七八
遊張將軍山林 …… 一三七八
跋雪谷早行圖 …… 一三七九
題武遂朱君挽章後 …… 一三七九
新安道中 …… 一三八〇
官舍即事 …… 一三八〇
題節婦盧氏銘後 …… 一三八〇
祁陽道中 …… 一三八一
題孝感聖姑廟壁 …… 一三八二

題董左丞墳林……一三八三
明皇私語圖……一三八三
戲題階前玉簪……一三八四
題郭都水若思祖行實卷後公善推步算數隱德君子也……一三八四
鎮陽新居……一三八五
嵇侍中祠……一三八五
沙河道中……一三八六
西門豹祠……一三八六
光武廟……一三八七
滏陽道中……一三八八
王化吕仙翁祠……一三八八
題杜郎中二子字説卷後……一三八九
題劉大用畫草蟲手卷……一三八九
公堂即事……一三九〇
宣和寶石圖……一三九一
岳廟謝雪偶題……一三九二

偶得二絶寄府尹史子華……一三九二
曲陽道中……一三九三
癸未年二月九日雪……一三九四
大都即事……一三九五
燕都萬壽宫有梅一株每歲移置蔭中逮春仲方發藏今年得花滿枝雖冰姿的皪香色
髣髴終强顔也戲題二絶以自況云……一三九六
即事……一三九六
都尉王晉卿畫着色山齋圖……一三九七
惠崇蘆雁圖……一三九七
小桃……一三九八
題日者詩卷……一三九八
蔡琰歸漢圖……一三九九
和劉仲脩見示十一首……一三九九
虎豹九關圖……一四〇二
春夜獨坐……一四〇二
鞭石圖……一四〇三

檀州門外觀隰河春水……一四〇三
二月廿八日端門街觀乘輿還宫……一四〇四
鎮國寺觀迎佛……一四〇五
漢成帝幸張禹第宅圖……一四〇六
與叔謙太常論書……一四〇六
雜詩……一四〇九
萬壽宫芙蓉杏花……一四一〇
徽宗畫周靈臺圖……一四一一
王惲全集彙校卷第二十九……一四一三
七言絶句……一四一三
題武元直畫巢雲曙雪圖……一四一三
蒼雪亭……一四一四
過賈左輔墳林……一四一四
桃花鸂鶒圖……一四一五
答楊元甫問……一四一五
答劉少卿顔書之問……一四一六

留別簽事張鵬飛……一四一六
�林暮雨……一四一七
入定州北門偶得……一四一七
雲林曉汲……一四一七
山中雜詩……一四一八
又題鹿菴與王子襄先生手書後……一四一九
劉齊王讀書堂……一四二〇
平原縣有懷顔太師忠節……一四二〇
記右脅誌文……一四二一
讀老泉先生審勢審敵二篇……一四二二
赴任濟南前次黄岡作……一四二二
過濟河縣北晏嬰城……一四二三
濟河道中……一四二三
匡山……一四二三
公堂……一四二四
九日登歷下亭……一四二四

周文矩雷劍化龍圖……一四二四
右軍書扇圖……一四二五
春閨怨……一四二五
甲申門帖子……一四二六
偶書……一四二六
周文矩勘書圖……一四二七
周昉畫楊妃禁齒圖……一四二八
題張季雲先生山莊圖……一四二八
樓居春望圖……一四三〇
徐熙折枝果圖……一四三〇
趙大年雪霽聚禽圖……一四三一
又題美人卻扇圖……一四三一
大禹泣辜圖……一四三二
陶潛夏居圖……一四三三
題李伯時畫陽關圖……一四三三
題梵隆古畫雅集圖……一四三四

題杜莘老春融秋嶺圖……一四三五
題李龍眠畫九歌圖……一四三五
遊歷山南寺園題其壁……一四三六
江貫道畫江山萬里圖……一四三六
繁杏錦鳩圖……一四三七
過青崖山……一四三七
過道郎寄時伯威……一四三八
題山谷家乘後……一四三八
宿東平南衙……一四三九
黄石公祠雜詩……一四四〇
郭將軍巨廟在肥城縣西水里村南山上土人云巨嘗趁熟來此欲瘞其子於村傍果然
余以謂孝忍者也……一四四二
繼司毅夫韻題野堂壁……一四四三
武惠公故里……一四四三
遊百家巖雜詩……一四四四
題朱孝子詩卷……一四四六

長至日同李靖伯過高仁甫新居即事……一四四七
讀明皇雜事……一四四八
元日門帖子……一四四八
跋醉道士圖……一四四九
跋播間圖……一四五〇
跋理宗題馬驎畫折枝木犀圖……一四五〇
跋醉漁父圖……一四五一
題卜者詩卷……一四五一
跋徽宗畫百鷺圖……一四五一
乙酉元日門帖子……一四五二
題德長老夢齡圖……一四五二
露堂夏日即事……一四五三
題遺山先生手書雜詩後……一四五三
江鄉雪景圖……一四五四
秋江待渡圖……一四五四
寒林圖……一四五五

題水牯圖……一四五五
秋山訪友圖……一四五六
讀後漢西域傳論……一四五六
題樂天不能忘情圖……一四五七
韓白二公老境……一四五七
太一宫四絶……一四五八
倚竹圖……一四五九
遊龍門雜詩一十首……一四五九
筠溪軒留題……一四六二
題天慶觀壁……一四六二
題史仲威修鄧州文廟詩卷……一四六三
題歲寒齋……一四六四
題東坡手簡……一四六四
題山谷手卷……一四六四
寄楊參政……一四六五
謝太傅奕棋圖……一四六五

王惲全集彙校卷第三十……一四六七

七言絶句……一四六七
題蘭氏三桂堂字説手卷……一四六七
題玉局公所畫竹石秋壑家藏……一四六八
關河形勢圖……一四六八
解鞍圖……一四六九
題黄門飛鞚圖……一四六九
讀唐武后璺紀……一四七〇
讀狄梁公傳……一四七〇
二馬圖……一四七一
讀富鄭公傳……一四七一
玉堂閑適圖……一四七一
淵明漉酒圖……一四七二
莊宗横吹圖……一四七三
繼周南樂見寄嚴韻……一四七四
茆亭秋月……一四七四

括諸山水勢兩分……一四七四
復作詩以贊之……一四七五
寄馬左丞子卿……一四七五
學圃亭……一四七六
題紅葉扇頭……一四七七
雅歌一十五首……一四七八
丁亥歲門帖子……一四八一
汴梁故宫寒食……一四八二
熙春閣……一四八二
倚竹圖……一四八二
己丑歲門帖子……一四八三
題顯宗墨竹……一四八三
堯民圖……一四八四
己丑五月十五日過王氏祠堂……一四八四
巢父飲牛圖……一四八五
清明後二日南莊拜掃回偶占……一四八六

送葬挽歌……一四八六
細君推氏哀辭……一四八八
李早蕃馬圖……一四九三
跋藍關圖……一四九三
題趙克敬遺安亭……一四九四
題張氏致樂堂……一四九四
壽萱亭……一四九五
潘店早發……一四九六
儀封……一四九六
睢州道中……一四九六
汴堤……一四九七
寧陵縣早發……一四九七
蕭相國廟……一四九八
聞畸人話芒碭山事……一四九八
望碭山縣有感……一四九八
宿州道中……一四九九

樓子店道中……一四九九
虹縣道中度長直溝……一五〇〇
渡江……一五〇〇
潤州……一五〇〇
桃源圖……一五〇一
虎丘寺……一五〇二
姑蘇館夜雨……一五〇二
宿寒山寺……一五〇二
伏生授書圖……一五〇三
題醉隱墨竹……一五〇三
西湖……一五〇四
飛來峯……一五〇四
靈隱寺……一五〇四
錢塘……一五〇五
錢塘西岸……一五〇五
富陽縣會江樓……一五〇六

富陽道中……一五〇六
早過新城黄山鎮二首……一五〇七
白峯嶺……一五〇七
七里灘……一五〇七
嚴州道中……一五〇八
蘭溪縣女步道中……一五〇八
三河道中……一五〇九
龍游道中……一五〇九
龍游道中聞雁……一五一〇
西安道中……一五一〇
紫溪嶺……一五一〇
車盤嶺……一五一一
武夷山……一五一二
建陽道中……一五一二
謝朱詠道山長來訪……一五一三
八仙驛……一五一三

劍浦……一五一四
李延平道南書院……一五一四
高桐道中……一五一五
上水船……一五一五
杈洋……一五一五
蒼峽道中……一五一六
蒼峽鎮雨夜……一五一六
摩天嶺……一五一七
秀才嶺……一五一七
水口……一五一七
小箬……一五一八
湯池……一五一八
甘蔗洲……一五一八
雨中江行望甘蔗洲……一五一九
懷安縣……一五一九
總題……一五二〇

義門任氏詩……一五二〇

王惲全集彙校卷第三十一……一五二三

七言絶句……一五二三
遊福州東禪寺……一五二三
次韻安迓平章伯顔……一五二三
浩然西歸圖……一五二四
庚寅五月初迓屬官於梅亭馬上聞鷓鴣……一五二四
光遠亭送李司卿效樂天體……一五二五
望鼓山泉流……一五二五
荔枝樓……一五二六
題米元暉楚江清曉圖……一五二六
禽語自感……一五二六
小樓晚眺……一五二七
白沙……一五二七
岸宿閩清縣門……一五二八
小箬……一五二八

酬劉憲使仲脩嚴韻……一五二九
夢筆山……一五三〇
題北苑亭柱……一五三〇
贈相者雪庭東谷二絶……一五三〇
全氏小樓與南山相對殆几按間物也暇日觴予其上索賦鄙作因口占三絶句……一五三一
過朱家府……一五三二
張家灘在建陽縣南五里……一五三三
武夷溪口謝諸生來迓……一五三三
望武夷諸山……一五三四
崇安道中……一五三四
贈石堂和尚……一五三四
過大安嶺……一五三五
過稼軒先生墓……一五三六
次鉛山示州尹杜君……一五三七
題寒碧井……一五三八
沙溪道中……一五三八

喜得臺報……一五三八
玉溪登舟……一五三九
食柑……一五三九
夜發嚴州……一五三九
桐江待發……一五四〇
夜過七里灘……一五四〇
錢塘道中……一五四〇
余自閩中北還舟行過常秀間卧聽棹歌殊有惬余心者每一句發端以聲和之者三扣其辭語敷淺而鄙俚曾不若和聲之驩亮也因變而作十二闋且道其傳送艱苦之狀亦劉連州竹枝之意云……一五四一
水仙萱草三詠……一五四三
望歌風臺……一五四四
石勒問道圖……一五四五
題范亞父增墓……一五四五
單父琴臺……一五四五
讀佛圖澄傳……一五四六

雪漲千山圖……一五四六
喜周宰來居……一五四七
過郝教授子貞故居三首……一五四九
回河……一五五〇
題胡笳十八拍圖……一五五〇
跋徽宗畫兔……一五五二
牧牛圖……一五五二
跋徽宗畫馬圖……一五五三
問雨……一五五四
跋武陵圖……一五五五
題數學鄭斗南詩卷……一五五五
巢父飲牛圖……一五五六
靈照度丹霞圖……一五五六
和彦正憲使寄周宰詩韻且酬前日見贈之什……一五五七
佳人倚竹圖……一五五八
和幹臣詩韻六首……一五五九

復用苦齋韻作五詩以自警……一五六〇
四月廿六日西溪睡起……一五六一
灌園……一五六一
馬歎……一五六二
擊壤……一五六三
老子過關圖……一五六三
贈武昌相士秋雲……一五六四
跋漆園田氏手澤……一五六五
跋顧虎頭所畫謝安東山像……一五六五
跋香林先生顛草……一五六五
魯義姑祠……一五六六
太一宫壁間四題……一五六七
謝太傅安……一五六七
周將軍顗……一五六八
高司空允……一五六八
王丞相猛……一五六九

謁玉泉真像五首……一五七〇
豫讓邀襄子圖……一五七一
酬温仲敬以櫻筍見遺……一五七二
春睡起偶書西墅東軒壁……一五七三
題王明村老黄店壁八絶……一五七三
秋日即事……一五七五
題嘉山段宜之讀書堂圖……一五七五
墨梅偶賦……一五七六

王惲全集彙校卷第三十二……一五七七

七言絶句……一五七七
詠早梅四首……一五七七
夢酒張鍊師……一五七八
題劉總管宅御愛峯……一五七九
詠梅……一五七九
偶題記參政飛卿語……一五八一
曲山見示古雪詩云盡道豐年瑞豐年瑞若何長安有貧者爲瑞不宜多曲山反其意又和瑞

尤多一絶云人言盡道豐年瑞其奈無衣貧者何曷若方春發生際不愆時雨瑞尤多予細思之古詩雖如此似不若少陵無食思樂土無衣思南州哀而不怨也因繼韻爲解嘲云 …… 一五八二
題竹林七賢詩 …… 一五八三
嵇中散 …… 一五八四
阮步兵 …… 一五八四
王司徒 …… 一五八四
山吏部 …… 一五八五
劉參軍 …… 一五八五
向散騎 …… 一五八五
阮始平 …… 一五八六
題范文正公真像 …… 一五八六
題長沙醉草圖 …… 一五八七
又題謝東山 …… 一五八七
題家藏顧虎頭畫謝安曳杖圖 …… 一五八八
獅猫 …… 一五八八
和苦齋見寄嚴韻 …… 一五八九

題日者壁……一五八九
喜彦祥西還故里……一五九〇
寄苦齋老友……一五九一
題何練師又玄堂……一五九一
題眼科杜金山卷……一五九一
過王化店……一五九二
羣鼠盜茄圖……一五九二
題閑閑種德堂記後……一五九三
倦書圖……一五九三
題洛神賦畫後……一五九四
屈原卜居圖……一五九四
遂初亭……一五九五
宋太祖蹴鞠圖……一五九六
倦書圖……一五九七
二美人圖……一五九七
固陵雪鴆圖……一五九八

韓文公重峫圖……一五九九
張麗華……一五九九
西施……一六〇〇
孤舟横笛……一六〇〇
淵明漉酒圖……一六〇〇
雪舟夜語……一六〇一
跋張真人雙頭蓮手卷……一六〇一
有虞鼓琴……一六〇二
送張鵬飛同知兩浙漕事……一六〇二
送司毅夫之任共城……一六〇二
題姬義士卷後……一六〇三
題紀伯新詹判如溪詩意……一六〇三
題麻姑壇記後……一六〇四
黄初平牧羊圖……一六〇五
題泰和名臣碑後……一六〇五
癸巳歲二月六日自得仁府西歸和李樂齋詩……一六〇五

題姜詩躍鯉圖 …… 一六〇六
清明日南城訪友 …… 一六〇七
題嚴子陵還山圖 …… 一六〇七
跋徽宗退朝圖 …… 一六〇七
水車圖 …… 一六〇八
題昔剌公奉使江左圖 …… 一六〇八
孫登長嘯圖 …… 一六〇九
秋江待渡圖 …… 一六一〇
秋江極望圖 …… 一六一〇
韓生寫真圖後 …… 一六一一
乙亥夏重午日偶得一扇畫與吾鄉龍頭谷形勝相似因書一絶於上 …… 一六一一
定羌李氏昆季三人係李遊仙之裔同歸三教走筆爲賦 …… 一六一二
史院即事 …… 一六一二
宋徽宗石榴圖 …… 一六一三
顯宗墨竹 …… 一六一四
題冀州趙節孝侍祖母韓詩卷 …… 一六一四

野春亭……一六一五
四皓圖……一六一六
蕭然亭……一六一七
遂州張氏出家資修建學舍僧鎮公來索詩因題其後……一六一八
太白獨酌圖……一六一八
李太初元齋……一六一八
魏提學授盤陽路膠水令……一六一九
贈相士梅心……一六一九
贈相士秋巖……一六二〇
跋單檢校吉甫所藏江孝卿手書真草二帖徵君諱紱曹南人……一六二〇
讀韓文外集……一六二一
瑞鶴詩……一六二一
龍虎堂……一六二三
觀光……一六二三
甘不剌川在上都西北七百里外董侯承旨扈從北迴遇於榆林酒間因及今秋大獮之盛書六絶以紀其事……一六二四

隆福行宫……一六二五
題沙門宣公手卷後……一六二六

王惲全集彙校卷第三十三……一六二七

七言絶句……一六二七
野莊圖……一六二七
輥馬圖……一六二八
題錢舜舉畫梨花……一六二九
題廄馬圖……一六三〇
三笑圖……一六三〇
題劉道引卷末……一六三〇
題朝元宫劉道人秋聲圖……一六三一
甯戚叩角圖……一六三一
覺山寺題示……一六三一
丙吉問牛圖……一六三三
右軍觀鵝圖……一六三三
又跋問牛圖……一六三三

閩海道憲司書吏張禧事母以孝聞本道具辭上達得請乃以所居論秀坊爲純孝里旌異之時其徐壽八秩起居飲啖健如五六十人諸人賦詩爲慶……一六三四
淵明臨流賦詩圖……一六三五
題存樂堂詩卷……一六三五
題成經歷晚翠堂……一六三六
明皇驪山出獵圖……一六三六
玉泉巖……一六三七
送韓推官之任廣固……一六三七
元貞丙申立春日作……一六三八
題西湖圖……一六三九
丙申歲京師元日門帖子……一六三九
錢舜舉折枝圖……一六四〇
院中即事……一六四〇
重遊玉泉……一六四一
清白圖……一六四二
題韋偃十馬圖……一六四二

和東泉翁山中雜詠一十三首……一六四三
曹右丞生祠手卷……一六四五
李白醉歸圖……一六四六
襲美堂詩……一六四六
自題寫真……一六四七
李德裕見客……一六四七
送同知范君璋之任平灤……一六四八
張遂初詩……一六四九
需軒……一六四九
則天朝回圖……一六四九
過甕山記老人語……一六五〇
題劉元禮挽詩卷後……一六五〇
任氏具慶堂詩卷……一六五一
劉簽事友竹亭詩……一六五二
題錢選臨曹將軍燕脂驄圖……一六五二
相馬圖……一六五三

題趙巖人馬圖……一六五四
甲午歲門帖子……一六五四
題徐中子方愛蘭軒詩卷……一六五五
濟南録事參軍解君瑞芝圖……一六五六
題李巨川衆芳亭……一六五六
淵明歸來圖……一六五七
徽宗花鳥圖……一六五八
疏梅寒雀圖……一六五八
題邢君用意齋……一六五九
甲午歲門帖子……一六六〇
題張太師浩家集後……一六六〇
跋雪峯居士顛草後……一六六〇
元貞二年秋偶至新店觀光驛迴思往事蓋三十五年矣因書壁以記重來……一六六一
湘江晚渡……一六六一
寒溪四友……一六六二
枯木寒鴉……一六六二

楚水歸舟……一六六三
菊軒……一六六三
子路問津圖……一六六四
元貞三年門帖子……一六六四
大簡之山水横披……一六六四
知本齋……一六六五
灞陵風雪圖……一六六五
跋左山公書東坡醉墨堂詩……一六六六
夢回仙以丹劑療疾……一六六六
碧桃青鳥圖……一六六六
孟母三遷圖卷……一六六七
題張昭信濟江調兵記目……一六六七
題蕭氏承顔亭……一六六八
東坡赤壁圖……一六六八
題錢舜舉牡丹折枝圖……一六六九
李擇善甫貫錢詩卷……一六六九

宮廊校書……一六七〇
任泊如慶母夫人八十之壽……一六七〇
風高雲夢夕……一六七一
枯木寒鴉……一六七一
秋蟬堂詩……一六七二
屈原對漁父……一六七二
題張君利甫秀巖琴譜手卷……一六七三
題紡績圖……一六七三
千里秋晴圖……一六七三
江船曉發圖……一六七四
王惲全集彙校卷第三十四……一六七五
七言絶句……一六七五
讀漢武帝外事七詩……一六七五
二喬觀史圖……一六七七
劉永年棘兔……一六七七
旅獒圖……一六七八

風雪藍關圖……一六七九
庚子歲門帖子……一六七九
庚子元日即事……一六八〇
覓酒……一六八〇
題文殊院壁……一六八一
跋梁中憲無盡藏手卷四首……一六八一
海岸古木圖……一六八二
題肅齋詩卷……一六八二
再題梁氏無盡藏……一六八三
吴郡張總管代輸民租手卷……一六八三
庚子歲冬與僧印相對見其頗瘦戲作一詩相贈……一六八四
又題遠僧定禪……一六八四
題王國祥適安齋詩卷……一六八四
呈德昌郎中……一六八五
蘭陽僧榮説昔聞汴河得入定隋僧今移葬寶相藏寺前殿趾下手爪纖長纏繞兩胯或問彌勒下生否未也榮説寺中見有碑記……一六八六

錢舜舉桃花黄鶯圖……一六八七
壽陽公主折梅圖……一六八七
題武教授峨嵋山溪堂圖……一六八八
張金吾慎獨堂……一六八八
中和堂……一六八九
慶壽東西二橋……一六八九
半山石詩……一六九〇
農里歎……一六九一
責備……一六九四
相鄉懷古……一六九四
泜水……一六九五
題趙總尹書堂……一六九五
河内許生希顔愿而有立志予在襄國問學者月餘及其行也求一言爲訓故書此以貽之……一六九六
題陳居士歸真谷圖三首……一六九六
松林秋月……一六九七
題劉道濟所藏石屏……一六九七

過寧晉北陳村題陳節齋故居草廬壁……一六九八
過後趙右侯張賓墓……一六九八
鉅鹿懷古……一六九九
沙丘懷古……一七〇〇
時苗墓……一七〇〇
苦熱……一七〇一
沙丘懷古……一七〇二
讀明皇雜事……一七〇三
讀肅宗雜事……一七〇三
又……一七〇四
廣宗早發……一七〇四
贈擒虎張侯第三子飛卿……一七〇五
黄巾墓……一七〇五
再過隆平……一七〇六
銅馬祠……一七〇六
昭慶陵……一七〇六

過唐山望禱帝堯祠……一七〇七
讀李斯傳……一七〇七
盧處道處覓書……一七〇七
題塗水老人趙君璵詩卷……一七〇八
廣武君李左車墓……一七〇八
早發銅梁……一七〇九
春宮元日口號……一七〇九
偶書……一七一〇
太一宮春早即事……一七一一
壬午除夜雜詩……一七一一
謝安石奕棋圖……一七一二
沛公洗足見酈生圖……一七一三
書壬午歲十二月廿二日夢中所見……一七一四
孫陽相馬圖……一七一四
渭橋迎代王圖……一七一四
李臨城挽章……一七一五

榮歸亭……一七一五
再題胡烈婦殺虎圖……一七一六
汙宅……一七一七
石鼎聯句圖……一七一七
渭橋辭謁圖……一七一八
周文矩畫金步摇宫人圖……一七一八
雪中同郡僚遊達活泉……一七一九
雪窗無寐……一七二〇
早秋夜坐……一七二〇
飲醽圖……一七二〇
江南道……一七二一
早起效三五七字格……一七二一
王惲全集彙校卷第三十五……一七二三
書……一七二三
上世祖皇帝論政事書……一七二三
上御史臺書……一七四二

上張右丞書……一七四八
上元仲一書記書……一七五一
檄李秀才士觀取淵明文集書……一七五三
答周南樂書……一七五五
與子初中丞書……一七五七
謝張詹丞書……一七六〇
議……一七六二
貢舉議……一七六二
王惲全集彙校卷第三十六……一七六七
記……一七六七
醉經堂記……一七六七
博望侯廟辯記……一七七〇
洄溪記……一七七二
殷太師廟重建外門記……一七七四
種柳記……一七七六
社壇記……一七七七

孔履記……一七七九
殷少師比干廟肇祀記……一七八一
楊氏塑馬記……一七八三
游玉泉山記……一七八五
遊霖落山記……一七八六
新井記……一七八九
登鸛雀樓記……一七九一
平陽府新修星丸漏記……一七九二
太平縣宣聖廟重建賢廊記……一七九四
澤州新修天井關夫子廟記……一七九五

王惲全集彙校卷第三十七……一七九九

記……一七九九
平陽府重修道愛堂記……一七九九
平陽路景行里新修岱嶽行祠記……一八〇〇
絳州正平縣新開溥潤渠記……一八〇三
遊王官谷記……一八〇六

待旦軒記……一八〇九
畫記……一八一二
西山經行記……一八一四
船篷菴記……一八一八
平陽府臨汾縣姑射山新道記……一八二〇
平陽府臨汾縣新廨記……一八二三
懷先賢記……一八二六
遺廟記……一八二九
泰安州長清縣樂育堂記……一八三四
遠風臺記……一八三七
韓氏遵誨堂後記……一八三九
王惲全集彙校卷第三十八……一八四三
記……一八四三
河内修武縣重修廟學記……一八四三
蘭亭石刻記……一八四六
御史箴後記……一八四七

祥露記……一八四八
均幹堂記……一八五〇
游華不注記……一八五一
春露堂記……一八五三
熙春閣遺制記……一八五五
徵夢記……一八五八
透月巖記……一八六一
林氏醶醾記……一八六三
清蹕殿記……一八六五
重修録事司廳壁記……一八六八
扶疏軒記……一八七一
萬壽宮方丈記……一八七三
唐中書令贈尚書右僕射馬公祠堂記……一八七五
靈應觀世音記……一八七七

王惲全集彙校卷第三十九……一八八一

記……一八八一

重建衛輝路總管府帥正堂記……一八八一
郭氏挹翠樓記……一八八四
秋澗記……一八八六
堆金塚記……一八八八
霍岳肇祀記……一八九一
表忠觀碑始末記……一八九三
睢州儀封縣創建廟學記……一八九四
義勇武安王祠記……一八九七
勉齋記……一八九九
終南山集仙觀記……一九〇一
彭澤縣創修二賢堂記……一九〇四
克己齋記……一九〇五
王惲全集彙校卷第四十……一九〇九
記……一九〇九
傳國玉璽記……一九〇九
蔬軒記……一九一二

漢大司馬博陸侯霍將軍祠堂記……一九一四
趙州柏鄉縣新建文廟記……一九一六
崇玄大師榮君壽堂記……一九一八
大都宛平縣京西鄉創建太一集仙觀記……一九二一
隆福宫左都威衛府整暇堂記……一九二四
青巖山道院記……一九二七
創建伊洛五賢祠堂記……一九三〇
汴梁路城隍廟記……一九三四
真常觀記……一九三七
故翰林學士紫山胡公祠堂記……一九四二
胙城縣廟學記……一九四五
宜遠樓記……一九四八
移忠堂記……一九五〇
遊東山記……一九五二
唐建昌陵石麟記……一九五四
汎海小録……一九五六

王惲全集彙校卷第四十一……一九五九

序……一九五九

南鄘諸君會射序……一九五九
投壺引……一九六一
遊洄溪序……一九六二
帝王鏡略序……一九六三
王氏藏書目録序……一九六五
汲郡圖志引……一九六六
會玉簪花詩序……一九六九
南鄘王氏家譜圖序……一九七〇
南陽府瑞芝詩卷序……一九七〇
文府英華叙……一九七二
宋總尹母夫人慶八秩詩序……一九七三
總尹湯侯月臺圖詩序……一九七五
博古要覽序……一九七七
書畫目録序……一九七九

故翰林學士河東南北路宣撫使張公挽詩序……一九八一
趙德明母劉氏慶八十詩序……一九八三
潔古老人注難經序……一九八五
宋東溪墨梅圖序……一九八七
新修調元事鑑序……一九八八
顏魯公書譜序……一九九〇
衛生寶鑑序……一九九二

王惲全集彙校卷第四十二……一九九五

序……一九九五
與左山商公論書序……一九九五
上巳日林氏花圃會飲序……一九九六
編年紀事序……一九九八
王氏易學集説序……一九九九
送信生士達北行序……二〇〇二
禮部尚書趙公文集序……二〇〇四
宮禽小譜序……二〇〇六

送薛參軍北行序……二〇〇九
贈日者張翶序……二〇一一
星丸漏詩序……二〇一三
淇奧唱和詩序……二〇一四
老子衍義序……二〇一六
玉淵潭讌集詩序……二〇一八
易解序……二〇一九
天德柴氏悦親圖詩卷序……二〇二一
清香詩會序……二〇二三
送丁主簿南還序……二〇二五
兑齋曹先生文集序……二〇二七
王惲全集彙校卷第四十三……二〇二九
序……二〇二九
紫山先生易直解序……二〇二九
總管范君和林遠行圖詩序……二〇三一
易齋詩序……二〇三三

洪洞縣王舜卿敬親堂詩卷序……二〇三五
雪堂上人集類諸名公雅製序……二〇三七
樂籍曹氏詩引……二〇三八
磁州采芹亭後序……二〇四〇
雪庭裕公和尚語録序……二〇四二
孝節王氏詩卷序……二〇四四
雪庭裕和尚詩集序……二〇四五
嘉善録序……二〇四七
西巖趙君文集序……二〇四八
遺安郭先生文集引……二〇五〇
翁三山史詠序……二〇五二
燕山王氏慶弄璋詩引……二〇五三
贈李達之詩序……二〇五五
義齋先生四書家訓題辭……二〇五六
義齋先生小學家訓序……二〇五七
西溪趙君畫隱小序……二〇五九

崇真萬壽宮都監馮君祈晴詩序 …… 二〇六一
紫山胡公哀挽詩卷小序 …… 二〇六三
朝儀備録叙 …… 二〇六四
恕齋詩卷序 …… 二〇六六
王惲全集彙校卷第四十四 …… 二〇六九
辨説 …… 二〇六九
日用 …… 二〇六九
書太極圖後 …… 二〇七一
體認 …… 二〇七二
氣志 …… 二〇七三
天人爵 …… 二〇七四
孤立 …… 二〇七五
孟莊不相及 …… 二〇七五
自得 …… 二〇七六
朋友 …… 二〇七七
五常 …… 二〇七七

興平閣本説……二〇九一
崇德堂説……二〇九一
讀唐徐有功事蹟……二〇九二
紀異……二〇九三
讀魏相傳……二〇九五
御書銀盒事……二〇九六
紀肉芝等事……二〇九七
先友牛講議國瑞……二〇九八
鎮州風俗……二〇九九
僮喻……二一〇〇
魃妖……二一〇二
哀辭後……二一〇三
盧氏墳石泣……二一〇四
龍墮農民王家……二一〇五
雜著……二一〇六
鶻歎……二一〇七

齒射……………………二一〇八
畫虎……………………二一〇九
先子善書……………………二一一〇
蛀説……………………二一一〇
紀夢……………………二一一一
紀夢……………………二一一二
紀夢……………………二一一三
詩夢……………………二一一四
十一月十二日夜夢……………………二一一五
紀夢中題人手卷……………………二一一六
夢解……………………二一一七
紀風異……………………二一一八
喪記……………………二一一九
紀夢……………………二一二一
紀夢……………………二一二一
月異……………………二一二二

劍戒哀梁子也……………………二一二三
鹿庵先生卒日……………………二一二四
家府遺事……………………二一二五
國朝奉使……………………二一二六
六帖説……………………二一二八
金制……………………二一二八
冠冕始制……………………二一二九
裴中立不引韓愈共事……………………二一三〇
賤生於無用説……………………二一三一
庭芝評郝奉使文……………………二一三三
崔公厲鬼事迹……………………二一三三
王惲全集彙校卷第四十五……………………二一三七
説……………………二一三七
遷固紀傳不同説……………………二一三七
讀史……………………二一三九
對張中丞説……………………二一四〇

讀張籍書……二一四二
犬相乳説……二一四三
磔犬者説……二一四五
鈍説……二一四六
服色考……二一四八
鸞刀説……二一五一
涿州移置考……二一五三
締觀説……二一五四
屏雜説……二一五六
答客問……二一五八
謗解……二一六一
對魯公問……二一六三
儉訓……二一六四
遺山先生口誨……二一六六
政問……二一六八
醫説贈胡君器之……二一七〇

王惲全集彙校卷第四十六……二一七三

雜著……二一七三
題戒……二一七三
名王氏子説……二一七五
忽治中名字説……二一七六
李氏子名説……二一七七
王氏四子字訓……二一七八
温總管字説……二一七九
張掾史名説……二一八一
儒用篇……二一八二
吏解……二一八五
田訟……二一八七
黄石公説……二一八九
筆説……二一九一
龜蛇説……二一九二
牛生字説……二一九三

米少尹名字説……二一九五
孫鞬郎名字説……二一九六
樂全老人説……二一九七
劈正斧辯……二一九九
王氏冬藏圖説……二二〇一
度曲説……二二〇二
中説……二二〇四
命説……二二〇五
金從革説……二二〇七
古文今文難易不同説……二二〇九
商魯頌次序叙説……二二一〇
百獸率舞説……二二一一
雹説……二二一二
士當教子説……二二一三
周景王大泉説……二二一五
賣兔説……二二一六

二馬圖説……二二一七
稼齋説……二二一八
李郎中二子名説……二二二〇
祁氏四子名説……二二二一
王從事季明子説……二二二二
石抹氏子名字説……二二二三

王惲全集彙校卷第四十七……二二二五

行狀……二二二五
故真定五路萬户府參議兼領衛州事王公行狀……二二二五
太一二代度師贈嗣教重明真人蕭公行狀……二二三三
故金吾衛上將軍景州節度使賈公行狀……二二三八
故蠡州管匠提領史府君行狀……二二四四
太一五祖演化貞常真人行狀……二二四九

王惲全集彙校卷第四十八……二二五五

傳……二二五五
大元故宣武將軍千户張君家傳……二二五五

盧龍趙氏家傳……………………二二六二
開府儀同三司中書左丞相忠武史公家傳……………………二二七三
王惲全集彙校卷第四十九……………………二二九一
傳……………………二二九一
蘇門林氏家傳……………………二二九一
南鄘王氏家傳……………………二二九七
烈婦胡氏傳……………………二三一一
員先生傳……………………二三一二
墓誌銘……………………二三一六
金故忠顯校尉尚書户部主事先考府君墓誌表……………………二三一六
先妣夫人靳氏墓誌銘……………………二三二五
故權左司都事趙君墓表……………………二三二九
故南塘處士宋公墓誌銘……………………二三三一
大元故蒙軒先生田公墓誌銘……………………二三三四
故正議大夫前御史中丞王公墓誌銘……………………二三三九
王惲全集彙校卷第五十……………………二三四五

碑……二三四五
大元光禄大夫平章政事兀良氏先廟碑銘……二三四五

王惲全集彙校卷第五十一……二三六九

碑……二三六九
大元嘉議大夫簽書宣徽院事賈氏世德之碑……二三六九
大元故大名路宣差李公神道碑銘……二三七七
大元國故衛輝路監郡塔必公神道碑銘……二三八五
大元中奉大夫參知政事稷山姚氏先德碑銘……二三九三

王惲全集彙校卷第五十二……二三九九

碑……二三九九
大元故鄭州宣課長官盧公神道碑銘……二三九九
金故朝請大夫泌陽縣令趙公神道碑銘……二四〇四
大元故奉訓大夫尚書禮部郎中致仕丁公墓碑銘……二四〇八
故武節將軍侍衛親軍千户董侯夫人碑銘……二四一四
泰安州長清縣朱氏世系碑銘……二四一八
絳州重修夫子廟碑……二四二五

王惲全集彙校卷第五十三 …… 二四二九
碑 …… 二四二九
絳州曲沃縣新修宣聖廟碑 …… 二四二九
平陽府臨汾縣重修后土廟碑 …… 二四三三
解州聞喜縣重修廟學碑銘 …… 二四三七
衛州胙城縣靈虚觀碑 …… 二四四〇
總管陳公去思碑銘 …… 二四四四
平陽府創建靈應真君廟碑 …… 二四四九
重修孤竹二賢廟碑 …… 二四五二
故普濟大師劉公道行碑銘 …… 二四五五
王惲全集彙校卷第五十四 …… 二四五九
碑 …… 二四五九
大都復虞帝廟碑 …… 二四五九
大元故中奉大夫浙東道宣慰使陳公神道碑銘 …… 二四六二
大元故真定路兵馬都總管史公神道碑銘 …… 二四六八
淇州創建故江淮都轉運使周府君祠堂碑銘 …… 二四七六

資德大夫中書右丞益津郝氏世德碑銘……二四八一
王惲全集彙校卷第五十五……二四八七
碑……二四八七
大元國趙州創建故開府儀同三司中書右丞相贈太尉忠武史公祠堂碑銘……二四八七
大元故懷遠大將軍萬户唐公死事碑銘……二四九二
順德路同知竇坻董氏先德碑銘……二四九七
故提刑按察簽事劉公墓碑銘……二五〇三
大都通州郭氏遷塋碑銘……二五〇八
大元故中順大夫徽州路總管兼管内勸農事王公神道碑銘……二五一二
王惲全集彙校卷第五十六……二五一九
碑……二五一九
大元朝列大夫秘書監丞汴梁申氏先德碑銘……二五一九
大元故奉議大夫中書兵部郎中韓君墓碑銘……二五二三
平陽程氏先塋碑銘……二五二八
大元故清和妙道廣化真人玄門掌教大宗師尹公道行碑銘……二五三一
衛州創建紫極宮碑銘……二五三八

王惲全集彙校卷第五十七……二五四三
碑……二五四三
輝州重修玉虛觀碑……二五四三
大元國大都創建天慶寺碑銘……二五四六
大都路漷州隆禧觀碑銘……二五五一
大元故關西軍儲大使吕公神道碑銘……二五五四
大元故昭勇大將軍北京路總管兼本路諸軍奥魯總管王公神道碑銘……二五五九
王惲全集彙校卷第五十八……二五六五
碑……二五六五
渾源劉氏世德碑銘……二五六五
大元故廣威將軍屯田萬户聶公神道碑銘……二五七五
大元奉聖州新建永昌觀碑銘……二五八一
大元故正議大夫浙西道宣慰使行工部尚書孫公神道碑銘……二五八五
王惲全集彙校卷第五十九……二五九七
碑……二五九七
大元國衛輝路創建三皇廟碑銘……二五九七

表碣……二六〇一
文通先生墓表……二六〇一
碑陰先友記……二六〇三
長樂阡表……二六〇九
管勾推公墓碣銘……二六一一
故將仕郎潞州襄垣縣尹李公墓碣銘……二六一四
王惲全集彙校卷第六十……二六一九
碣銘……二六一九
大元國故尚書省左右司員外郎韓公神道碣銘……二六一九
大元故濛溪先生張君墓碣銘……二六二三
故趙州寧晉縣善士荆君墓碣銘……二六二六
共嵒老人石琖公墓碣銘……二六三〇
大元故廣威將軍寧晉縣令李公墓碣銘……二六三三
大元故河中府南北道船橋總管謝公墓碣銘……二六三九
故將仕郎汲縣尹韓府君墓表……二六四三
王惲全集彙校卷第六十一……二六四九

碣銘……二六四九
故善士張君墓碣銘……二六四九
故雲中高君墓碣銘……二六五二
新鄉縣尹劉君去思碣銘……二六五六
故太一二代度師先考韓君墓碣銘……二六五九
太一三代度師先考王君墓表……二六六二
故真靖大師衛輝路道教提點張公墓碣銘……二六六四
提點彰德路道教事寂然子霍君道行碣銘……二六六七
凝寂大師衛輝路道教都提點張公墓碣表……二六七〇
故卓行劉先生墓表……二六七三
王惲全集彙校卷第六十二……二六七七
文……二六七七
詛蠹魚文……二六七七
祭諸葛丞相乞靈文……二六八一
爲虎害移澤州山靈文……二六八三
瘞畜犬文……二六八四

諭平陽路官吏文……二六八六
敦諭百姓文……二六八八
勸農文……二六九〇
勸農詩……二六九三
祭文……二六九九
先祖妣韓氏祭文……二六九九
廣平郡夫人完顏氏祭文……二七〇一
祭王參議文……二七〇二
祭王府君夫人陳氏文……二七〇三
禱雨蒼谷神祠文……二七〇五
祭王參議文……二七〇六
春旱禱諸廟文……二七〇七
七夕祭竈文……二七〇八
謝龍神文……二七〇九
王惲全集彙校卷第六十三……二七一一
祭文……二七一一

告家廟文……二七一一
祭元神祝文……二七一二
告家廟文……二七一三
至聖文宣王奉安祝文……二七一四
兖國公奉安文……二七一五
鄒國公奉安文……二七一五
辭墓祭文……二七一六
祭孚惠神祠文……二七一六
祭斛律丞相文……二七一八
康澤王廟謝雨文……二七一九
拜奠夷齊墓文……二七二〇
祭黄崖山神文……二七二一
謁西岳廟文……二七二二
安二賢神文……二七二二
肇祭霍岳文……二七二三
康澤王廟祈雪文……二七二四

祭靖應真人姜公文……二七二四
兵次孟津祭靈源王文……二七二六
祭平陽府東城門文……二七二六
祭皋陶文……二七二七
中元節祭三代告生孫汾郎文……二七二八
立社稷祭告文……二七二八
范陽房族祖九翁祭文……二七二九
祭中書左丞姚公文……二七三〇
故尚書禮部郎中致仕丁公祭文……二七三二
故吏部尚書高公祭文……二七三二
外祖安陽縣丞靳公祭文……二七三三
左丞董公祭文……二七三五
遷奉曾外祖殿試靳公祭文并外妣李氏……二七三六
遷奉安陽縣丞外祖并外媪王氏祭文……二七三七
王惲全集彙校卷第六十四……二七三九
祭文……二七三九

祭蒲大夫文……二七三九
祭孝感聖姑文……二七四〇
故江漢大都督河間路總管兼府尹史公祭文……二七四〇
祭郝奉使墓文……二七四二
祭武强南龍池神文……二七四四
北嶽祈雪文……二七四五
祭侍講學士竇公文……二七四六
丞相史公明忌日祭文……二七四七
史公祭文……二七四八
岱岳祠禱雨文……二七四九
黄石公祠乞靈文……二七五〇
修治新阡告成文……二七五〇
韓君大祥祭文……二七五一
爲姓氏告亡妻文……二七五二
中丞王公祭文……二七五三
路祭中丞王兄永訣文……二七五五

御史中丞王公誄文……二七五六
推氏卒哭祭文……二七五九
祭三藏佛圖澄文……二七六〇
祭宋文貞公墓……二七六一
授少中大夫福建閩海道提刑按察使告祖宗文……二七六二
祭待制徒單衍文……二七六三
辭墳祝文……二七六四
祭雙廟文……二七六四
祭淮水文……二七六五
亡妻推氏祭文……二七六六
過趙祭忠武史公祠文……二七六七
王惲全集彙校卷第六十五……二七六九
辭……二七六九
中林有烏辭……二七六九
哀友生季子辭……二七七〇
故中奉大夫浙東宣慰使趙郡陳公哀辭……二七七二

故中奉大夫山東東西道宣慰使史公哀辭…………二七七七
祝辭…………二七七九
周氏小女祝辭…………二七八〇
觀溟漲辭…………二七八一
鳴椰曲…………二七八二
田横墓歌辭…………二七八三
王惲全集彙校卷第六十六…………二七八五
箴…………二七八五
憲司箴…………二七八五
言箴…………二七八六
忍箴…………二七八七
銘…………二七八八
楷杖銘…………二七八八
檳榔杖銘…………二七八九
芝枕銘…………二七九〇
砥柱銘…………二七九一

金銀沙二泉銘……二七九二
端石硯銘……二七九三
默齋銘……二七九三
閑邪齋銘……二七九四
洮石硯銘……二七九五
瑇瑁龜洗銘……二七九五
訥齋銘……二七九六
文貞公笏銘……二七九六
仙臺金跡硯銘……二七九七
楮都護銘……二七九八
太秀華銘……二七九八
書厨銘……二七九九
鸜鵒啄金桃研銘……二八〇〇
菊井銘……二八〇〇
冬藏圖右銘……二八〇一
左箴……二八〇二

敬義齋銘……二八〇二
垂龍圖銘……二八〇三
宿雲軒銘……二八〇四
水晶筆格銘……二八〇五
頤軒銘……二八〇五
愛菊堂銘……二八〇六
虹霓硯銘……二八〇七
楊氏雕玉寶章銘……二八〇八
漢丞相博陽侯丙吉印銘……二八〇九
漢太尉司徒楊震印銘……二八〇九
張指揮甘白堂銘……二八一〇
忍濟齋銘……二八一一
海印奎星研銘……二八一一
歙石璧研銘……二八一二
醉仙石銘……二八一三
殷乳鼎銘……二八一三

贊……二八一四
老人星贊……二八一四
先君思淵子畫像贊……二八一五
王内翰寫真贊……二八一六
鮮于純叔寫真贊……二八一七
麟匜贊……二八一七
桑泉老人畫像贊……二八一八
范文正公畫像贊……二八一八
乖崖公真贊……二八一九
吕仙翁真贊……二八二〇
駁華驄圖贊……二八二〇
填星神像贊……二八二一
二十四大儒贊……二八二二
左丘明……二八二三
穀梁赤……二八二三
公羊高……二八二三

范甯……二八二九
杜預……二八二九
王肅……二八三〇
王弼……二八三〇
韓愈……二八三〇
文中子贊……二八三二
鍾氏先世畫像贊……二八三三
趙曹州畫像贊……二八三四
九公子畫像贊……二八三五
漢諫議大夫王章博士朱雲贊……二八三六
博士朱雲……二八三七
嚴子陵贊……二八三八
漢議郎田疇贊……二八三九
牴牾贊……二八四〇
西溪真贊……二八四一
雪堂普仁真贊……二八四二

中書左丞許公真贊……一八四二
醫學教授趙公仲康真贊……一八四三
王子明傳贊……一八四三
手植夏禹像贊……一八四四
田仲德先生畫像贊……一八四五
柏溪主人張仲和真贊……一八四五
趙瓠瓜寫真贊……一八四六
藜杖圖贊……一八四六
趙徵士畫像贊……一八四七
故金滎陽令傅輔之畫像贊……一八四八
韓御史畫像贊……一八四九
渡水十六羅漢贊……一八五〇
香木琴贊……一八五〇
劉巨川簽事真贊……一八五一
黄洛老人畫像贊……一八五二
軟背椅贊……一八五三

管幼安濯足圖贊……一八五四
古燕印贊……一八五五
四子問孝圖贊……一八五六
梁太師王彦章畫像贊……一八五六
劉珍母王氏真贊……一八五七
重華鼓琴圖贊……一八五八
故處士牛了齋真贊……一八五八
故翰林應奉陶珉溪真贊……一八五九
房星贊……一八六〇
松化石贊……一八六一
蜕齋劉先生真贊……一八六二
王惲全集彙校卷第六十七……一八六三
翰林遺稿……一八六三
增謚睿宗仁聖景襄皇帝玉册文……一八六三
追謚先太子册文……一八六四
皇太后玉册文……一八六五

改元詔……二八六六
手詔侍郎楊大淵……二八六七
詔罷東平路管民總管兼行軍萬户嚴忠濟……二八六七
授賀某宣諭大理國制……二八六八
宣諭大理及哈剌章俾還本土手詔……二八六九
姜真人手詔……二八七〇
追封皇國舅按赤那演濟寧王謚忠武制……二八七〇
皇舅濟寧王妃制……二八七一
贈謚故光禄大夫左丞相都元帥阿木制……二八七二
太尉并國公夫人某氏制……二八七三
追謚司徒鞏公制……二八七四
追謚賽平章制……二八七五
賽平章國夫人誥……二八七六
追謚故都運梁公通憲先生制……二八七七
太子少傅竇公制……二八七八
夫人賈氏誥辭……二八七九

追謚賈博兒赤制……二八八〇
追謚忽林赤制……二八八一
進呈世祖皇帝實録表……二八八二
聖壽節賀表……二八八五
甲午賀正表……二八八六
大都城隍廟設醮保祐青詞……二八八七
至元三十年崇真宫設醮齋意……二八八八
青詞……二八八九
祀廟樂章……二八九〇
無射宫之曲……二八九〇
無射宫之曲……二八九〇
祝文……二八九〇
第一室……二八九〇
第二室……二八九一
第三室……二八九一
第四室……二八九一

登明亥元神……二八九二
歲星木照星……二八九二
柳宿胎星……二八九二
新船落至祭歲君文……二八九三
修五門前橋祭歲君地祇文……二八九三
五方帝祭文……二八九四
擬禁酒詔……二八九四
中書省牒宋三省文……二八九五
順德府大開元寺重建普門塔碑銘……二八九七

王惲全集彙校卷第六十八……二九〇三

翰林遺稿……二九〇三
擬中書省賀河清表……二九〇三
擬聞捷賀表……二九〇四
中書省賀正慶八十表……二九〇五
中書省賀尊號皇帝壽八十表……二九〇六
又……二九〇七

聖壽節表……二九〇八
翰林院聖壽節賀表……二九〇九
謝授翰林學士表……二九一〇
登寶位賀表……二九一一
老人星致語……二九一二
中書左丞姚公制……二九一三
中書左丞許公制……二九一四
翰林學士承旨王公制……二九一五
請上尊號奏章……二九一六
表……二九一六
聖壽節賀表……二九一七
聖壽節賀表……二九一九
兩宮正位稱賀表……二九二〇
聖壽節御史臺賀表……二九二一
聖壽節賀表……二九二二
御史臺賀正旦表……二九二三

正旦賀表……二九二四
史都督讓總管表……二九二五
聖節望闕祝文……二九二六
十六年賀正旦表……二九二八
聖壽節賀表……二九二九
進瑞芝表……二九三〇
甲申歲正旦賀表……二九三一
聖壽節賀表……二九三二
牋……二九三三
千秋節賀牋……二九三三
啓……二九三四
上經略史公啓……二九三五
上姚敬齋啓……二九三九
上張左丞啓……二九四〇
授翰林修撰同知制誥兼充國史院編修官謝中書省啓……二九四二
青詞……二九四四

齋意……二九四四
祈雨青詞……二九四五
祈雨青詞……二九四六
祈雨青詞……二九四七
爲春旱蟲災青詞……二九四八
齋意……二九四九
爲張縣尹吉求嗣青詞……二九四九
爲鄉人禱疾青詞……二九五〇
王惲全集彙校卷第六十九……二九五三
疏……二九五三
衛輝路創修文廟疏……二九五三
大成殿上梁疏……二九五四
重修衛州蒼谷山廣施王廟疏……二九五四
隰州蒲縣重建嶽廟臺門疏……二九五五
玉清觀化緣疏……二九五七
鄆城縣普濟寺化緣疏……二九五七

請黄先生德新主善疏…………二九五八
襄陵縣重建飛橋化緣疏…………二九五九
追薦孤魂化緣疏…………二九六〇
上張宣慰疏…………二九六一
爲宋儒楊從龍贖身醵金疏…………二九六二
筭學主善疏…………二九六三
爲刋字醵金疏…………二九六四
太康縣創建忠武史公祠堂疏…………二九六五
王惲全集彙校卷第七十…………二九六七
疏…………二九六七
衛輝路總管府重修帥正堂疏…………二九六七
樂籍殷氏醵金疏…………二九六八
李府君建碑醵金疏…………二九六九
請靳顯卿山陽闡庠疏…………二九六九
重修泰山廟疏…………二九七〇
重修河内公廟化緣疏…………二九七一

省齋裴先生建碑疏……二九七二
爲耶律伯明醵金疏……二九七二
張漢臣醵金疏……二九七三
梁彦昇醵金疏……二九七四
大繼長醵金疏……二九七五
南宫縣文廟三門化緣疏……二九七六
滑州文廟化緣疏……二九七七
鉅鹿縣講堂化工疏……二九七八
爲周府君立碑醵金疏……二九七八
汴梁路相國寺化工疏……二九七九
請陶教授主善疏……二九八〇
重修開泰寺大功德疏……二九八一
前進士李舜臣姪求子婦醵金疏……二九八二
銅臺阿丑石氏疏……二九八三
饒州路創建書院疏……二九八四
牓……二九八五

張氏秋香館酒牓……二九八五
約……二九八六
林評事花約……二九八六
茶約……二九八七
禊約……二九八八
上梁文……二九八九
大成殿上梁文……二九八九
鎮國寺上梁文……二九九〇
亳州太清宮上梁文……二九九二
萬壽宮方丈上梁文……二九九四
太一清蹕殿上梁文……二九九六
春露堂上梁文……二九九七
王惲全集彙校卷第七十一……二九九九
題跋……二九九九
跋蔡中郎隸書後……二九九九
跋中興頌……三〇〇〇

跋郎官石柱記後……三〇〇一
跋手臨懷素自叙帖……三〇〇二
題懷素草書千文後……三〇〇三
跋張嘉貞書……三〇〇四
跋麻姑壇記後……三〇〇四
題魯公書臧氏碑後……三〇〇五
跋竹溪所題東坡墨戲後……三〇〇六
跋孫過庭書……三〇〇七
跋荆公墨迹……三〇〇八
跋黄華墨迹……三〇〇八
題黄華與李彦明太守一十三帖彦明係公同年友也……三〇〇九
跋任龍巖烏夜啼帖……三〇〇九
跋任南麓所臨潛珍閣銘爲大陽津張提舉彦亨賦總一百八字提刑王子勉目曰數珠帖……三〇一〇
宣聖小影後跋語……三〇一一
跋周處府君斬蛟圖後……三〇一一
跋貫休比丘像……三〇一二

跋陶縝生菜圖……三〇一二
跋范中立茂林秋晚圖……三〇一三
題寄寄老人陳氏詩卷……三〇一三
題王生臨道子橫吹等圖後……三〇一四
跋馬氏家譜圖後……三〇一五
遊澤州青蓮寺題示……三〇一五
絳州後園題名……三〇一六
跋秦得真墨軸後……三〇一七
祭霍山祠題名……三〇一八
跋唐忠祚柘條白頭翁圖……三〇一九
跋楊息軒江灣漁樂圖……三〇一九
跋甫田圖後……三〇二〇
跋藏春劉公東亭等帖……三〇二〇
自題所書草字後……三〇二一
又題草書後……三〇二一
題丙博陽問牛圖後……三〇二二

題贗本蘇才翁帖後……三〇二二
題王郎中國範所藏唐翰林供奉畫玄宗幸蜀圖……三〇二三
跋黄華題郭壽卿雙溪圖……三〇二三
題閑閑公書祈宰傳後……三〇二四
題坡軒先生詩卷後……三〇二四
題李懷遠事系後……三〇二五
跋桑維翰手簡……三〇二六
跋澹游王先生詩後……三〇二七
題雲菴帖後……三〇二七
跋米南宫書曾夫人墓誌後……三〇二八
跋香林先生老饕賦後……三〇二九
跋唐韋皋畫像……三〇二九
題三百家詩選後……三〇三〇

王惲全集彙校卷第七十二

……三〇三一
題跋……三〇三一
題遺山手簡後……三〇三一

題張嘉貞北岳碑後……三〇三二
題山谷手簡後……三〇三三
題竹溪詩筆……三〇三四
題家藏禱佛帖後……三〇三四
題左山所書春露堂後……三〇三五
題張氏所藏先世手澤後……三〇三六
題時苗留犢圖……三〇三六
題自書歸去來後……三〇三七
題郎官石柱記後……三〇三八
跋蔡襄書後……三〇三九
題哀江南賦後示韓陳二生……三〇三九
跋楊補之墨梅後……三〇四〇
昭陵六駿圖後序……三〇四一
書送鄭尚書序後……三〇四二
跋蔡蕭閑醉書風簷梨雪瑞香樂府二篇贈王尚書無競王後有跋語小楷數
十字極妍勁可愛……三〇四三

跋竹溪所書墨苑篇後……三〇四三
薛紹彭臨魯公座位帖後……三〇四四
書南麓珍翰後……三〇四四
跋黄華煙江歸艇圖……三〇四五
跋閑閑公草書心經……三〇四五
錦峯真逸王仲元清卿書……三〇四五
跋黄華老人二詩後……三〇四六
跋龎才卿悲潼關賦後……三〇四六
評楊凝式書……三〇四七
題元楊手書後……三〇四七
跋自書訓儉文後……三〇四八
跋羅謙甫醫辨後……三〇四九
跋紫絲鞁鞋帖後……三〇四九
跋墓馬圖……三〇五〇
題所臨顔魯公十帖後……三〇五〇
字程氏小子……三〇五一

跋樗軒壽安宮賦西園雜詩後……三〇五二
漢文翁講室畫像……三〇五二
書劉氏屋柱……三〇五三
跋坡公春寒帖……三〇五四
龍門寺題名……三〇五四
跋鹿庵書玉華宮詩後……三〇五五
跋米元暉書……三〇五六
跋虞世南十二大字……三〇五六
題耶律公手書濟源詩後……三〇五七
題臨濳珍銘後……三〇五八
題山谷苦筍賦帖後……三〇五八
跋朱文公手書……三〇五九
題杜仲正省掾家世卷後……三〇五九
跋郭熙山水巨軸……三〇六〇
跋顏魯公裴將軍帖……三〇六一
贈師御史彦貞……三〇六一

書歸去來偶題于後……三〇六二
跋蘇子美千文帖……三〇六三
跋拙翁桃華春水圖……三〇六三
跋文公與子晉伯謨二帖……三〇六四
題三河驛壁……三〇六五
答戴生……三〇六五
晦翁墨迹……三〇六六
跋香林先生顛草……三〇六六
跋黄華書後……三〇六七
東坡開葑帖後語……三〇六七
題米南宫帖後……三〇六八
跋禊飲序後……三〇六八
書商司業定武蘭亭本後……三〇六九
跋馬左丞所藏貫休羅漢後……三〇七〇

王惲全集彙校卷第七十三……三〇七一

題跋……三〇七一

宋廣平梅花賦後語……三〇七一
跋董右丞師中撰李道源先生陰德記後董號漳川居士道源名泌廣平人蓋儒而醫者泌九十歲而終于家子師孟明昌間進士……三〇七二
跋鍼者李君玉詩卷……三〇七二
跋眼科醫師卷後……三〇七四
跋玉田傅氏家傳後……三〇七四
題漢使任少公招李陵歸漢圖後……三〇七五
跋南蠻朝貢圖……三〇七六
書霹靂琴贊後……三〇七七
書娑羅樹碑後……三〇七七
題王尚書無競小字東坡論語解……三〇七八
跋趙大年畫王摩詰詩意……三〇七八
題東坡災傷卷後……三〇七九
明皇驪山宮避暑圖……三〇八〇
跋山谷發願文……三〇八〇
題李龍眠畫班昭女孝經圖後……三〇八一

題東坡赤壁賦後……三〇八二
跋黄華先生墨戲……三〇八二
跋党竹溪篆趙黄山文王子端書……三〇八二
跋米南宫靈臺藏華卷後……三〇八三
跋漁人鷸蚌圖……三〇八三
跋山谷所書王建宫詞後……三〇八四
跋鹿庵先生所書鸚鵡賦後……三〇八四
跋左山公書東坡醉墨堂詩卷……三〇八五
題遼太師趙思温族系後……三〇八六
題離堆記後……三〇八七
書中興頌後……三〇八八
題蘇氏寶章後……三〇八九
東坡我有帖……三〇八九
跋馬融卧吹圖……三〇九〇
夷門圖後語……三〇九一
題蘭府君望海寺二詩後……三〇九二

題石曼卿手書古檜行後……三〇九二
跋孫過庭書譜……三〇九三
題政和鼎識後……三〇九四
跋諸葛公遠涉帖……三〇九五
跋宋漢臣臨丹華經後……三〇九五
讀漢魏五書……三〇九六
跋高宗臨右軍帖……三〇九七
跋雪齋書宋孟州獵虎詩卷後……三〇九七
跋臨本蘭亭序……三〇九八
題中興頌後……三〇九八
跋謝靈運帖……三〇九九
答宋克温問魯公書法……三〇九九
王惲全集彙校卷第七十四……三一〇一
樂府……三一〇一
望海潮……三一〇一
水調歌頭……三一〇三

水龍吟……三一〇九
酹江月……三一一二
滿江紅……三一二六
鳳凰臺上憶吹簫……三一三二
王惲全集彙校卷第七十五……三一三五
樂府……三一三五
木蘭花慢……三一三五
望月婆羅門引……三一五四
春從天上來……三一五九
摸魚子……三一六〇
奪錦標……三一六二
喜遷鶯……三一六三
感皇恩……三一六六
王惲全集彙校卷第七十六……三一八一
樂府……三一八一
玉漏遲……三一八一

風入松……三一八三
三奠子……三一八三
江城子……三一八六
南鄉子……三一八七
卜算子……三一九一
青玉案……三一九一
臨江仙……三一九二
蝶戀花……三一九四
太常引……三一九六
鷓鴣引……三二〇一
虞美人……三二〇九
西江月……三二一〇
黑漆弩……三二一三
好事近……三二一五
玉樓春……三二一八
秦樓月……三二一八

王惲全集彙校卷第七十七……三三二一
樂府……三三二一
行香子……三三二一
江神子……三三二二
眼兒媚……三三二三
鵲橋仙……三三二五
浣溪紗……三三二八
點絳唇……三三三八
平湖樂……三三四五
絳桃春……三三五〇
如夢令……三三五四
柳圈辭……三三五五
樂府合歡曲讀開元遺事去取唐人詩而爲之一名百衲錦因觀任南麓所畫華清宫圖而作……三三五六
後庭(花)破子……三三五七
驀山溪……三三五七

鵲橋仙……三三五八

王惲全集彙校卷第七十八……三三五九

進承華事略牋……三三五九
承華事略序……三三六〇
承華事略目録……三三六二
承華事略卷第一……三三六三
廣孝……三三六三
立愛……三三六四
端本……三三六六
承華事略卷第二……三三六七
進學……三三六七
擇術……三三六九
謹習……三三六九
承華事略卷第三……三三七一
聽政……三三七一
達聰……三三七二

撫軍…………三二七三
明分…………三二七四

王惲全集彙校卷第七十九
王惲全集彙校卷第七十九…………三二七七
承華事略卷第四…………三二七七
崇儒…………三二七七
親賢…………三二七九
去邪…………三二八一
納誨…………三二八一
承華事略卷第五…………三二八二
幾諫…………三二八二
從諫…………三二八四
推恩…………三二八五
承華事略卷第六…………三二八七
尚儉…………三二八七
戒逸…………三二八八
審官…………三二九〇

王惲全集彙校卷第八十 三三〇九
中堂事記序 三三〇九
中堂事記上 三三一〇
王惲全集彙校卷第八十一 三三五五
中堂事記中 三三五五
王惲全集彙校卷第八十二 三三九七
中堂事記下 三三九七
王惲全集彙校卷第八十三 三四三九
烏臺筆補序 三四三九
烏臺筆補牒呈 三四四一
五使例 三四五七
三京留司御史臺 三四五八
理檢使 三四五九
登聞鼓院 三四五九
登聞檢院 三四六〇
都護府 三四六二

射聲校尉……三四六二
戊巳校尉……三四六三
散騎常侍……三四六三
舊日監察所行……三四六三

王惲全集彙校卷第八十四……三四六七

烏臺筆補……三四六七
彈聊城縣官汙濫事狀……三四六七
論中都喪祭禮薄事狀……三四六八
皇太子親政事狀……三四六九
彈博州總管楊庭訓不之任狀……三四七一
第二狀……三四七一
論河南行省屯田子粒不實分收與民事狀……三四七二
論河南分作四路事狀……三四七三
論怯薛歹加散官事狀……三四七五
論收訪野史事狀……三四七七
論品官懸帶弓箭事狀……三四七八

彈甲局首領官張涇影占工役事狀……三四七九
爲驛程量事緩急給限事狀……三四七九
爲典雇身良人限滿折庸事狀……三四八〇
爲不宜先浚新城壕塹事狀……三四八一
爲春水時預期告諭事狀……三四八二
王惲全集彙校卷第八十五……三四八三
烏臺筆補……三四八三
爲運司併入總管府選添官吏事狀……三四八三
論省部掾内選擇檢法官事狀……三四八五
爲添設按察司八道事狀……三四八六
論起移懷孟路新民事狀……三四八六
論丞相史公位師保事狀……三四八七
請明國朝姓氏狀……三四八八
請論定德運狀……三四八九
爲中省兩部私使貼書事狀……三四九〇
爲百官賀正未見私先相賀狀……三四九二

爲太廟薦新并前障壖垣事狀……三四九三
爲春寒馬牛損傷課程帶納馬匹事狀……三四九四
論監司簽事職劇禄薄狀……三四九五
用曆日銀修祖庭孔廟事狀……三四九六
論關陜事宜狀……三四九七
曹州禹城縣隸側近州郡事狀……三四九九
爲完顔投魯訛欺誑事狀……三五〇〇
請百官上尊號事狀……三五〇一
視朝奏事有常限狀……三五〇一
請建臺閣圖功臣肖像狀……三五〇二
立襲封衍聖公事狀……三五〇二
爲教孔顔孟子孫事狀……三五〇三
史丞相封公爵事狀……三五〇三
請禁制異様服色事狀……三五〇四
論節婦雷姑狀……三五〇五
史丞相子格合任用狀……三五〇六

王惲全集彙校卷第八十六……三五〇九

烏臺筆補……三五〇九
廉平章廉能合復用狀……三五〇九
乞尚書柴楨北還事狀……三五一〇
論高明奔母喪事狀……三五一一
彈周咬兒羅魏子等事狀……三五一二
論左丞許公退位奏狀……三五一四
論司獄官合行條理事狀……三五一六
太廟行禮畚晏事狀……三五一八
乞權免大名等路今秋帶納中都遠倉脚錢糧事狀……三五一九
舉崔國華充省掾狀……三五二一
論明經保舉等科目狀……三五二一
建國號事狀……三五二四
彈西夏中興路按察使高智耀不當狀……三五二五
論立睦親府事狀……三五二六
論屯田五利事狀……三五二六

論百官集議事狀……三五二九
論宰相兼判兩部事狀……三五二九
論立羣牧所事狀……三五三〇
論官買輝竹事狀……三五三〇
論塞絶沁水事狀……三五三一
論范陽種麥事狀……三五三二
論大作水軍事狀……三五三三
論削去科帖倖名……三五三四
論撫治川蜀事狀……三五三五
論普加諸王爵號事狀……三五三六
論戰士有功遷加官賞事狀……三五三七
論西川軍役事狀……三五三七
論禁庸醫事狀……三五三八
論監選典故事狀……三五三九
論置官吏空行簿……三五三九
論益都括出新户事狀……三五四〇

論品官得上封事狀……三五四一
論立國子學事狀……三五四二
論嚴禁姦細事狀……三五四二
舉關仲修事狀……三五四三
論交參户土著事狀……三五四四
論立聘財事狀……三五四四
春旱請祈雨事狀……三五四五
論倉庫院務官除授事狀……三五四五
論監選事狀……三五四六
論舉官自代事狀……三五四八
論修起居注事狀……三五四九
爲收復漣海事狀……三五四九
論定興隸屬涿州事狀……三五五〇
論服色尚白事狀……三五五〇
論百司吏員並懸書袋事狀……三五五一
論州縣闕廨宇事狀……三五五一

論器械有常課事狀……三五二
論褒獎公能廉幹事狀……三五二
論密院置學士事狀……三五二
論今後師出不拘常限事狀……三五三
論州縣檢括僧道事狀論……三五三
論均平秤尺斛斗事狀……三五四
論軍官以功贖罪事狀……三五四

王惲全集彙校卷第八十七

……三五七
烏臺筆補……三五七
彈順天路總管祖世傑不合支俸事狀……三五七
論借貸飢民米糧事狀……三五八
舉李户部稱職合特加寵數事狀……三六一
烏臺日事……三六二
請舉行科舉事狀……三六二
論職官公私有犯不聽收贖皆的決事狀……三六四
論重刑決不待時事狀……三六六

高唐州州尹張庭瑞稱職事狀……三五六九
請立登聞檢鼓院事狀……三五六九
論立司諫等官事狀……三五七〇
論職官子孫試補省臺院部令史狀……三五七一
舉都事馬甫并選用儒者事狀……三五七三
論陳提刑改除不宜取解由事狀……三五七四
論五品以上官殿授事狀……三五七五
論貧難軍合從所屬定奪事狀……三五七六
薦臺掾趙文昌事狀……三五七九
舉左丞姚公充經筵等職狀……三五八〇
論衛輝路不宜通管竹課事狀……三五八一
儒士楊弘道賜號事狀……三五八二
請職官依舊三十月遷轉事狀……三五八三
彈劉汝翼事狀……三五八四
論隨路闕員及未到任官員事狀……三五八五
爲起蓋良鄉縣南留里河橋梁事狀……三五八六

益津縣尹張英非違等事狀……三五八七
彈左巡院官休和趙仲謙事狀……三五九〇
爲添科南京不任差户事……三五九一
爲除豁河南屯田户差發事……三五九三
爲劉古乃打魚事……三五九四

王惲全集彙校卷第八十八……三五九五

烏臺筆補……三五九五
彈趙春奴不孝事……三五九五
論鈔息復立常平倉事……三五九六
彈縣尉楊政事狀……三五九八
彈馬全擅科鈔事狀……三六〇〇
爲收刈秋青草事……三六〇〇
爲私披衣甲事狀……三六〇一
彈市令馮時昇不公事狀……三六〇二
彈步站官王提領不公事狀……三六〇三
爲在都回回户不納差税事狀……三六〇四

爲陝西鄭縣隱户計事狀……三六〇五
爲蝗旱救治事狀……三六〇六
彈馬仲温横斂錢物事狀……三六一二
彈忽都魯阿散不赴任所事狀……三六一三
彈王千户冒名代軍事狀……三六一四
彈益津縣尹張文郁侵使鹽價事狀……三六一四
爲太廟中柱損壞事狀……三六一四
爲優衈襄陽軍人事狀……三六一五
爲懷孟路新民不便事狀……三六一六
彈兵馬司擅自鞫斷事狀……三六一七
彈大興縣官吏乞受事狀……三六一九
彈良鄉縣站官私取工俸事狀……三六二一
爲孫彈壓代軍事狀……三六二一
彈固安州官吏剋落鹽折粟價錢事狀……三六二二
彈東安州官吏剋落鹽折粟價錢事狀……三六二二
乞徵問取牧馬地草粟事狀……三六二三

彈東安州司吏張芮不公事狀……三六二四
體訪保申令史曹士良狀……三六二五
彈涿州站官私使祗應錢事狀……三六二五
彈趙州平棘縣尹鄭亨事狀……三六二六
薦濟南士人楊從周事狀……三六二八
彈中翼軍騷擾百姓事狀……三六二九
彈漕運司差委官非理騷擾事狀……三六三〇
彈李二寺倉損壞官糧事狀……三六三一
彈右巡院准擱王得進事狀……三六三一
論課稅户隸總府管領事狀……三六三三
論法官沈侃陞用事狀……三六三四
王惲全集彙校卷第八十九……三六三五
烏臺筆補……三六三五
舉河南士人陳天祥事狀……三六三五
爲盜賊糾治真定官吏事狀……三六三六
請禁治穢惡語言事狀……三六三七

論居官身故等官員子孫承廕事狀……三六三七
爲救治蟲蝗事狀……三六三九
爲犧牲在滁不及九旬事狀……三六四一
舉陝西儒士楊元甫事狀……三六四二
爲罪囚醫藥事狀……三六四三
論成造衣甲不宜責辦附餘物料事狀……三六四四
彈阿海萬户屯田軍人侵占民田事狀……三六四五
彈西夏按察使行移違錯事狀……三六四六
論渾河泛溢請修治堤堰事狀……三六四七
請立四方館事狀……三六四八
彈漕司失陷官糧事狀……三六五〇
論復立博野縣事狀……三六五四
論科舉事宜狀……三六五五
彈博州路烏總管老病狀……三六五七
冬旱請祈雪事狀……三六五九
太廟祭器合改造事狀……三六六〇

論求仕官就家聽候宣敕事狀……三六六〇
彈大興府擅注案牘官事狀……三六六一
彈四州濫給解由事狀……三六六二
彈甲局官玉魯等抵搪造甲皮貨……三六六三
論革罷撥户興煽爐冶事狀……三六六五
糾彈良鄉尉司非理考勘劉德林事狀……三六六七
論肅山住等局人匠偏負事狀……三六六八
論六部職掌繁簡事狀……三六六九
論霸州道路事狀……三六七〇
論革罷魚牙岸例事狀……三六七一
彈不孝子楊大事狀……三六七二
舉三道按察使事狀……三六七三
論順天清苑縣尉石昌璞繫獄事狀……三六七四
論隨路交鈔庫令總管府提點事狀……三六七五
論待闕官預爲照會各處事狀……三六七七
論外任官展裹公服事狀……三六七七

論撫勞襄陽軍士事奏狀……三六七八
論宣課折納米粟實常平倉狀……三六八〇
論州縣官經斷罰事狀……三六八一

王惲全集彙校卷第九十……三六八三

便民三十五事……三六八三
事目……三六八四
立法……三六八七
定法制……三六八七
置發兵符契……三六八八
通行奏事……三六八九
選官……三六八九
議保舉……三六八九
立審官院……三六九〇
選參佐……三六九二
䘏民……三六九三
議䘏民……三六九三

除軍户閃下差發……三六九七
救災……三六九九
秋税准喂養馬駝草料……三七〇〇
復常平倉……三七〇一
論匠户……三七〇一
括户土斷……三七〇三
七品以上官言任内利病事……三七〇四
息兵力……三七〇五
軍人交番……三七〇五
緩遠征……三七〇六
合併十一年軍……三七〇七
定奪軍户析居地税……三七〇七
養人材……三七〇八
設學校……三七〇八
議復立國子學……三七〇九
用中選儒士……三七一〇

試吏員……三七一一
節費用……三七一二
併州縣省官吏……三七一二
行券法省祗應……三七一三
禁醞酒……三七一四
振武屯田……三七一五
納粟除監當官……三七一六
停不急之務……三七一八
權停一切工役……三七一八
省罷鐵冶户……三七一八
侵奪民利不便等事……三七二〇
課程再不添額……三七二〇
論鈔法……三七二一
論鹽法……三七二四
輝竹還民……三七二七
分間官占民田……三七二九

定奪官地給民……三七三〇
禁約侵擾百姓……三七三一

王惲全集彙校卷第九十一……三七三三

事狀……三七三三
翰林院不當以資例取人……三七三三
定奪黄河退灘地……三七三四
舉耶律張商焦四相事狀……三七三四
復許諸人陳言……三七三五
舉明宣慰胡祗遹事狀……三七三六
議司獄官……三七三七
禁約興利無效等人……三七三七
議大名券軍……三七三八
理財事狀……三七三九
馬政事狀……三七三九
預備事狀……三七四〇
爲審斷罪囚事狀……三七四一

爲革部符聽偏辭下斷事狀……三七四二
開種兩淮地土事狀……三七四二
祝香百門山神事狀……三七四三
司官不勝任者即行奏代事狀……三七四四
精選首領官員事狀……三七四五
添書吏奏差人員禄食資歷事狀……三七四六
關支俸錢事狀……三七四六
罷孫招討户……三七四七
罷南陽屯田户……三七四八
罷規運硝减山楂等官……三七四八
定奪儒户差發……三七四九
薦前御史康天英狀……三七五〇
保郝彩麟狀……三七五一
申明宣慰使陳祐狀……三七五二
修理大都南京石經事狀……三七五三
論黄河利害事狀……三七五四

王惲全集彙校卷第九十二……三七五七
事狀……三七五七
郊祀圓丘配享祖宗事狀……三七五七
鈞州建先廟事狀……三七五九
牒司爲中丞王通議病愈狀……三七五九
保士人杜之材賈宗傳狀……三七六〇
彈保定路總管侯守忠狀……三七六一
體復教授李龍輔狀……三七六二
舉楊德柔狀……三七六三
論王學士合陞承旨事狀……三七六四
保舉提舉張從仕狀……三七六四
特選行省官事狀……三七六五
論草寇鍾明亮事狀……三七六七
保醫儒胡璉狀……三七六八
保儒生韓弘牒草……三七六八
論教官俸給事狀……三七六九

論開光濟兩河事狀……三七〇
論濟南路所轄達魯花赤合遷轉事狀……三七二
保李提學昌道狀……三七二
論濟南經歷闕員事狀……三七三
議盜賊……三七四
舉明山東運官狀……三七六
保兵部王郎中寅甫狀……三七六
王惲全集彙校卷第九十三……三七七
玉堂嘉話序……三七七
玉堂嘉話卷第一……三七九
王惲全集彙校卷第九十四……三七九
玉堂嘉話卷之二……三七九
王惲全集彙校卷第九十五……三八三
玉堂嘉話卷之三……三八三
王惲全集彙校卷第九十六……三八六三
玉堂嘉話卷之四……三八六三

王惲全集彙校卷第九十七 …… 三八九五
玉堂嘉話卷之五 …… 三八九五
王惲全集彙校卷第九十八 …… 三九二三
玉堂嘉話卷之六 …… 三九二三
王惲全集彙校卷第九十九 …… 三九四三
玉堂嘉話卷之七 …… 三九四三
王惲全集彙校卷第一百 …… 三九五五
玉堂嘉話卷之八 …… 三九五五
附録 …… 三九七九
王惲年譜 …… 三九七九
作品輯佚之屬 …… 四四三一
生平傳記資料之屬 …… 四四四一
序志題跋之屬 …… 四四七九
酬贈哀祭之屬 …… 四五四三
後人收録批評之屬 …… 四五九四
王惲現存碑刻信息統計 …… 四六五三

目　録

主要参考文献

後記

三三二

王惲全集彙校卷第一

頌

中統神武頌 并序

維三年春王正月①，逆璮悖負天恩，扞我大刑，裒奸誅頑②，嘯兇東土。於是命將致討，天戈一麾，不五月而克清大憝。兹蓋皇帝陛下奮奉天心③，布昭神武，睿知足臨④，有征無戰故也⑤。昔肅宗中興唐室，而元結獻頌，用歌大業，垂示無極。臣惲忝屬太史，親覩盛事，頌聲不作，咎將曷歸？敢綴緝所聞，謹撰《中統神武頌》一首，凡千有一百二十四字，雖辭理未應，庶幾神武仁聖之德，鏗鍧炳燿，播宣金石，振一代之徽烈也。萬冀微誠，仰蒙天聽，臣惲惶懼昧死，拜手稽首而獻頌曰：

皇帝踐祚⑥，粤維三年⑦。萬靈清蹕，迺狩于燕。曰寒而寒，曰燠而燠。百度脩明⑧，朝庭清肅⑨。東截海表，西亘庸濮。悉臣悉貢，罔不率服。

時維逆壇，禍心久纏。再世鴟張，顓征擅權。奄殿全齊，厲階泗漣。煮鹽涸海，剷銅夷山。地險物衆⑩，蘖芽其間。懵恃奸嚚，海波可田。背脅疽根，怒而自鞭。時徼邊功，外示忠惓。警我宋急，騎通甘泉。帝以德御，聽之誠然。再命不庭，穢彰溥天。浪駭鯨奔，擬騰百川。投袂東來，盜我西偏。天意有在，聚而熸旃⑪。

皇帝神武，不震不愆。燎我神鼎，烹此小鮮。命將興師，策出萬全。方叔召虎，爪牙利宣。爰命宗王，相臣是丞。顓彼封拜，虎符發兵。赫赫禁旅，犀甲熊旌⑫。相臣曰壁，維周之禎⑬。氣蓋一世，徐方震驚。皇帝曰嘻，殲厥渠魁，脅從罔懲。既誓我師，鋭莫與爭。賊謂我怯，蠆鋒來乘⑭。一戰而退，曠懷自矜。詎以有待⑮，孤城自嬰。皇帝曰嘻，壇不時下⑯，我民是恫。武略神機，運之淵衷。相與謀謨，丞相天澤⑰。乃拜稽首，賊出下籌。豨突于笠⑱，不死何求？繚以巨塹，畢克于秋。帝曰元老，壯哉謀猷！其往視師，代予以休。馬首既東，零雨其濛。精彩一變，氣吐而虹。萬杵一動，月暈而墉。山斷外援，水防内通。高壘深溝，俟其自斃。日壓賊營，雲頽死氣。賊勢既窘，魄褫心悸。鼠拔其牙，獸崩厥角⑲。斧偃螳潛，鋒摧蝟縮⑳。七月壬戌，環陴内訌。賊伺我隙，悉甲來攻。萬死幸脱，突我梯衝。相史相趙，出奇無窮。既敗而壁，衆猶嘯凶。迨其癸酉，有星蓬蓬。駻若矢石，妖聲墮空。因之出降，羣兇率同。彼狡狂卒，不知所圖。銜寠鼠竄㉑，自投于湖。宛轉不死，可知其愚。童子執戈，縛之以趨。比梟逆首，磔裂其軀。併取同惡㉒，牽攣就誅。林林部曲，面縛俟死。皇帝曰噫，皆朕赤子。若蠢何知，一從先旨。解甲投戈，縱歸田里。東際海壖，西逾膠濟。殺氣一空，歡聲四起。

既定歷城，東趣廣固。比傅城下，降幡内竪。凡厥士女，無或畏懼。取彼逆屬，收其府庫㉓。市肆農耕，按堵如故㉔。纍纍婦妾，婉婉弱齡。三木囊頭，來獻闕庭。既令市朝，咸即厥刑。盡頒所獲，大犒將旅。稛載驩呼，各歸禁伍。勞我元臣，其安爾所。視我民政，衮闕則補。肆赦東方，皇恩斯溥。録我陣歿，卹我孤苦。舊染惟新，各安爾土。皇帝曰噫，頷頷歷城，横燎兇爔。干戈所歷，復其租斂。惠賜穀帛㉕，拯其昏墊。陰伏陽開，乾旋坤奠。海岱重清，一出聖筭。奄奄北風，讋而遠竄。威憺蠻陬，東夷來獻。蓋代稱觴，萬口交慶。

再拜稽首，皇帝神聖。天錫勇智，萬邦以正。億萬斯年，受天明命。皇帝孝友，敦序九族。有爵有土，煌煌車服。終歲燕賜，克諧克睦。帶礪山河，與天齊福。皇帝睿哲，别白忠直。天賚厖臣㉖，左輔右弼。孰敢予侮？爲天立極。皇帝聖慈，約法好生。奚取八辟，三章更輕。大獄之起，寧失不經。如瓊之誅，萬死何容！罪止一族，餘無所從。

漢制黨錮，唐興羅織。濫及無辜，慘莫之惕。天地大德，曰生曰植。致討已來㉗，惟天是則。吾皇之心，堯仁舜德。海宇熙熙，春臺壽域。羣臣歸美，度越前古。唐平淮西，漢滅吴楚。以今方之，其烈斯鉅。規規孝景，計誅臣錯。岌岌憲宗，皇咨于度。兵纏四載，吴縛于愬。惟此齊功，五月而成。斷以睿筭，畀之戎衡。皇帝執謙，弗居弗處。宗廟之靈，將士之助。敢告成功，于考于祖。祀事載祇㉘，牲牢鍾虡㉙。樹羽崇牙㉚，應田縣鼓。肅雝和鳴，先祖是聽。神靈曰都，嗣皇之英。持盈之德，守成之能。保我丕祚，萬福是膺。壽等南山，不騫不崩。

小臣眷眷，職司述稱。屬辭比事，獻芹之誠。親覩盛業㉛，拭目太平。淵嘿無言，呰將孰徵㉜？冒昧狂斐，觸犯雷霆。敢摭輿議，用垂頌聲。

【校】

①「三」，弘治本同元刊明補本；薈要本、四庫本作「二」。按：李璮叛亂一事，爲元初重大歷史事件，《元史》多有記載，《元史》卷一三三《昔都兒傳》：「中統三年，從丞相伯顏討李璮叛，以功授百户。」據《元史》所載，中統三年李璮叛亂之心已然不加掩飾，構築益都城防，高價與政府争購軍馬，使用宋漣州會子及侵吞朝廷鹽課以資軍用。但真正叛亂，《元史》卷二〇六《李璮傳》：「至是，彦簡遂用私驛逃歸。璮遂反，以漣、海三城獻於宋。殲蒙古戍

兵，引麾下具舟艦還攻益都。」李彦簡「逃歸」一事，《元史》卷五《世祖本紀》：「三年春正月……李璮質子彦簡逃歸。」且獻城於宋及殲滅蒙古戍兵亦皆在中統三年。

②「訹」，薈要本、四庫本作「株」。

③「夤」，弘治本同元刊明補本；薈要本、四庫本作「寅」，亦通。按：寅，通夤，《六臣注文選》卷五六班固《封燕然山銘》：「寅亮聖皇，登翼王室。」李周翰注：「寅，敬。」《漢書》卷一〇〇《敘傳下》：「中宗明明，夤用刑名。」顔師古注：「鄧展曰：『夤，敬也。』」《文選注》卷三六王融《永明九年策秀才文》：「朕夤奉天命，恭惟永圖，審聽高居，載懷祗懼。」

④「知」，弘治本、薈要本、四庫本作「智」，亦通。按：知、智，古今字，通。後依此不悉出校記。

⑤「征」，薈要本、四庫本同元刊明補本；弘治本作「正」，亦可通。按：正，《廣韻》諸盈切，通征，征伐也，《詩·商頌·玄鳥》：「古帝命武湯，正域彼四方。」高亨注：「此『正』應讀爲『征』。」「有征而無戰」，溢美之辭，征之不戰而屈人之兵。

⑥「祚」，弘治本、薈要本同元刊明補本；四庫本作「阼」，亦可通。按：阼，此謂帝位也，《禮記注疏》卷二〇《文王世子》：「成王幼，不能涖阼。」鄭玄注：「涖，視也，不能視阼階行人君之事。」《新唐書》卷九三《李靖傳》：「太宗踐阼，授刑部尚書。」祚，亦謂君位也，《史記》卷三四《燕召公世家》：「成王既幼，周公攝政，當國踐祚。」後依此不悉出校記。

⑦「粤」，元刊明補本作「舉」，形似而誤；據弘治本、薈要本、四庫本改。按：舉，當爲粤之形誤。粤，《史記》卷四

《周本紀》：「我南望三塗，北望嶽鄙，顧詹有河，粵詹雒伊，毋遠天室。」張守節正義：「粵者，審慎之辭也。」《漢書》卷八四《翟義傳》：「粵其聞日，宗室之儁有四百人，民獻儀九萬夫，予敬以終於此謀繼嗣圖功。」顔師古注：「粵，發語辭也。」

⑧「脩」，弘治本、薈要本同元刊明補本；四庫本作「修」，亦通。按：脩、修，多可通。後依此不悉出校記。

⑨「庭」，弘治本、薈要本、四庫本作「廷」，亦通。按：朝庭，亦可作朝廷，《史記》卷一二〇《汲鄭列傳》：「大將軍聞，愈賢黯，數請問國家朝廷所疑，遇黯過於平生。」後依此不悉出校記。

⑩「險」，弘治本同元刊明補本；薈要本作「顯」，聲近而誤；四庫本作「黟」，非是。

⑪「熸」，弘治本同元刊明補本；薈要本、四庫本作「殲」，亦可通。按：殲，謂消滅，《春秋·莊公十七年》：「夏，齊人殲於遂。」熸，《宋史》卷二六五《呂蒙正傳》：「朕比來征討，蓋爲民除暴；苟好功黷武，則天下之人熸亡盡矣。」按，《續資治通鑑》卷一六《宋太宗淳化四年》引作「熸滅」。後依此不悉出校記。

⑫「甲」，薈要本、四庫本同元刊明補本；弘治本作「中」，形似而誤。按：犀甲，謂犀牛皮所制之鎧甲。犀皮不常有，或用牛皮，亦稱犀甲。《楚辭·九歌·國殤》：「操吴戈兮被犀甲，車錯轂兮短兵接。」

⑬「禎」，弘治本、四庫本同元刊明補本；薈要本作「楨」，形似而誤。後依此不悉出校記。

⑭「鋒」，弘治本同元刊明補本；薈要本、四庫本作「蜂」，非是。按：蠆鋒，本謂蠆尾之毒刺，此以喻敵人兇惡之氣焰。周密《齊東野語》卷二〇《紇石烈子仁詞》：「蠆鋒搖，螳臂振，舊盟寒……天兵小試，百蹄一飲楚江乾。」蠆蜂，即蜂蠆，皆爲毒蟲，能害人，多以之況國、君相及有害之物，詳見《駢字類編》卷二二三《蜂蠆》。

⑮「誑」，弘治本同元刊明補本；薈要本作「徐」，非是；四庫本作「誰」，形似而誤。

⑯「璮」，弘治本、四庫本同元刊明補本；薈要本作「氈」，形似而誤。按：氈，亦作氊，與璮形似。璮，即李璮。後依此不悉出校記。

⑰「相與謀謨，丞相天澤」，弘治本、四庫本同元刊明補本；薈要本作「丞相天澤，相與謀謨」，倒。

⑱「笠」，弘治本同元刊明補本；薈要本、四庫本作「苙」，形似而誤。按：後依此不悉出校記。

⑲「崩」，弘治本同元刊明補本；薈要本、四庫本作「奔」，聲近而誤。按：「崩厥角」，語本《尚書正義》卷一〇《泰誓中》：「百姓懍懍，若崩厥角。」孔傳：「言民畏紂之虐，危懼不安，若崩摧其角，無所容頭。」

⑳「摧」，弘治本、薈要本同元刊明補本；四庫本作「推」，形似而誤。

㉑「銜」，弘治本同元刊明補本作「御」；據薈要本、四庫本改。

㉒「併」，弘治本同元刊明補本；薈要本、四庫本作「并」，亦通。按：併、并，多可通。後依此不悉出校記。

㉓「收」，弘治本、薈要本、四庫本作「取」，涉上形誤。

㉔「按」，弘治本、四庫本同元刊明補本；薈要本作「安」，亦通。按：安、按，古今字。按堵，亦作安堵，猶安居也，《史記》卷八二《田單列傳》：「即墨即降，願無虜掠吾族家妻妾，令安堵。」《漢書》卷一《高帝紀上》：「吏民皆按堵如故。」後依此不悉出校記。

㉕「穀」，薈要本同元刊明補本；弘治本、四庫本作「穀」，同。按：後依此不悉出校記。

㉖「厖」，弘治本、薈要本同元刊明補本；四庫本作「虎」。

㉗「已」，弘治本、四庫本同元刊明補本；薈要本作「以」，亦可通。按：以來，同已來，猶以後，《史記》卷六《秦始皇本紀》：「自今已來，除謚法。」《史記》卷一〇《孝文本紀》：「此細民之愚無知抵死，朕甚不取。自今以來，有犯此者勿聽治。」後依此不悉出校記。

㉘「祗」，弘治本同元刊明補本；薈要本作「明」，非是；四庫本闕。

㉙「鍾」，弘治本同元刊明補本；薈要本、四庫本作「鐘」，亦通。按：鍾、鐘，多可通。後依此不悉出校記。

㉚「崇」，元刊明補本作「宗」，形似而誤；據弘治本、薈要本、四庫本改。按：崇牙，語本《詩・周頌・有瞽》：「有瞽有瞽，在周之庭。設業設虡，崇牙樹羽。」孔穎達疏：「虡者立於兩端，栒則横入於虡。其栒之上加施大板，則著於栒。其上刻爲崇牙，似鋸齒捷業然，故謂之業。牙即業之上齒也。」《六臣注文選》卷三張衡《東京賦》：「爾乃九賓重，臚人列，崇牙張，鏞鼓設。」薛綜注：「張，謂樹之以懸鍾鼓也。」

㉛「業」，弘治本同元刊明補本；薈要本、四庫本作「事」，涉上而妄改。

㉜「徵」，弘治本同元刊明補本；薈要本、四庫本作「勝」，非是。

蛾眉研賦 并序①

余家所役二硯，研磨有年，殆與瓦礫不異。書生作計，朝夕筆研間，所用若是，欲善其事而不能也，宜矣！乙卯春，偶得是硯於販夫之手，質名于譜，蓋歙石蛾眉之種也。噫！豈天誘愚衷，將爲文字之祥邪？抑亦有數，自王氏而發潛德之光耶？遂筆而賦焉。其辭曰：

嘿齋主人行年廿有九②，日從事於翰墨③，將游心于道囿④。家畜二硯，形模老醜。研磨歲深，埃塵瓦缶。歎材石之莫遇，偶見授於野叟。發此秘藏，殆天所誘。歸予之月，卯插其斗。從吾囊之羞澁，喜溪光之照牖。

其質圓以古，其色緑而黝。鬼擲滈璧，鏡蝕秦紐。太初之面目已露，元氣之胚胎未剖。涵玉德之餘潤，鑑金聲於一扣。其閱人多矣，幾墨翻於醉袖也。肌理細膩，豐而不蔀⑤。顧溪痕之隱然，旋摩挲而無有。雪浪翻江，映日光走。其瑩滑温純之德，誠研中之瓊玖也。

若夫蒼文上横，眉嫵初就。濃抹遠山，濯如春柳。其横雲卻月之狀，又似開乎成都之畫手。質名于譜，兹歙石蛾眉之右也。予想夫龍山之英，歙溪之瀏。醖釀幾年，鍾此奇秀⑥。信神物之有歸，不圖爲嘿齋座中之友也。當其書幌晝明，筆耕而耨。一嘘泫然，雲蒸霧湊。試墨花於春融，覺松風之瀉竇。縱未灑薔薇之春露，聽此亦足以醒張顛之宿酒也。相期百年，以介爾壽。研兮研兮，汝名雖異，儻浮於實兮⑦，終有愧於屋漏。故東坡有云：「澁不拒筆，滑不褪墨。」兹乃研之佳焉，又何必鸜其目而鳳其咮也邪⑧？

【校】

①「研」，弘治本、薈要本同元刊明補本；四庫本作「硯」，亦通。按：研，《廣韻》吾甸切，通硯，《後漢書》卷七七《班超傳》：「大丈夫無他志略，猶當效傅介子、張騫立功異域，以取封侯，安能久事筆研間乎？」

②「嘿」，弘治本、四庫本同元刊明補本；薈要本作「默」，亦可通。按：嘿，《集韻》莫北切，同默。然由下文「不圖爲嘿齋座中之友也」之句可知，此處當以作「嘿」爲是。後依此不悉出校記。

③「於」，弘治本同元刊明補本；薈要本、四庫本作「于」，亦通。按：於、于，多可通。後依此不悉出校記。

④「游」，弘治本同元刊明補本；薈要本、四庫本作「遊」，亦通。按：游、遊，多可通。後依此不悉出校記。

⑤「豊」，元刊明補本、弘治本作「豊」，俗字；據薈要本、四庫本改。按：豊，《説文·豊部》：「豊，行禮之器也，从豆象形。」豊、豐，本爲不同二字，後豐之俗字亦可作豊。今俗字豊改爲其相應之正字。後依此不悉出校記。

⑥「鍾」，弘治本、薈要本同元刊明補本；四庫本作「種」，形似而誤。按：後依此不悉出校記。

⑦「實」，弘治本、薈要本同元刊明補本；四庫本作「寔」，亦通。按：實、寔，多可通。後依此不悉出校記。

⑧「邪」，弘治本、薈要本同元刊明補本；四庫本作「耶」，亦通。按：邪，《廣韻》以遮切，猶耶，疑問語助詞。後依此不悉出校記。

茹野菊賦 并序

丙寅春三月，予以司明告病，避忌食物，無可供嚼嚙者，家人輩采菊芽爲蔬。考之圖經，味甘平，療風熱，於頭目極順適也，遂筆而賦之。其辭曰：

蹇予投劾而來歸兮，守先人之故廬。日閉關而卻掃兮，殆幽潛之不殊。視外物其弊屣兮①，將游心於聖書。何庖廚之遠戒兮，幾釜中之生魚。嗟肉食其無相兮，喜盤蔬之有餘。潔我晨羞，出于不虞。擁案未前，露香滿裾。童子啞然而告予曰：「兹野菊之方苗，適采擷于林墟。」考之圖經，食有益於頭顱也。

若夫春芽翠茁，方莖碧腴②。湯沃苦盡，鼎調氣濡。甘湧舌本，味欺圃蔬③。拉晚菘以爲友，役春蒲而作奴④。貯空腹而不厭，恐落英之不如⑤。彼寒花之可愛，寄高情於一壺。縱傲睨乎秋霜⑥，踰佳辰而日疏⑦。此方騰藉春陽，甲拆而敷⑧。收微生於全體，供野人之所需。吾乃瀝芳馨而三嚥，覺眼華之掃除⑨。其氣平夷，其樂舒徐。豈一杯之野馥，等悦人之豢芻。雖草木之誑口，亦因兹而起予。世有啖糠覈而瓠肥，厭粱肉而黑癯⑩。豈非適於口而心苦，濡以膏而體劬？吾知甘菲薄以自樂，能充説其體膚⑪。既而隱几冥坐，心明志虚。佳境倏然⑫，恍與夢俱。以神爲馬，以尻爲舁⑬。既發軔於菊潭，或弭節乎山隅⑭。訪淵明於栗里，尋天台之隱居。然後鼓東南之歸枻⑮，追散人於江湖。覺而賦之，猶足以續《離騷》而弔三閭也。

【校】

①「弊」，弘治本同元刊明補本；薈要本、四庫本作「敝」，亦通。按：敝、弊，古今字。後依此不悉出校記。

②「方」，弘治本、薈要本同元刊明補本；四庫本作「芳」，非。

③「圃」，弘治本同元刊明補本；薈要本、四庫本作「園」。

④「蒲」，元刊明補本作「庯」，據弘治本、薈要本、四庫本改。

⑤「英」，元刊明補本作「莫」，據弘治本、薈要本、四庫本改。

⑥「睨」，薈要本、四庫本同元刊明補本；弘治本作「睍」，亦可通。

⑦「辰」，弘治本、薈要本同元刊明補本；四庫本作「晨」，亦通。按：辰、晨，古今字。後依此不悉出校記。

⑧「甲」，弘治本同元刊明補本；薈要本、四庫本作「中」，形似而誤。按：甲拆，亦作甲坼，謂草木發芽時種子外皮裂開，釋貫休《禪月集》卷二〇《壽春節進大蜀皇帝》：「春力遍時皆甲拆，王言聞者盡光輝。」《周易正義》卷七《解》：「天地解而雷雨作，雷雨作而百果草木皆甲坼。」孔穎达疏：「雷雨既作，百果草木皆孚甲開坼，莫不解散也。」

⑨「華」，弘治本、薈要本同元刊明補本；四庫本作「花」，亦可通。按：花，謂顔色錯雜，《李太白文集》卷二《將進酒》：「五花馬，千金裘，呼兒將出换美酒，與爾同銷萬古愁。」

⑩「癯」，元刊明補本、弘治本、薈要本作「瘦」，形似而誤；據四庫本改。按：癯、劬、臞、俱，皆爲《廣韻》平聲虞韻；虚，《廣韻》平聲魚韻；魚韻獨用，與虞韻相臨，魚、虞皆屬宋元之際十六攝中之遇攝，《中原音韻》中屬魚模韻，故亦可諧韻。瘦，《廣韻》去聲宥韻，與魚韻、虞韻相隔較遠，不能諧韻。

⑪「充」，薈要本、四庫本同元刊明補本；弘治本作「克」，形似而誤。按：充説，亦即充悦，狀精神焕发貌，《太平廣記》卷三六九牛僧孺《岑順》：「順閲之，恍然而醒，乃大吐。自此充悦，宅亦不復凶矣。」「説」，弘治本同元刊明補本；薈要本、四庫本作「悦」，亦通。按：説、悦，古今字。後依此不悉出校記。

⑫「翛」，元刊明補本、弘治本作「脩」，形似而誤；據薈要本、四庫本改。按：翛然，狀无拘无束貌、超脱貌，《莊子

注》卷六《大宗師》：「翛然而往，翛然而來而已矣。」倐然，狀整飭貌，整齐貌，《説郛》卷六八李格非《洛陽名園記·湖園》：「自竹逕望之超然，登之脩然者，環翠亭也。」倐然，與文義無涉。

⑬「尻」，弘治本同元刊明補本；薈要本、四庫本作「尻」，形似而誤。按：此謂盤坐冥想，放鬆神經任意念像馬般馳騁。前言「隱几冥坐」，必是以「尻」著「几」；以「尻」爲「舁」，實即以身體爲「車」，以精神牽引，翛然以遨遊耳。

⑭「乎」，弘治本同元刊明補本；薈要本、四庫本作「于」，亦通。按：乎，同于，處所介詞。後依此不悉出校記。

⑮「然」，元刊明補本、弘治本俱闕；據薈要本、四庫本補。

未央瓦研賦

贈終南李鍊師和甫

斗直寅，日維西。栩栩蝶化，夢入靈囿。覺而扣門，有來玄叟。投我天硯①，形圜色黝。鬼擲滈璧②，鏡蝕秦紐。文章鬱律③，蛟蟠虺走。以長樂無極而言，迺漢殿燼餘之瓦首也④。當其炎運天開，禹界秦陋⑤。未央屹建，長樂丕構。體紫極之圓方，壯神麗於九有，俾子孫無復加於後也。

若夫萬疊雲浮，跨凌天宇。鱗影參差，鼇背掀舉。瓊綴簷牙，香團桂樹⑥。倒景激日馭之光，流潤浥金莖之露。聳萬國之衣冠，蔭千秋之歌舞。礪太華而帶河渭⑦，謂斯瓦之貞固。天落妖彗，一掃而去。咄爾微質，歸復其土。何千歲而不化，偶野人之與遇？今歸乎我，又係厥數。摩挲漢月，碧花燦吐，似喜余之主也。試玄蛟兮海運，瀉松風於窗户。滑不墨褪，澁不筆拒。然復其天，則御陽周宣王宫名之耳孫；較其古，迺銅雀之鼻祖。彼鸜其眼而羅其紋，味則鳳而形則□⑧。用或□□□，奚足取是。不若兹瓦之□□而□□□□□□□□屋廕生聚⑨。帲幪霜雪，蔽虧風雨。是則用得其所，付大任於汝也。豈期棐几呈材⑩，辭客與伍。處雖失宜，其功尚溥。鍛我銛鋒，藉汝涵湑。乞英靈於班馬，鑑興亡於今古。大書特書，猶足以旌朱游而削張禹也。道士顧笑，吾子其爲我賦之。

【校】

①「硯」，弘治本、四庫本同元刊明補本；薈要本作「研」，亦通。按，見前校記。後依此不悉出校記。

②「璧」，元刊明補本作「壁」，據弘治本、薈要本、四庫本改。

③「律」，弘治本同元刊明補本；薈要本、四庫本作「獐」，亦通。按：鬱律，亦作鬱獐，謂煙氣升騰貌，《李太白文集》卷二四《明堂賦》：「含佳氣之青葱，吐祥烟之鬱律。」按，《李太白集注》卷一「律」作「獐」。

④「迺」，弘治本同元刊明補本；薈要本、四庫本作「乃」，亦通。按：迺、乃，多可通。後依此不悉出校記。

⑤「畀」，弘治本同元刊明補本；薈要本作「碑」，妄改；四庫本作「卑」，亦通。按：《漢書》卷五一《鄒陽傳》：「昔者，舜之弟象日以殺舜爲事，及舜立爲天子，封之於有卑。」顏師古注：「服虔曰：『音畀予之畀也。』地名也，音鼻，今鼻亭是也，在零陵。」後人不曉此典，以爲畀、卑爲碑之形誤，妄改爲「碑」。按，禹碑，即岣嶁碑，凡七十七字，像繆篆，又像符籙。後人附會夏禹治水時所刻。碑在湖南衡山雲密峯，西安碑林有其摹刻。《東雅堂昌黎集注》卷三《岣嶁山》：「岣嶁山尖神禹碑，字青石赤形摹奇。」

⑥「桂」，元刊明補本作「柱」，形似而誤；據弘治本、薈要本、四庫本改。

⑦「渭」，元刊明補本作「清」，形似而誤；據弘治本、薈要本、四庫本改。按：河渭、太華相對爲文。太華，謂少華山，在河、渭之間，故言。

⑧「味」，元刊明補本、弘治本作「咮」，據薈要本、四庫本改。

⑨「而」，弘治本、四庫本同元刊明補本，薈要本闕。

⑩「期」，弘治本同元刊明補本；薈要本、四庫本作「其」，當因聲而誤。

三峯晴雪賦　并序

乙亥歲冬十一月，余以守吏將事，自蒲抵華，倉惶待命於塵坌間①。望三峯晴雪，焕爛高潔，皜不可尚已。顧而自憐，豈勝慚穢？適與左山商公遇於祠南柏行間②，歸作是賦以寄。其詞曰：

華於衆嶽，峻極莫之京兮。三峯絶觀，松雪益其清兮。倒景旁射，銀闕爛峥嶸兮。仙掌翻空，灝爽下青冥兮。豈玉井蓮芳，仙遊擁霓旌兮？巨靈變現，咤崑丘之瓊兮。金天移仗，敞瑶華之宫兮。泠飈吹而不滅，海月照還空兮。軒豁呈露，何物外之雄兮！又如螭蟠之老子，與希夷之鉅公。朗出天表，飲太泉而遊封中兮。安得杖仙人之九節，登神丘之崇兮？問真源於白帝，追二公之蹤兮。胡一行而作吏，搶塵土之容兮？對清都而不克往，世故驅以東兮。掉塵鞅而北騖，刺梗滿吾胸兮。望岳神而三歎，歸夢掛巖松兮。縱靈移之罔誚，獨不愧於躬兮。歸而賦之，吾言固誇，猶足以爲執熱者之清風也。

【校】

①「惶」，弘治本、薈要本同元刊明補本；四庫本作「皇」，亦通。按：倉惶，亦作倉皇、倉黄、倉徨、倉遑，《説文·倉部》：「倉，穀藏也。倉黄取而藏之，故謂之倉。」《文苑英華》卷一〇一獨孤授《運斤賦》：「利器見投，尚倉惶於麾下。」李肇《唐國史補》卷上：「宰相已下，不知所對，而倉遑頗盛。」《王荆公詩注》卷八《送李屯田守桂陽》：「倉黄離家問南北，中路思歸歸不得。」李壽卿《伍員吹簫》第四折：「適遇伍盟府逃難離鄉，那盟府有倉徨狀態。」後依此不悉出校記。

②「商」，元刊明補本、弘治本作「商」，形似而誤；據薈要本、四庫本改。按：商、適，古今字。作「商」，當涉上「適」字而爲「商」字之形誤。左山商公，即商挺。後依此不悉出校記。

熙春阮賦　并序

玄暉上人得隆德故閤餘材，斲而爲阮，因以「熙春」目之，亦文殊之義也。至元戊寅春，同甯尹端甫、劉御史叔謙、趙太博彦伯坐心遠軒。師爲鼓《緑水》、《悲風》二曲，清越悲壯，坐客感歎興亡，有愴然于懷者。師請予賦之。其辭曰：

天新雨，風日妍。心與閑會①，境趣静便。拉曠懷之逸士，過雪庵之老禪。斂袂危坐，添爐炷箋②。於是出桂阮，調素絃。控朏月而當抱，撫筠柱之横駢。師曰：「兹熙春之斷餘，偶絲之而清圓者也。」遂鼓一再行，清越悲壯，如泉咽冰底③，風行樾間。倏倏兮，欲斷而復作；淙淙兮，似潄而還湲。鏗爾擿銅丸之韻，淒兮聆高樹之蟬。又如游士騁說，劍歌去燕。何辭氣之從横④，激太清而沉羽淵⑤。客乃呀然而驚，慘然而悲。信乎物之感人，有不期然而然者。

想老徽之般樂，盪侈魄以無前。厭華陽之湫隘，敞樓居而致仙。海鼇首抃，金鵬翼騫。鬱鼎蓮之香霧，鎖月殿之嬋娟。蔭千秋之歌舞，壽艮岳而不騫⑥。俄龍移而鼎去，繼金亡而閣遷。殆露槃之聲折，悵秋風而涕潸。興廢一瞬，兩朝百年。委繁華於野草，鎖莽苑之荒煙⑦。咄此木之何幸，遇幽人之達觀。納彌盧於芥子⑧，寓餘哀於一彈。猶足以舞魚龍於海曲，洗亡國之愁顔也。

嗚呼噫嘻！向之使人凛而悲者，物詎能動於人哉？人之哀樂，妄爲物之所牽。不知太虛寥寥，既寂而玄。唯此理之嘿識，何繁華廢興之足歎。師曰：「子其爲我賦之。吾欲秋月當户，松風滿軒。寫仲容之别操，合清商而洞宣⑨。使雲陰蔽空，玄鶴下躚⑩。走商延於濮上⑪，掩新聲於師涓也。」

【校】

「閑」，弘治本、《中州名賢文表》同元刊明補本；薈要本、四庫本作「閒」，亦通。後依此不悉出校記。

②「炷」，弘治本、薈要本、《中州名賢文表》同元刊明補本；四庫本作「注」，妄改。按：爐炷，謂爐中香，黄鎮成《秋聲集》卷四《西窗晝雨》：「鵲腦添爐炷，春鳩隔樹啼。」作「注」，當爲涉下「箋」字而認爲爲「炷」字之形誤。

③「冰」，弘治本同元刊明補本；薈要本、四庫本作「水」。

④「從」，弘治本、四庫本、《中州名賢文表》同元刊明補本；薈要本作「縱」，亦通。按：從，《廣韻》疾用切；從、縱，

古今字。後依此不悉出校記。

⑤「沉」，弘治本、薈要本、《中州名賢文表》同元刊明補本；四庫本作「沈」，亦通。按：沈，《廣韻》直深切，同沉。後依此不悉出校記。

⑥「艮」，薈要本、四庫本、《中州名賢文表》同元刊明補本；弘治本作「良」，形似而誤。按：艮岳，亦作艮嶽，山名，在今河南開封城内東北隅。宋徽宗政和七年于汴梁東北作萬歲山，宣和四年徽宗自爲《艮嶽記》，以爲山在國都之艮位，故名艮嶽。宣和六年，改名壽峯。詳見《宋史》卷八五《地理志一・萬歲山艮嶽》及宋張淏《艮嶽記》。劉子翬《屏山集》卷一八《汴京紀事》：「鳳輦北遊今未返，蓬蓬艮嶽内中高。」後依此不悉出校記。

⑦「煙」，弘治本、四庫本、《中州名賢文表》同元刊明補本；薈要本作「烟」，亦通。按：煙、烟，多可通。後依此不悉出校記。

⑧「彌盧」，弘治本、《中州名賢文表》同元刊明補本；薈要本作「彌羅」，亦可通；四庫本作「須彌」，妄改。按：彌盧，丁福保《佛學大辭典》：「Meru，譯曰高，《華嚴經》四十八曰：『如來口右輔上牙有大人相，名寶焰彌盧藏云。』同疏曰：『右輔上牙名彌盧者，顯妙高故。』慧苑《音義》下曰：『彌盧此云高，以在佛上牙故也。』」彌羅，丁福保《佛學大辭典》云：「此云慈」，非是。羅、盧，一聲之轉，彌羅即彌盧也。須彌，佛教語中之須彌山，梵語 sumeru 之音譯，或譯爲須彌樓、修迷盧、蘇迷盧等。彌盧、彌羅，與彌樓、迷盧音近；作「須彌」，當爲涉下「芥子」而認爲爲「彌盧」之聲誤。

⑨「商」，元刊明補本、弘治本、《中州名賢文表》作「啇」，形似而誤；據薈要本、四庫本改。按：清商，即商聲，五音之一，其調淒清悲涼，故稱。《補注杜詩》卷二〇《秋笛》：「清商欲盡奏，奏苦血霑衣。」後依此不悉出校記。

⑩「玄」，弘治本、《中州名賢文表》同元刊明補本；薈要本、四庫本作「古」，亦可通。按：玄鶴，謂黑鶴也，崔豹《古今注·鳥獸》：「鶴千歲則變蒼，又二千歲變黑，所謂玄鶴也。」依崔氏注，三千歲之鶴始可言玄鶴，實言鶴之歲古。作「古鶴」，義是而文非。

⑪「商」，弘治本、元刊明補本作「商」。

弔廉將軍墓賦 并序

三代而下，功利之説興，人臣擅恃功能，鮮以禮讓爲國者。觀頗挾勳内忿，忸居人下，加諸彼不淺①。相如引車避嫌，有犯無校，蓋出天稟粹然，處之爲非艱。至頗聞急先一言②，遽能握髮數罪，受責門庭，在將臣爲實難。若將軍者，可謂不遠而復得，無祇悔之義哉！遂摛文以弔。其辭曰③：

涉滹沱而北騖兮，過常山之故城④。何高丘之突兀兮，鬱劍氣之峥嶸。野人指而告予曰：「此廉將軍之封陵也。」人與骨而塵朽兮，義於粲乎日星⑤。遂陳辭而弔古兮，命僕夫以停征。

嗚呼休哉！昔伯禹之所以聖兮，始不伐而不矜。《秦誓》之所以經兮，善悔過而胥盟。觀戰國之多士兮，依俙猶三代之英⑥。惟功利之時尚兮，天理有時而蔽明。能不遠而復初兮，其惟趙之廉卿。方國都之中立兮，資内附而兵精。頗分閫而秉鉞兮，騰茂實而蜚英聲。梁從隨而楚讋兮，燕弭伏而齊并。時有以卜將軍之意氣兮，殆雷動而滿盈。遽相臣之出右兮，何發言之盈庭。幾肉餧而食甘兮，奮兩虎之必争。及聆急難之一言兮⑦，輙弭耳而服膺。復頓顙而悔過兮，折節負贖罪之荆。在引車而不必多兮，將臣及此，所以爲古今之難能也。

逮漢起而帝稱兮，禮飲至而策勲。何諸將之失度兮，至擊柱而紛紜。安得將軍從容爲一言兮，解販繒屠狗之棼。彼臣濬之冒羞兮⑧，加充渾之貪蒙。咤吴平於帝前兮⑨，互貪天而爲己功⑩。安得將軍滌易其褊薄兮，俾無成而有終。嗟鄂國之列公兮，挾勲勞而凌帝宗。縱私忿而無忌兮，一墮夫臣子之恭。安得將軍北面而同列兮，以中和之氣銷悍戾於未然之胸也。雖哀之而不能鑑兮，文空言其奚庸。緊慨慕其耿光兮，日三省乎微躬。蕩吾伯夷之隘兮，擴乎穆公之容。希前賢而同升兮，附驥尾而竭忠⑪。雖斷斷而無它兮，庶幾稟稟德讓君子之風⑫。衡山煙而暮去，撫鳴劍兮增雄。

【校】

①「淺」，弘治本、薈要本、《中州名賢文表》同元刊明補本；四庫本作「淺乎」，衍。

②「急先」，弘治本、薈要本、《中州名賢文表》同元刊明補本；四庫本作「先急」，倒。

③「其」，弘治本、《中州名賢文表》同元刊明補本；薈要本、四庫本脱。

④「過」，弘治本、《中州名賢文表》同元刊明補本；薈要本、四庫本作「遇」，形似而誤。

⑤「於」，弘治本、四庫本、《中州名賢文表》同元刊明補本；薈要本作「猶」，妄改。

⑥「依俙」，弘治本、《中州名賢文表》同元刊明補本；薈要本作「依希」，亦通；四庫本作「依稀」，亦通。按：依俙，亦作依希、依稀，《黄御史集》卷六《祭陳先輩》：「謹以依稀蔬果，一二精誠，願冥符於肹蠁，申永訣於幽明。」希、稀，古今字；本作依希，後又作依稀，作「依俙」爲偏旁類化。

⑦「急難」，弘治本、薈要本、《中州名賢文表》同元刊明補本；四庫本作「先急」，涉上而誤。按：四庫本作「先急」，當爲涉四庫本上文「至頗聞先急一言」之言而誤。

⑧「耋」，弘治本、薈要本、《中州名賢文表》同元刊明補本；四庫本作「窒」。

⑨「咤」，弘治本、薈要本、《中州名賢文表》同元刊明補本；四庫本作「詫」。

⑩「貪」，元刊明補本、弘治本、薈要本、《中州名賢文表》作「滔」，非是；據四庫本改。按：貪天，「貪天之功」之省称，語本《左传·僖公二十四年》：「竊人之財，猶謂之盜，況貪天之功以爲己力乎。」本謂以自然成功之事爲己功，此謂攘奪他人的功勞。刘知幾《史通·序例》：「魏收作例，全取蔚宗，貪天之功，以爲己力。」《元氏長慶集》

卷二三《將進酒》：「主今顛倒安置妾，貪天僭地誰不爲？」

⑪「附」，弘治本、《中州名賢文表》同元刊明補本；薈要本、四庫本作「負」，亦可通。

⑫「廩廩」，弘治本、四庫本同元刊明補本；薈要本、《中州名賢文表》作「凛凛」，亦可通。

登常山故城賦

我登常山，心慨歎兮。斷城連絡，蛇陳蜿兮。憶當全盛，兩漢間兮。萬井歌吹，魚龍淵兮。椎埋劍擊，習俗然兮。光沉響絶，夫何言兮。有懷古人，秉心延兮。交如餘耳，始足賢兮。烈如顔袁，抗僞燕兮。垂光竹帛，星日懸兮。壯哉子龍，屋而祀兮。膽氣滿軀，勇夫志兮。賊瞞臣漢，得所事兮。天理在人，一符契兮。千載仰止，初無異兮。諒彼有立，忠與義兮。

鶴媒賦　并序

中統二年，予在上都掌記中堂。客有負青障，挾長杈①，二鶴馴于後，以廩繼來請。

問其役，曰：「以鶴取鹿者也。」嗚呼！鶴，善類也。喙雖長，不鈎銛以噬；爪雖巨，無跻指以攫②。而於麀伏，容有忮害，其如人之不仁何？至元壬午冬③，與禮部王兄子冕因話及此④，慨然有感曰：「今人以智計相傾、内險外易者，何殊於鶴之取鹿也？」作《鶴媒賦》。其辭曰：

萬物者，元氣之盜。氣之靈者，莫人若也。既役物而君之，其忍以盜作智而爲得計乎？如絓麀草間⑤，圖鷯潔地⑥。齘紙求蜂，葉城網雉。盜物矜雄，此何足異？以智獵愚，理固宜然；用愚戕愚，斯則不仁之亟也⑦。鶴本善類，與物無忮。飛翔寥廓，仙游之驥。教之羽舞，已違元性。詐以摽鹿，遂戕彼命。是則鶴之善，人則用而險之，返有過於機穽也。鶴了不知，鹿終弗悟。歲供庖厨，皆鶴之故。何殊人心，内險外易。以詐假仁，顯比陰忌。將取彼有，則必姑與。彼昏不知，日狎而伍。一落其機，投足無所，誠何異以鶴而媒取也？吾然後知物之顯暴者，既得預而防之；愚而深中者，尤不可玩而侮也。示我同志，筆而爲賦⑧。

【校】

①「杈」，弘治本、《中州名賢文表》同元刊明補本；薈要本、四庫本闕。

②「跻」，弘治本、四庫本、《中州名賢文表》同元刊明補本；薈要本作「跻」，訛字。後依此不悉出校記。

③「冬」，弘治本、薈要本、《中州名賢文表》同元刊明補本；四庫本作「偶」，待考。

④「冕」，弘治本、《中州名賢文表》同元刊明補本；薈要本、四庫本作「晃」，形似而誤。

⑤「麃」，元刊明補本、弘治本、《中州名賢文表》作「麃」，當非是；薈要本作「麈」，當以作「麈」爲是；四庫本作「麏」，形似而誤。按：麃、麏，皆當爲麈之形誤。上文言「而於麈伏，容有忮害」，故此處當作「麈」。

⑥「潔」，弘治本、《中州名賢文表》同元刊明補本；薈要本、四庫本作「絜」，亦通。按：絜、潔，古今字。後依此不悉出校記。

⑦「亟」，弘治本、《中州名賢文表》同元刊明補本；薈要本、四庫本作「極」，亦可通。

⑧「爲賦」，弘治本、《中州名賢文表》同元刊明補本；薈要本、四庫本作「賦之」，亦可通。

玄猿賦

并序效庾開府體

至元十七年二月己卯清明日，陪經略子明祭丞相忠武公墓①，適嗣侯平章格自静江籠致是猿以獻②，西溪王通議命余賦之，以紀奇觀。其辭曰：

寶符之野，滹沱斎淪③。人初樂，歲華新。峴山正有墮淚感，走馬遠出西州門。映堂堦之碧草，陪開府之嚴禋。覩方物之來享④，宛有勝於攸聞。緊爾猿之蟲質⑤，何其性之能馴⑥。素面掌許，玄裳若纁。尻不識尾，臂長於身。一動一靜，既恒且仁。澗飲巖棲，有彝有倫。木方華而不折，菓視熟而呼分。思全生於物表，時隱見於冬春。三峽秋月，九嶷暮雲。雪嘯煙啼，子從母奔。動射者傷弓之慘，驚山人應聘之輪。哀楓林之逐客⑦，助永夜之霑巾。其或冷挂虛壁⑧，幽尋窈冥。避羣猱之喧躁，悟善惡之難并。去王孫而夐絶，誠可愛而彼可憎也⑨。故或者謂哀周之士夫，從昭王而南征。痛膠舡之不返，化若類而成羣。恐此事之朦朧⑩，伊誰聞諸水濱⑪？淡夕陽於平野，送歸鞍之逡巡。偶吐辭而爲賦，念此物之貞純。或體玄而尚寂，要擇善而相親。以升木而取喻，庶有感於斯文。

【校】

①「子明」，弘治本同元刊明補本；薈要本、四庫本作「助」。

②「格」，弘治本同元刊明補本；薈要本、四庫本作「稽」。

③「沱」，元刊明補本、弘治本作「池」，形似而誤；據薈要本、四庫本改。按：滹沱，亦作滹沲。沲、池，形近。

④「方」，弘治本同元刊明補本；薈要本、四庫本作「萬」，形似而誤。按：萬，俗作万，與「方」形近。

⑤「蟲」，弘治本、薈要本同元刊明補本；四庫本作「黑」。
⑥「何」，弘治本同元刊明補本；薈要本、四庫本作「尚」，形似而誤。
⑦「林」，元刊明補本作「抹」，形似而誤；據弘治本、薈要本、四庫本改。
⑧「冷」，弘治本同元刊明補本；薈要本、四庫本作「隱」。
⑨「彼」，弘治本同元刊明補本；薈要本、四庫本作「靡」。
⑩「朦朧」，弘治本、薈要本同元刊明補本；四庫本作「懞慌」，亦可通。按，後依此不悉出校記。
⑪「聞」，弘治本、薈要本同元刊明補本；四庫本作「問」，聲近而誤。按，後依此不悉出校記。

蟠木山賦

丁亥之冬，夜氣清淑，夢遊石林，萬玉嶕崒。明日，與客步入李叟叟字希賢。之塾，燎爐卻寒，有蟠者木，輪囷離奇，大屬吾目。負之與歸，而爲秋澗坐中之物。其爲狀也，左抱右擁，或疊或窪，踦股交峙，口鼻互呀。於是抉洞穴，振泥沙，分嶺嶂，翦杈枒，坳者壑，突者丫。去朽剔蠹，磨光出華，丹丘赤城，凌空散霞。不知沇洑於地中者幾年，一旦聽吾喙之橫誇。若乃峯頂改色，湧雲倒懸，巖崦層出，峽門洞穿，刻畫嫫母，與施并妍。其磊落盤錯，自一成而有足觀。世咄此怪供①，强名曰山。然爲幸也，蓋有大於是焉。不腐而爲朽壤②，不化而爲飛煙。收槁梧於爨下，遇中郎而獲全。蔭居華屋之底，植立几席之前。聳太華三峯之秀，有象江六石之堅。終日與伍，似非偶然。徙倚蒼精之蓋，摩挲白鹿之巔。何澹僻之苦樂，掇衆人之所捐。吾愛夫始賤而終貴，先汚而後蠲。出神奇於腐朽，蜕凡骨而得仙者也。

噫！以静而致壽者，山之性；隨帝而出震者，木之權。唯動静之交見，渾體用於一源。吾固衰謝，拙於變遷。以静爲樂，以安爲便。藏吾所别之器，浩吾固有之天。守介節而不易，庶兹蟠之可鐫③。安時處順，出艮震兩者之間。不然，造物者憐其不材，辭翦伐而終天年。其將亦惟周旋④，孰得惡而舍旃？

客曰：「汝言雖夸，以山木而較之，似不膠於一偏。子其爲我賦之，若足以折詭辨⑤於莊叟，發新意於老泉也。」

【校】

①「世」，弘治本、薈要本、四庫本作「也」，既衍而脱。按：作「也」者，當爲「世」之衍文爲「世也」，再脱而爲「也」矣。

②「壤」，元刊明補本作「壞」，據弘治本、薈要本、四庫本改。

③「鐫」，薈要本、四庫本同元刊明補本；弘治本作「雋」，亦可通。

④「亦惟」，弘治本同元刊明補本；薈要本、四庫本作「與惲」。

⑤「辨」，弘治本同元刊明補本；薈要本、四庫本作「辯」，亦通。按：辨，通辯。

王惲全集彙校卷第二

五言古詩①

【校】

①「詩」，弘治本、薈要本同元刊明補本；四庫本「詩四言間亦附見」。

拜奠魯文憲王廟二十八韻

丕承固云烈，嗣王幼而沖。嬉戲翦桐事，安知多難衝？公平居斯時，岌岌遵渚鴻。外謗流四國，内疑叢一躬。負扆令百辟，天心昭懿忠。想當假寐際，夤亮天地工。陳誥開治源，奠遷營洛宫。南服静海波，東征殄元凶。吐握下白屋，憲章沃淵衷①。罄單一德聖，思兼三王功。及夫就臣位，畏脅何匔匔。制作萬萬古②，世道仍污隆。至今豐鎬間，凛有三代風。饗以宮縣樂③，報之不爲豐。宣父稱大哲，寤寐雲從龍。垂老無復夢，慨焉吾道窮。丹青見遺像，皜皜日在空。臣子知所止，仰之餘敬恭。悠悠蒼姬下，輔相業不同。論思機務地，典調簿書叢。豈其世務棼，經權有違從？顧惟大臣體，一節貴始終④。伊公狼狽間，不失體與容。几几兩赤舄，儼立如岱宗。我嘗集衆美，一言蔽其中。至公絶貪私，廓與天人通。作詩庶補衮，九章一華蟲。精誠有來格，寒雲動龜蒙。

【校】

①「沃」，弘治本同元刊明補本；薈要本、四庫本作「矢」，形似而誤。

②「萬」，弘治本同元刊明補本；薈要本、四庫本作「方」，形似而誤。按：萬，俗作「万」，與「方」形近。

③「縣」，弘治本同元刊明補本；薈要本、四庫本作「懸」，亦通。按：縣、懸，古今字。宮縣，亦作宮懸，語本《周禮·春官·小胥》：「正樂縣之位：王宮縣，諸侯軒縣，卿大夫判縣，士特縣。」鄭玄注：「鄭司農云：『宮縣，四面縣，軒縣去其一面，判縣又去其一面，特縣又去其一面。四面象宮室，四面有牆，故謂之宮縣。』」後依此不悉出校記。

④「節」，元刊明補本作「莭」，俗用；據弘治本、薈要本、四庫本改。按：節、莭，本爲二字，但字從艹者舊形字與從⺮極其相似，後「節」之俗字亦有作「莭」者。字書「節」之俗字無收「莭」者，特予説明。後依此不悉出校記。

拜奠宣聖林墓

庭訓墮渺茫，師授悖嚴誡。羌予不惑年，行己得夷隘。今歲客東魯，似爲神所介。駕言逐秋風，得展闕里拜。遥遥魯甸餘，汶水走湍瀨。憑軾望雲林，鬱鬱佳氣靉。齊莊趁兩楹①，奠獻成孤酹。巋然三聖封，仰止高泰岱。恨生千年後，今夕備掃灑。披雲覩天日，太極開一畫。彼蒼詎能言，諄諄聖爲代。三綱與九法，範圍無内外。君臣以之定，乾坤以之泰。東周不可爲，述作萬世賴。藐聆徇鐸音，元化雷雨解。敬想燕居容，金聲鏘玉佩。當時七十子，授受儼如待。鳳兮鳴幾時，諸子沸秋籟。一朱亂紅紫，百穀莠稊稗②。愚者甘下達，誕者樂語怪。韞藏寶康瓠，斡棄清廟鼐③。明倫得不泯，而有六經在。天高孰可階，一氣包厚載。茲遊固難言④，嘿契心有會。胸中九雲夢，吞納失蔕芥。循循善誘辭，師也書諸帶⑤。緬懷伯禽業，郁郁文獻最。三桓張公室，霸功熾而忲。一奢去無復，荒陵餘石獮。煌煌天乙孫，膚敏半冠蓋⑥。德博慶自修⑦，道大世能邁。金尼貫元精，泗波來遠泒⑧。汪穢一聖海⑨，不隨梁木壞。歸侍金絲堂，攝齊聞謦欬。恍如到帝所⑩，鈞天廣樂備。洗我兩耳聰，肉味忘一嘬。詠歸寫遺音，風雅變鄘邶⑪。一簞老東家，吾知其樂大。遲遲不忍去，寒日下蒼檜。

【校】

①「趍」，弘治本、薈要本、四庫本作「趨」，形似而誤。

②「穀」，元刊明補本、弘治本、薈要本、四庫本作「穀」，形似而誤。

③「斡」，四庫本同元刊明補本；薈要本、弘治本作「幹」，形似而誤。按：斡棄，猶抛棄，《文選注》卷六〇賈誼《弔屈原文》：「斡棄周鼎，寶康瓠兮。」後依此不悉出校記。「棄」，弘治本、四庫本同元刊明補本；薈要本作「葉」，形似而誤。

④「遊」，弘治本同元刊明補本；薈要本、四庫本作「道」，形似而誤。

⑤「諸」，弘治本同元刊明補本；薈要本、四庫本作「之」，非是。按：諸，猶之於也。

⑥「蓋」，弘治本同元刊明補本；薈要本、四庫本作「帶」，待考。

⑦「博」，弘治本、四庫本同元刊明補本；薈要本作「傳」，形似而誤。

⑧「泒」，元刊明補本、弘治本作「泒」，亦可通；據薈要本改；四庫本作「派」，亦通。按：泒，當爲泒之俗字；泒，派之訛字，支流也。

⑨「穢」，弘治本、薈要本、四庫本作「濊」，亦通。按：汪穢，亦作汪濊，《李太白集分類補註》卷一《明堂賦》：「于斯

之時，雲油雨霈。恩鴻溶兮澤汪穢，四海歸兮八荒會。」《梁文紀》卷一一何遜《七召・治化》：「道含洪而廣被，澤汪濊而傍闡。」按，一本作穢。《漢書》卷五七《司馬相如傳下》：「威武紛云，湛恩汪濊。」顔師古注：「汪濊，深廣也。」後依此不悉出校記。

⑩「怳」，弘治本同元刊明補本；薈要本、四庫本作「恍」，亦可通。按：作「恍」，當爲「怳」之形誤。怳，《康熙字典》：「《集韻》：『虎晃切。』與恍通。老子《道德經》：『道之爲物，惟怳惟忽。』亦書作恍，言沖漠難狀也。」後依此不悉出校記。

⑪「邶」，弘治本、薈要本同元刊明補本；四庫本作「邸」，訛字。後依此不悉出校記。

陪總管陳公肇祀商少師比干廟①

元化形萬彙，浩浩無時無。云何忠貞氣，大畀先生軀。念昔有殷季，天步移獨夫。淫酗蕩祀典，下民爲毒痡。所崇盡奸回，啓遯箕子奴。師保乃云爾，餘敢編其鬚？炎炎鹿臺火，已兆明珠襦。先生豈不知，蔓草不可圖。顧親叔父尊，以位仍三孤。强諫誠我任②，剖心不爲瘉。自靖暨殺身，要之宗社扶。所以宣父筆，三仁同一途。繄公存亡間，所係重有殊。堂堂柱天手，能摯火德烏③。當時戡黎兵，所侵良及膚。周雖彼蒼眷，加翼十亂謨。天其諫少行④，終鄙西人居。稱師止觀政，安取商郊車。一朝嘆云亡，宗國隨之墟。丹誠皎白日，餘烈光八區。準爾來代臣⑤，大節知所趨。嗚呼介士嘆，萬萬狂童且。今來二千載，殷周兩榛蕪。巍然一丘土，高與西山俱。清霜九月節，肇祀陪干旟⑥。肅拜列階下，精爽動佩裾。世道有淪喪，一忠千萬諛。商歌振林樾，日下悲風徂。

【校】

①「商」，元刊明補本作「啇」，俗用；據弘治本、薈要本、四庫本改。按：啇，元代文獻中與商多不分，當爲商之俗字。商、啇之辨，見前校記。後依此不悉出校記。

②「諫」，薈要本同元刊明補本；弘治本、四庫本作「諌」，形似而誤。按：諌，《康熙字典》：「《字彙》：『多動切，東上聲。多言也。』與諫別。」後依此不悉出校記。

③「摯」，弘治本同元刊明補本；薈要本、四庫本作「贄」，形似而誤。按：摯，《集韻》尺制切，引也，曳也。

④「諫」，元刊明補本、弘治本、四庫本作「諌」，形似而誤；據薈要本改。

⑤「準」，元刊明補本「準」，訛字；薈要本作「率」；四庫本作「卒」，形似而誤；據弘治本改。

⑥「旟」，元刊明補本、弘治本作「旟」，亦可通；據薈要本、四庫本改。按：旟，當爲旟之俗字。《漢語大字典》、《干祿字書》、《宋元以來俗字譜》、《敦煌俗字典》等字典皆無收旟字。後依此不悉出校記。

擬韓子秋懷十一首①

出郭行時稼，秋風正薿薿。臨川閱逝波，浩浩去不已。富貴來幾時，及此行樂耳。把酒對西山，坐看秋雲起。夭矯化蛇龍②，異狀紛莫似。世態初不殊，儻來安可恃。我懷拔俗標，干霄仰逸軌。酒酣歌嗚嗚，振衣私自喜。

秋風拂庭柯，物意自含悴。松柏抱貞心，表表歲寒地。長年豈致養，易衰匪自恣。浩浩一氣中，所禀蓋殊異。人尤物之靈，要以天爵貴。

天運健不息③，君子戒靡曼。讀書下硬寨，飢腸充藿飯④。造道苦不深，紛華非所願。秋風動黄鵠，千里奚足歎。風濤北溟鯤，變化摶九萬。大邦易爲仁，郁郁文獻半。出處貴有時，莫遣夜鶴怨。

攬衣起秋早，露氣清淩淩。偶書秋懷篇，誤筆成蒼蠅。吾言固不佞，未免人屢憎。聖域有坦途，學步高山陵。尋源有靈槎，臨池弄觶罍。我生恐不偶，鄙事從多能。虚室生夜白，清露發鶴警。空庭海月上，愛此良夕永。今年苦煩歊，似值苛政猛。盻盻秋風來⑤，汲深持短綆。庭菊被焚燎，脱禍乃差幸。朝來有佳色，一笑倚軒屏。露叢低寒花，促織泣暮景。呼兒曝羣書，趁此秋日炯。弊帚享千金⑥，利途競纖梗。二者昧所思，厥病失坐騁。既悟前日非，敢事子淵請。

長夜苦漫漫，長空星斗暗。商歌南山翁，遺佚有餘憾⑦。秖知享高明⑧，曾何恤鬼瞰。而我獨於世，滋味嚼蠟淡。畏途足風波，汹汹洪水濫。濯足尚云可，浣纓豈宜暫。此身剗虚舟，敢不慎藺纜⑨。天心幸私我，書史日與勘。庶還浩浩天，未害家儲甔⑩。

殘暑不肯退，秋陽麗庭軒。静觀消長理，警此歲月奔。成功嘿嘿去，天道何曾言。斂衣坐一室，書帙散我前。開卷飫至味，忘卻盤中餐。最愛歸去辭，雋嚼了一篇。作者古不少，文字浩萬千。感君固窮節，當年亦辛酸。遥持酒一瓢，同醉東籬邊。九原不可作，念之終歲年。

青竹不耐暑，索寞衆葉乾。白露下天宇⑪，洗此青琅玕。風枝歛餘潤，暗滿佳菊團。依依南飛鵲，遶枝擇所安。感時賦秋懷，古井翻晴瀾。我生分已定，安用智走丸⑫。出門安所之，呼兒解征鞍。

閉門秋月上，静院園蟲聲。幽人掩窗卧，一室翻虚明⑬。四序倏以周，代謝何其誠。物華有盛衰，天地從虚盈。君子順所履，持身嚴五兵。牛羊旦旦伐，山木何以榮。所慎獨處際，心蕩韓盧令。

離離壠上禾，望望日攸好。不勤耘耔功，秀實苦不早⑭。西風卷黄雲，收穫走隣保。荒田棄足惜，揠之速其槁⑮。致役貴厥初，無爲宋人道。

【校】

①「一」，弘治本、四庫本、《中州名賢文表》同元刊明補本；薈要本脱。

②「蛇龍」，弘治本、《中州名賢文表》同元刊明補本；薈要本、四庫本作「龍蛇」，妄改。

③「不」，元刊明補本、弘治本闕；據薈要本、四庫本、《中州名賢文表》補。

④「硬寨」，《中州名賢文表》同元刊明補本；弘治本作「硬塞」，形似而誤；薈要本、四庫本作「梗塞」，妄改。按：寨、塞，硬、梗，形似。硬寨，形誤爲硬塞，詩義難通；四庫本以「硬」爲「梗」之形誤，遂改「硬」爲「梗」。硬寨，本謂堅固之營壘，此以喻堅定之立場與意志，張光祖《言行高抬貴手》卷一《學問門》：「如二十歲覺悟，便從二十歲立定脚跟做去；三十歲覺悟，便從三十歲立定脚跟做去；便年八九十歲覺悟，亦當據定見立定硬寨做去。」「飢腸」，元刊明補本、弘治本、《中州名賢文表》作「肌腸」，偏旁類化；薈要本、四庫本作「飢餓」，涉上字而誤；徑改。

⑤「盻盻」，弘治本、薈要本、《中州名賢文表》同元刊明補本；四庫本作「盼盼」。按：《孟子注疏》卷五《滕文公上》：「爲民父母，使民盻盻然，將終歲勤動，不得以養其父母。」趙岐注：「盻盻，勤苦不休息之貌。」《遺山集》卷一《麥歎》：「盻盻三百斛，寬我饑寒憂。」

⑥「弊」，弘治本、四庫本、《中州名賢文表》同元刊明補本；薈要本作「敝」，亦通。按：敝、弊，古今字。後依此不悉出校記。

⑦「佚」，弘治本、薈要本、四庫本同元刊明補本；《中州名賢文表》作「憂」。

⑧「秖」，弘治本、《中州名賢文表》同元刊明補本；薈要本、四庫本作「衹」，亦可通。後依此不悉出校記。

⑨「蕳」，弘治本、《中州名賢文表》同元刊明補本；薈要本、四庫本作「簡」，形似而誤。按：後依此不悉出校記。

⑩「未」，弘治本、《中州名賢文表》同元刊明補本；薈要本、四庫本作「禾」，形似而誤。

⑪「宇」，此處爲明補本，抄本、四庫本、《中州名賢文表》同元刊明補本，以下用抄本處不再表明；薈要本作「雨」，聲近而誤。

⑫「智」，抄本、薈要本、四庫本同元刊明補本；《中州名賢文表》作「資」。

⑬「翻」，抄本、薈要本、四庫本同元刊明補本；《中州名賢文表》作「鑑」。

⑭「苦」，抄本、薈要本、四庫本同元刊明補本；《中州名賢文表》作「應」。

⑮「槁」，抄本、薈要本、四庫本同元刊明補本；《中州名賢文表》作「稿」，形似而誤。後依此不悉出校記。

九日和淵明詩韻

九日天氣好，淡遊無友生。懷哉曠達士，愛此佳節名。野迴秋山高，遠目增雙明。手把霜菊枝，吟泛風葉聲。人生天地間，强矯無百齡。歲月不我與，大川日東傾。且酌一尊酒，遺彼五鼎榮。滿挹風露香，陶我醉後情。遇坎且復止，吾器期晚成。

今歲節序晚，天氣秋夏交。衰草伴佳菊，藉暖亦後凋。居閑愛節物，不辭遠升高。川澄涵雁影，空曠暖微霄①。舉觴酹時人②，塵坌乃爾勞。中間百憂集③，龜卜將日焦。何如遺世士，空杯樂亦陶。得酒且歡喜，誰能保來朝。

【校】

①「曖」，抄本同元刊明補本；薈要本、四庫本作「暖」，涉上而形誤。

②「酹」，元刊明補本、抄本作「酹」，當非是；薈要本、四庫本作「酹」，當以作「酹」爲是。

③「憂」，抄本同元刊明補本；薈要本、四庫本作「年」，非是。

寒雀歎

閑庭有遺粒，寒雀往還飛。眄睞傍無人①，翔集下疏籬。一啄復三顧②，慮爲物所闚。幽人負暄坐，玩之淡忘機。一笑拂衣起，羣驚向空歸。因之感吾生，分外非所期。富貴倘僥倖，何殊鳥驚疑。吾儕以義榮，先賢有良規。

【校】

①「昞」，抄本、薈要本同元刊明補本；四庫本作「昐」，亦可通；《中州名賢文表》作「昑」。後依此不悉出校記。

②「三」，抄本同元刊明補本；薈要本、四庫本作「四」，非是。

觀葬者有感走筆爲賦

西鄰送喪車，前後餘百人。少壯亦歔欷，老大尤悲辛。殯歸焄蒿里，奄忽隨沙塵。逝者長悠悠，魄散還蒼旻。存者但追悼，簠簋時空陳。人生天地間，變化朝菌新。冥冥夜臺下，念之傷心神。大限百歲止，憂喜還相因。況且不滿百，忍使憂纏身。青春不再至，歲月波注輪。有釀不來飲，負此頭上巾。

自喻

吾性懶且拙，置書未嘗觀。興來一披讀，暫涉意已闌。因傷中道畫，勉力鞭使前。奈彼外物誘①，既往輒復還。年來天與幸，繆當函文間。朝昏迫童課，未免親書編。開緘三歎息，知學今十年。雖傳失自習，所得亦以偏②。正如乘跛馬，十步九躓顛。引領望聖域，尺綆汲丈泉。有時尋墜緒，意會亦愜然。務敏修乃來③，自棄誠可憐。譬彼執銚鎒，緩治榛蕪田。縱弗曰敞熟④，猶愈埋荒煙。進進久不輟，功豈止百廛。九原雖不復，聖道具蹄筌。堯舜等人耳，悉自學至焉。從兹自發藥，浩浩還吾天。

【校】

①「外物」，抄本、四庫本同元刊明補本；薈要本作「物外」，倒。

②「以」，抄本同元刊明補本；薈要本、四庫本作「已」，亦通。按：以，同已。後依此不悉出校記。

③「修」，薈要本同元刊明補本；抄本、四庫本作「脩」，亦通。按：修、脩，多可通。後依此不悉出校記。

④「敞」，抄本同元刊明補本；薈要本、四庫本作「收」，非是。

改葬冥漠君

買樹植中唐，下鍤得髐骨。生世何爲者，何年此埋没？周身瓦作棺，上有劫灰覆。黄泥滿髑髏，麥枕餘故物。神奇到腐朽，貴賤辨無復。惻然戒僮僕，掇拾百骸足。徹我牀上簣，包裹葬城隩。遣奠酒一杯，祭汝一盂餗①。同區三十年，今始改兆卜。死者謂有知，夢寐不一囑。幽沉起有時，掩骼適春燠。豈復識此爲，庶慰我心曲。不無攓蓬歎，何必桃茢祓。免汝踐辱羞，我豈徼冥福②。長眠一抔土③，野祭霑臏馥。莫羨麒麟塚，發掘爲珠櫝。自買身後禍，安用高突兀。去去冥漠君，九原春草緑。

【校】

①「遣奠酒一杯，祭汝一盂餗」，抄本同元刊明補本；薈要本、四庫本作「奠酒一杯祭，遣汝一盂餗」，倒文。

②「徼」，抄本、薈要本同元刊明補本；四庫本作「儌」，亦可通。按：作「儌」，當爲「徼」字之形誤。儌，同徼，謂求取也，《國語》卷一九《吴語》：「弗使血食，吾欲與之徼天之衷。」韋昭注：「徼，要也。」《後漢書》卷五〇《王霸傳》：「蘇茂客兵遠來，糧食不足，故數挑戰，以儌一切之勝。」李賢注：「儌，要也。」後依此不悉出校記。

③「抔」，抄本、薈要本、四庫本作「杯」，形似而誤。

青青兩桐樹 示兒子阿孺①

青青兩桐樹，乞自幽人居。植我庭階下，護養嬰孩如。汲水時一溉，要令地脈濡。起架障炎曦，插籬周四隅。昕柯日怡顏，手把種樹書。及夫始華月，春芽茁蒼珠。朝來秀色發，衆葉卷且舒。終朝三摩挲，愛此青玉株②。亭亭一尺影，翠蓋遮門廬。嗟爾琴瑟材，中與霜籟俱。達哉蔡中郎，救爾煨燼餘。我望十年後，直榦凌碧虛。秋聲泛韶濩，雲表來鵷鶵。且天生萬物，因材而篤諸。栽者厚其生，傾者不爾扶。譬彼青衿子，致養在厥初。必擴心與志，毋適尺寸膚。然有才不才，學焉因爾殊。緬懷孟軻訓，書以示阿奴。

【校】

①「示兒子阿孺」，諸本夾注文字皆誤入詩題，徑改。

②「玉」，元刊明補本作「王」，形似而誤；據抄本、薈要本、四庫本改。

鹿喻

我本麋鹿性，出處安自然。金鑣非所慕，志在長林煙。得遠機穽地，食苹飲清泉。呦鳴錫同類，甘以辭華軒。野兕出其側，暗蹂山前田。農家伺所害①，乃知獸之愆。彼兕以計去，嘉禾歲芊芊。野人居山中，數畝事墾斸②。慮爲町曈場，指鹿乃兕屬。雖無搊刃心，見之惡且逐。鹿心素無機，淡與標枝閑③。遁跡入幽谷，擇音遠人寰。尚爲山中人，置疑齒頰間。

【校】

①「伺」，弘治本、《中州名賢文表》、抄本同元刊明補本；薈要本、四庫本作「向」，形似而誤。

②「斸」，元刊明補本、抄本、《中州名賢文表》作「鄺」，形似而誤；據薈要本、四庫本改。

③「標」，抄本、四庫本、《中州名賢文表》同元刊明補本；薈要本作「摽」，形似而誤。按：標枝，語本《莊子·天地》：「至治之世，不尚賢，不使能，上如標枝，民如野鹿。」標枝，樹梢之枝，比喻上古之世在上之君恬淡無爲；野鹿，喻在下之民放而自得。後依此不悉出校記。「閑」，弘治本、薈要本、《中州名賢文表》同元刊明補本；四庫本作「閒」，亦通。按：閒、閑，古今字。

送宋大使漢臣之任延安

四海工翰林①，高情比雲月。一甌密雲龍，過門誰復啜。宋君平生交，矯矯峻風節②。況經患難間，邂逅叙闊契③。每來倒屣迎，所請無不説。賦詩近盈軸，沽酒慰久客。都門冠蓋場，聲華愈昭晰。我初識君面，論交心莫逆。相看自淇水，燕地最多日。吟鞍賞春華，茶鐺煮晴雪。劇談挾鋭槊，洞達失堅壁。兹焉一載强，相從復相覓。喜聞得新除，腰金出省闥。烏臺退食歸，入户屐齒折。朝來高軒過，打門欣告别。情親近中年，何啻數日惡。天涯兩淪落，歲暮悲風發。人生幾河梁，底物慰愁結。觴君病不能，贈言素所拙。君侯天下士④，抱負經世業。鞭算致錢流⑤，論吐究時瘼。吾子兩餘裕，他人雙落寞。黄鵠志千里，秋天擬横絶。誰能雜鳧雁，羣飛争飢啄。兹行固非傃，歸愈垂空橐。儘新僮僕敬，大慰妻子色。延安西北秦，地與羌渾接。王民六十載，厥賦尚寡弱。保障慮不遑，徵收肯騷削。緑樹空野煙，山澤入籠絡。秦風與隴月，慘悴自兹作。邊氓靖爲重，聚斂聖所怍。臨淵得河潤，當念遠井渴。得書下下考，吾子亦云樂。我詩春秋法，責備賢與哲。此心能不爽，蓬蓽乃麟閣。不煩雙鯉魚，時遺慰離索。

【校】

①「工」，弘治本、薈要本、四庫本作「王」，形似而誤。

②「峻」，弘治本、四庫本同元刊明補本；薈要本作「崚」，形似而誤。

③「闊契」，弘治本、薈要本同元刊明補本；四庫本作「契闊」，倒。按：契，節，《廣韻》入聲屑韻，諧韻；闊，《廣韻》

入聲末韻，末、屑二韻相隔較遠，於韻不諧。闊契，本作契闊，謂久別也，《宛陵集》卷八《淮南遇楚才上人》：「契闊十五年，尚謂卧巖庵。」四庫本不曉底本爲韻而有意倒文，妄改原文而致誤。

④「矦」，弘治本同元刊明補本；薈要本、四庫本作「侯」，亦通。按：矦、侯，古今字。後依此不悉出校記。

⑤「算」，弘治本、四庫本同元刊明補本；薈要本作「筭」，非是。

溪田暮歸

疏林煙火微，草露濕芒屩。遲遲歸路長，清月掛林杪。依依南飛鵲，幾回驚且繞。一枝幸得安，誰復睇雲表。田家固作苦，遺安子孫寶。彭澤百日令，解紱徑歸老。我心默有契，縻爵豈不好①？違己病交攻，飢凍止枯槁②。躬耕南澗垂，浩歌槃樂考③。

【校】

①「不」，弘治本、《中州名賢文表》同元刊明補本；薈要本、四庫本作「有」，涉上而誤。

②「止」，弘治本、《中州名賢文表》同元刊明補本；薈要本、四庫本作「正」，形似而誤。

③「槃樂」，弘治本、薈要本、四庫本同元刊明補本；《中州名賢文表》作「樂槃」，倒。

散步清溪湄

散步清溪湄，林飧憶鮮食。沙頭有漁梁，呼童樂閑逸。波清滿遊鯈，鬐鬣分纖悉①。雖微知所避，矰之不可得②。悠然逐風漪，相忘萍藻密。達人濠上樂，政自觀其適。人生風埃中，與爾何差别。區區一己私，奔走抵溟極。萬事恐偶然，胡爲較得失。舉網出深淵，高樹掛冥色。長笑歸去來，吾道無固必。

【校】

①「鬐」，弘治本同元刊明補本；薈要本、四庫本作「鬒」。

②「矰」，弘治本、薈要本同元刊明補本；四庫本作「罾」。

讀林和靖詩集

枯梢振驚飈，茅齋寒日短。幽懷久不樂，訪友橋南館。探囊得逋集，塵臆欣一浣。賡歌竟遺編，佳處時再欵。先生玄豹姿，清風滿朝簡。仿像詩骨清，雲嶺松雪偃。湖光與山緑，几席供奇産。呼吸貯肝脾，元氣筆下綰。逸情薄雲月，幽律發葭管。静觀問物靈①，遠覽豁襟散。清遺郊島寒，淡入陶韋坦。孤山富梅竹，香動春江暖。篇中幾致意，似慰平生眼。客來佳話餘，横琴浮茗椀。是中有真趣，風味亦不淺。廬洛與寺閣，意適欲忘返。長空渺孤鶴，容與歸舟晚。如斯六十春，笑傲一何衎。相去羲皇間，不到牛鳴遠。暮歸倚窗眠②，清興江湖滿。雋永愜初心③，有味參玉版④。燈花喜共妍，一笑成微莞。人生無百歲，胡爲日憂懣。擾擾聲塵中，任事同蝜蝂。

【校】

①「問」，弘治本、薈要本、四庫本作「周」，形似而誤。

②「倚」，弘治本同元刊明補本；薈要本、四庫本作「傍」，非是。

③「永」，薈要本、四庫本同元刊明補本；弘治本作「來」，非是。

④「玉」，元刊明補本作「王」，形似而誤；據弘治本、薈要本、四庫本改。

西溪始泛同王子初訪王柔克 自此多經遺山先生點竄①

閑人無所適，心向静境趨。今日欣有得，快如脱籠拘。步出郭西門，偶與佳友俱。舍杖棹清溪，忘援圯上書。舟輕風浪平，泛若乘流鳧。波光灩船頭，雲陰翳平蕪。畸人驚見之，輟耕立河淤。白鳥去不遠，前飛如導予。故人喜我至，就船與相娱。呼童下泝流，載入酒滿壺。促膝兩舷間，鰕蟲雜肴疏②。吟杯斟且停，要看傍岸漁。從下恐忘返，欲上意轉徐。瞪目看銀刀，不知寒日晡。纖鱗竟莫獲，豈謂吾網疏。顧此一溝水，安取松江鱸③。舟人云不爾，近多狡獪徒。散毒河伯宫，掇取地芥如。卵毀鳳不至，禁罟自有餘。釣網詎可並，况乃詭計圖。射利一至此，世途足崎嶇。歸時還一笑，兩岸風生蒲。

【校】

①「始」，弘治本同元刊明補本；薈要本、四庫本作「初」，亦可通。「王柔克」，弘治本同元刊明補本；薈要本、四庫本作「柔克王公」。

②「疏」，弘治本同元刊明補本；薈要本、四庫本作「蔬」，亦通。按：疏，通蔬，《荀子》卷六《富國》：「今是土之生五

穀也，人善治之，則畝數盆一歲而再獲之，然後瓜桃棗李一本數以盆鼓，然後葷菜百疏以澤量。」

③「取」，弘治本同元刊明補本；薈要本、四庫本作「比」。

擬古

北山介公壽也。公之德澤及物，如山之蓄殖焉，是宜得厥位而享其壽也，故作是詩以頌焉。

瞻彼北山，維石嵯嵯。邦民仰止，匪丘匪阿。既峻而極，復委而佗。元氣中宰，所蕃實多。維公之德，如山而峨。

瞻彼北泉，維滮于垠。淵淵其源，浩浩其春。澄之弗徹①，撓之莫渾。潤餘一方，波彼四隣。維公之澤，如泉之新。

瞻彼北山，有松桓桓。氣榦千尺②，盡歲之寒。棟樑大廈，是依是安。未皇厥用③，心怡體胖。美蔭所庇，物爲一天。匪惟蔦蘿，有蕭有蘭。受德匪報，茅菅厚顔。維公之壽，如松之年。

北山一章、二章章十句，三章十六句④。

【校】

①「徹」，弘治本同元刊明補本；薈要本、四庫本作「澈」，亦可通。

②「榦」，弘治本、四庫本同元刊明補本；薈要本作「幹」。

③「皇」，弘治本同元刊明補本，薈要本、四庫本作「宏」，聲近而誤。

④「北山一章、二章章十句，三章十六句」，元刊明補本、弘治本作「北山三章、二章二十句，一章十六句」，既倒且誤；薈要本、四庫本作「北山三章、二章章十句，一章十六句」，倒；徑改。按：各本字體皆與正文同，今徑改爲文，以示與正文之別。諸本「二」、「三」倒文，元刊明補本、弘治本「章」涉上而形誤爲「二」。

過劉元海陵寢

漢統天久絶，漢恩一何深。隔遠魏晉代，猶足收民心。咄嗟呼韓子，崛起蒲離陰。自云漢婿甥，赫怒開實沈。左顧龍在野，右咤虎嘯林。吹嘘炎燼餘，五部來謳吟。阿聰奮餘烈，兩京隨掃平。竊據二紀强，文物有足矜。我來拜陵寢，悚然振冠纓。風雲渺何許，廢堞餘金城。賢哉劉淑妃，成此直諫名。在聰未爲疵，假義淵可稱。孰云仁義師，可敵不可征？桓桓祁山舉，一出三輔驚。天其假公年，載洗六合清。此志竟莫遂，此邦還有成。所以廣武歎，痛惜無豪英。山煙知客意，斜日生荒陵。

遊萬固寺

中條鬱蒼蒼，首尾固雄大。連山一卧虎，矯首盡兩戒。東南萬峪門①，犖确入幽阨。空青上絶壁，巀嶪兩崖對。南山開畫屏②，高下蔚萬檜。扶藜到山門，黄衣六七輩。寺殘薄心賞③，一水良可愛。尋源入雲蘿，不惜阮屐敗。掬飲清臆塵，坐睨巨石怪。山空嚮佩環④，林迥騰怒獮。行聽溪聲回，周覽詢勝概。當年爽心亭，萬竹爭映帶。碧鮮照清泚，襟袂濯沆瀣。人境兩渺茫，佳句儘誇邁。舊有石刻，坡詩云：「水自竹根流出，風從松頂飄來。座上儘爲佳士⑤，更無一點塵埃。」開軒邀客飯，放目欣一快。盤餐固疏糲，泉冽幾肉嘬。少焉林風振，萬壑一氣噫。前林疑虎嘯，作勇助吾憊。筆落還自驚，一掃衆峯霾。寺僧請書殿閣名⑥，故云。山僧喜醉顛，海會得珠貝。興來本無心，游戲詫佛界。夕陽送歸鞍⑦，依約虎溪外。風煙作破墨，塔廟失所在。鍾英厭摹寫，閟伏化機蕩⑧。盤空乏硬語，技癢苦無賴。馬首詩遽成，一笑豁吾隘。

【校】

①「萬」，弘治本同元刊明補本；薈要本、四庫本作「方」，形似而誤。按，見前校記。後依此不悉出校記。

②「帲」，弘治本同元刊明補本；薈要本、四庫本作「屏」，亦通。按：帲，同屏，因偏旁類化而加巾爲帲。後依此不悉出校記。

③「心」，元刊明補本作「水」，據弘治本、薈要本、四庫本改。

④「嚮」，弘治本、薈要本、四庫本作「饗」，亦可通。按：嚮，《廣韻》許兩切，同饗，通響，謂回聲、聲音，《文選註》卷四六王融《三月三日曲水詩序》：「幽明獻期，雷風通饗。」劉肅《大唐新語》卷六《舉賢》：「弘智演暢微言，略陳五孝，諸儒問難相繼，酬應如嚮。」

⑤「儘」，弘治本同元刊明補本；薈要本、四庫本作「盡」，亦通。按：盡，同儘。後依此不悉出校記。

⑥「閣」，弘治本同元刊明補本；薈要本、四庫本作「閤」，亦通。按：閣、閤，多可通。後依此不悉出校記。

⑦「鞍」，元刊明補本作「安」，半脱；據弘治本、薈要本、四庫本改。按：歸鞍，猶歸騎，回家所乘之馬，《文忠集》卷一三《下直呈同行三公》：「午漏聲初轉，歸鞍路偶同。」歸安，謂出嫁女子省視父母，此與文義無涉。

⑧「伏」，弘治本同元刊明補本；薈要本、四庫本作「狀」，形似而誤。

静樂堂

人生霄壤間，動静藏妙用。一爲外物遷，舉足非禮動。惟夫操存人，而與天理共①。紛紜萬變來，一一皆折衷。問之果何因，性定心自統。心宰物隨化，奚俟人指縱。體安氣静徐，内熱失急閧。兹焉須臾籬②，不啻天地霿。梁君出豪右，表表聳儀鳳。意氣杯酒間，談笑百金重。一旦刮餘習，紛華不復夢。省躬日有德③，守約還自諷。霜餘波自澄，雨退雲知洞。復我浩浩天，多言譏屢中。客來掩書坐，香動玻璃甕。瀜然一室中④，萬象入持控。知君樂無涯，五絃歌雅頌。

【校】

①「理」，弘治本同元刊明補本；薈要本、四庫本作「地」，涉上而妄改。

②「籬」，弘治本、薈要本、四庫本作「離」，亦通。按：離，通籬，《國語・吴語》：「孤用親聽命於藩離之外。」按，一本作「籬」。《左傳・昭公十三年》：「請藩而已」，杜預注：「藩，離也。」陸德明《釋文》：「『離也』，依字應作籬，今

作離，假借也。」

③「德」，弘治本、薈要本、四庫本作「得」，亦通。按：德，通得，《老子》：「聖人無常心，以百姓心爲心。善者吾善之，不善者吾亦善之，德善；信者吾信之，不信者吾亦信之，德信。」朱謙之校釋：「嚴、傅、遂州本及顧本引《節解》，强本成疏及榮注引《經》文，亦均作『得』。」《荀子·解蔽》：「德道之人，亂國之君非之上，亂家之人非之下，豈不哀哉！」王念孫《讀書雜誌·荀子七》：「德道，即得道也。」

④「瀜」，弘治本同元刊明補本；薈要本、四庫本作「融」，亦通。按：瀜，同融，《南軒集》卷一三《名軒室記》：「融然無間，渙然和順。而内外精粗，上下本末，功用一貫，無餘力矣。」「室」，元刊明補本作「空」，涉下而形誤；據弘治本、薈要本、四庫本改。按：空、室，形似；作「空」，當涉下「控」字而「室」之爲形誤。室，猶堂也，即所詠之「静樂堂」。

舜泉

在河中府南三十里夏陽村東歷山聖人嶺下舜峪内，至元壬申冬十二月十四日來遊。

舍鞍夏陽西，褰裳躡雲頂。盤折下濬溝，失身墮幽阱。孤松突危巔，望望雙目炯。不圖兩芒屩，踐迹聖人嶺。重華不復返，欽此孝慕炳。降觀臨帝泉，冠珮爲肅整①。泓澄一勺多，浩若淵水迥。彷徉不忍去，杯飲濯蔕梗②。慨焉念高風，滅没翻倒景。野人前致辭，此事傳歲永③。有鰥昔在微④，怒爲瞽所屏。窮歸此來田，號泣痛日省⑤。空山無所得，扶耒孑孤影⑥。彼蒼彰聖誠，暍餒恐成眚⑦。一夕兩崖間⑧，二水出俄頃。北崖縈帶流，南壑湛寒井。至今山中人，飲食了二頃。我生千載後，懷古心耿耿。風俗日淪喪，道義奚所秉。安得天瓢手，挹此霜露等。千林摧奸枿，比屋化封穎。滌易臣子心，骪骳變骨鯁。暮歸田舍眠，有志安得騁。此心恐未能，作詩聊自儆。且當就巖蕨，酌水煮殷鼎。

【校】

①「珮」，弘治本同元刊明補本；薈要本、四庫本作「佩」，亦通。按：佩，通珮。後依此不悉出校記。

②「杯」，弘治本、薈要本同元刊明補本；四庫本作「抔」，形似而誤。

③「永」，元刊明補本作「水」，形似而誤；據弘治本、薈要本、四庫本改。按：永、景，《廣韻》上聲梗韻；屏，《廣韻》上聲靜韻；梗上古屬陽部，靜上古屬耕部，陽、梗旁轉，諧韻。水，《廣韻》上聲旨韻，上古屬脂部，與陽、耕相距較遠，不諧韻。

④「微」，弘治本同元刊明補本；薈要本、四庫本作「下」。

⑤「日」，弘治本、薈要本、四庫本作「自」，當以作「自」爲是。

⑥「孑」，元刊明補本、弘治本作「子」，形似而誤；據薈要本、四庫本改。

⑦「暍」，弘治本同元刊明補本；薈要本、四庫本作「渴」，非。
⑧「夕」，弘治本同元刊明補本；薈要本作「人」，非；四庫本作「入」，非。

跋席懷遠臨終語録

人當易簀際，發言罔不善。昏矇迷本真，狂者涉誕幻。猗嗟席懷遠，洞徹生死變。日氣薄西山，皦乎天理見。諄諄忠孝言，垂戒漢馬援。灑然明月懷，身後照鄉縣。賡歌諸賢詩，清風一家傳。

録老農語

陽曲道中作

老翁揭溝水，駐馬待樹閒①。雙脛怯朝涉，欹傾激衝湍。既濟問老翁，荷鋤何所還。筋力一何弱，甲子今幾焉？斂手前致辭，星紀凡七旋。有妻喪已久，有子病且殘。舉家無營業，止有田一廛。禾生迷東西，老雨荒草芊。耘鋤庶有穫，聊以卒歲年。饘粥乃餘事②，要輸包垛錢。有身古當復，以老聖所安③。二者不能必，聞之鼻爲酸。我食爾所粒，作詩告京官。

【校】

①「閒」，弘治本同元刊明補本；薈要本、四庫本作「間」，亦通。按：閒、間，古今字。後依此不悉出校記。

②「餘」，元刊明補本、弘治本作「余」，據薈要本、四庫本改。按：餘事，謂無須投入主要精力之事，《莊子·讓王》：「帝王之功，聖人之餘事也，非所以完身養生也。」

③「以」，弘治本同元刊明補本；薈要本、四庫本作「垂」。

吴大使子明致樂堂

人生有至樂，榮貴了不干。人子有至養，三牲非所先。宣父語經訓，承顏首爲難。南陔著深戒，不獨馨盤餐。眷戀庭闈心，朝夕靡遑安。問寢與侍膳，樂在融融間。所以極愛敬，要罄平生歡。吴君出紈綺，孝純思力殫。垂領髮已素，娱親衣尚班①。天意亦有在，一官仕鄉關。稱觴歲上壽，香火欣團欒。此身不願貴，有家從苟完。願親日康寧，丰容紫庭蘭②。毫彩神與相，慈顔渥而丹。婺光藹萱室，嬰香芬珮環。壼族化柔懿，周南詠幽閑。高堂敞温清，題扁存鑑觀③。致樂無復尚，守身老彌堅。庶幾寸草心，少報春暉妍④。堯都三萬家，清風渺誰攀。作詩頌匪厦，錫類君其端。會當蒙顯異，寵光爛門闌。三釜我禄餘，履霜非謂寒。一飽及妻子，因君起長嘆。瀟瀟風樹底，悲絶仲由冠。

【校】

①「班」，弘治本、薈要本、四庫本作「斑」，亦通。按：班，通斑。

②「丰」，弘治本、四庫本同元刊明補本；薈要本作「半」，形似而誤。

③「鑑」，弘治本同元刊明補本；薈要本、四庫本作「鉅」。按：鑑，脱其聲符右上部及下部，臣、巨形似，形誤爲鉅。鑑觀，亦作鑑觀，猶察視，《後漢書》卷七八《翟酺傳》：「心存亡國所以失之，鑑觀興王所以得之。」

④「暉」，元刊明補本、弘治本、四庫本作「輝」，據薈要本改。按：春暉，本同春輝，皆謂春日之陽光。此處當作「春暉」，用《孟東野詩集》卷一《遊子吟》「誰言寸草心，報得三春暉」典。按，解讀、訓釋典故詞過程中，正如吴金華在《古文獻整理與古漢語研究續集·略説古漢語復音詞中的典故詞》中所言，還要顧及其「原典義」。此以「春暉」，喻如春日陽光般温暖之母愛。

遣發僕夫李老櫬歸瘞淇上

至元癸酉後六月十九日死于平陽寓舍。

來自東西劍，相看二十年。因罹兵燼厄，重結主奴緣。薪水嗟初服，耕耘遂所天。挈身辭戮辱，得病便沈綿。藥餌功無效，棺衾禮罔愆。汝魂應有識，歸到水西田。

感寓

荆巖産奇寶，輝山生五色。鳳鳥集其上，採者終莫識。卞生具神眼，抱泣天地珍。稱喻日百至，此璠此玦珉①。一世竟莫售，指卞爲瞽人。負之献楚子，致前須近臣②。豈知事大繆，反取按劍嗔。獲譴或不賞，戮辱終其身。所以苦節士，萬古潛悲辛。

【校】

①「此璠此玦珉」，弘治本、薈要本同元刊明補本；四庫本作「比璠比玦珉」，形似而誤。

②「須」，元刊明補本、弘治本作「湏」，俗用；據薈要本、四庫本改。按：須、湏，本爲二字，音義皆不同。彡、氵形近，二字在元明清乃至民國文獻中常有相混之處，本書亦多見，若卷八《涇陽鎮中秋贈馬君》：「湏知世事皆偶然，賸卻私憂胸剌梗」。檢《干禄字書》、《一切經音義》、《集韻》、《敦煌俗字典》皆無載，《宋元以來俗字譜》、《康熙字典》亦無收。此處，「湏」當爲「須」之俗字，徑改爲正字。後依此不悉出校記。

陳村待渡

河行虚壤間，隨意東西卧。我邊汾水行①，十日凡兩過。沮濡變深淵②，野航驚漏破。篙師怯吾衰，傳呼細扶柂。朝來大陳渡，細擺得久坐。山川隱佳句，軒豁矜寡和。秋風吹馬去，行看林葉墮。

【校】

①「邊」，弘治本同元刊明補本；薈要本、四庫本作「遵」，形似而誤。

②「淵」，弘治本同元刊明補本；薈要本、四庫本作「淵」。

汾水道中①

蒼巔互出縮，峪勢曲走蛇。回眺驚後擁，迎看復横遮。雲林蕩高秋，半嶺翻清霞。十里九渡水，清流帶寒沙。山溪本幽寂，激之聲乃譁。解鞍憇美蔭，覺我心静嘉。風枝滿秋實，野菊被水涯。幽馨散蘭馥，紅鮮綴丹砂。二物固鎖碎②，託興騷人誇。我欣記所見，信筆書田家。

【校】

①「汾」，弘治本、薈要本、四庫本作「沁」，形似而誤。

②「鎖」，弘治本同元刊明補本；薈要本、四庫本作「瑣」，亦通。按：鎖，通瑣。後依此不悉出校記。

宿板橋田舍

山村極幽僻，坡嶺還四面。麕鹿日與伍，自餘無所見。揭來事文石，供給半山縣。倦枕聽呼號，相次過夜半。

過鹿臺山

在澤州沁水縣南二十里，時被安西王命伐石於此。

遠尋文石崗①，來歷南山纆。鹿臺臺爲山，幽徑蟠古篆。後峪行未盡，前嶺已當面。秋聲蕩林越②，風露凄以泫。陰壑氣蓊鬱，疑有虎豹變。山田苦無多，溝崦耕已遍。柴援結半空，羅絡碧巖轉。自憐終歲勤，獸患防一旦。我本山中人，束帶對郵掾。頓然還舊觀，瀟灑償夙願。行經雙蟾嶺，石怪驚變現。闖首槲樹間，氣自太古練。月中誰推墜，囚鎖屬山縣。乃知北平守，認虎飲一作拍羽箭。物肖本偶然，長歌下層巘。

【校】

①「崗」，弘治本、薈要本同元刊明補本；四庫本作「岡」，亦通。按：岡、崗，古今字。後依此不悉出校記。

②「越」，弘治本同元刊明補本；薈要本、四庫本作「樾」，亦可通。按：樾，同越，謂樹蔭也，《淮南子·精神訓》：「今夫繇者，揭钁臿，負籠土，鹽汗交流，喘息薄喉。當此之時，得茠越下，則脱然而喜矣。」高誘注：「茠，蔭也。

三輔人謂休華樹下爲茠也。楚人樹上大本小如車蓋狀爲越，言多蔭也。……越，讀經無重越之越也。」《別本韓文考異》卷二《送文暢師北遊》：「三年竄荒嶺，守縣坐深樾。」

觀穫蕎麥

摇摇珊瑚枝，浥浥露光潤。霜餘秋實繁①，壠畝欣一瞬。野人趁時穫，拖車施素刃。前推約步長②，偃仆爲一順。風來湯餅香，玉粒夢炊甑。田間還自笑，三載總山郡。肥甘與菲薄，一飯吾有分。坎止與流行，何思復何悶。

【校】

①「實」，弘治本、四庫本同元刊明補本；薈要本作「寔」，亦通。按：實、寔，多可通。後依此不悉出校記。

②「推」，弘治本同元刊明補本；薈要本、四庫本作「椎」，形似而誤。

臨汾節婦吟

松筠四時青，特與凡木別。弱草不自持，風霜易摧折。坤柔變乾剛，彤管古所說。臨汾孫氏媪，寡操抱貞節。之死誓靡它，棲心入霜月。事姑極孝養，教子承世業。神明與扶持，骨健丹浮頰。我觀中壘傳，於粲古英烈。作詩備採官，徽名繼前哲。

過鹿臺西崦

乙亥八月二十九日，偕沁水縣尹李君飛卿視治道，馬上作。

鹿臺西南麓，石路何杈枒。青林轉幽深，一水中可嘉。遠從半山來，長流石爲窪。一泓湛寒碧，野飲供麕麚。濕雲擁絶壁，灝爽霑巾紗。我忻爲緩轡，睠立溪之涯。恍疑桃花源，錦樹蒸紅霞。畸人指前途，兩點蒼山髽。

答老農語①

風梢怒號寒，駕言復西邁。吟鞭趁羸驂，直走壺口阨。俯緣絶澗源，仰看孤石大。陽崖柏青青，陰嶺雪全蓋。詩脾儘餘清，灝氣溢襟帶。行行遇老農，馬首言笑載。前時使君公，治此逮困憊。事成固國力，規畫良匪懈。一朝文石去，永利予等賴。兹焉詎可忘，衆意見遺愛。連章供監司，大嚼伸一快。既聞父老言②，慚汗流浹背。道開非吾功，物出數有在。況予分當然，添足恐成怪。夕陽澹前峯，凝睇飛鳥外。是中有佳趣，毁譽吾敢介。

【校】

①「答」，元刊明補本、弘治本、薈要本、四庫本作「荅」，俗用；徑改。按：答、荅，本爲兩字；文獻中字從竹、從艸多有相混，若節、莭；此作「荅」，當爲「答」之俗字；徑改。《漢語大詞典・荅》：「犹當，對。後作『答』。《書・洛誥》：『奉荅天命，和恒四方民，居師。』孔傳：『又當，奉當天命，以和常四方之民，居處其衆。』《禮記・祭義》：『祭之日，君牽牲，穆荅君，卿大夫序從。』鄭玄注：『荅，對也。』」按，傳世《尚書》、《禮記》版本亦多作「答」，若《尚

書正義》卷一四、《書傳》卷一三《禮記注疏》卷四七、《禮記集説》卷一一一。按，《漢語大詞典》所釋疑誤，「荅」，亦當爲「答」，俗字。後依此不悉出校記。

②「父老」，弘治本同元刊明補本；薈要本、四庫本作「老父」。

王惲全集彙校卷第三

五言古詩

題玉石蓮華洞道院壁①

東山一何高，細路石巃嵸。窅從絶澗底，徙上盤峻塚②。模糊松間雪③，照映列孤岊④。當年衣飄遠壑風，馬滑陰嶺凍。捨鞍强躋攀，甜定腰膝痛。吾非樂險遊，靈跡訪仙洞。當年白帽翁，恍惚見醫夢。進功力開鑿，怒玃髯鬣動。手麈語怪徒⑤，筆此真作俑⑥。至今城市人，誕説猶洶洶。好奇更過予，一笑爲腹捧。西山遊欲遍⑦，物産多給用。爾焉最不才，任土無可貢⑧。濯濯殆赭餘，地冷物寡種。我來探是穴，木葉恣填壅。青藜試撥觀，陰背一罅孔。廣深無丈尺，蟾吻呀劍唪。回環聚乳坎，歲久垂巨蛹。白猿竟何有，流石變擁腫。太史載禹穴，登覽想森悚。不經聖人手⑨，後世妄增寵。況兹何足云，遺構託以重。作詩破羣疑，擲地驚墜甕。道人亦釋然，别遠猶目送。來者儻志同⑩，三復賈餘勇。

【校】

①「華」，弘治本同元刊明補本；薈要本、四庫本作「花」，亦通。按：蓮華，亦作蓮花。華，通花。後依此不悉出校記。

②「徙」，弘治本同元刊明補本；薈要本、四庫本作「陡」，形似而誤。

③「糢糊」，元刊明補本、弘治本、薈要本、四庫本作「糢糊」，偏旁類化；徑改。按：糢糊，本作模糊，涉下字「糊」从「米」而偏旁類化。後依此不悉出校記。

④「砻」，元刊明補本、弘治本、薈要本作「砻」，訛字；據四庫本改。

⑤「手」，元刊明補本、弘治本作「毛」，據薈要本、四庫本改。

⑥「作」，弘治本同元刊明補本；薈要本、四庫本作「可」，非是。

⑦「遍」，弘治本同元刊明補本；薈要本、四庫本作「徧」，亦通。按：遍、徧，多可通。後依此不悉出校記。

⑧「土」，弘治本同元刊明補本；薈要本、四庫本作「事」，非是。按：任土無可貢，語本《尚書正義》卷五《禹貢·序》：「禹别九州，隨山濬川，任土作貢。」孔傳：「任其土地所有定其貢賦之差。」亦省作「任土」，《周禮注疏》卷

一三《地官·載師》：「載師掌任土之灋。」鄭玄注：「任土者，任其力勢所能生育，且以制貢賦也。」孫詒讓正義：「《大宰》注云：『任，猶傳也。』力謂性力肥磽，勢謂形勢高下，生育若農田生九穀、場圃育草木、山澤各有生育之材物，皆任之以傳，立其功業也。《書·禹貢敘》云：『任土作貢。』孔疏引鄭注云：『任土謂定其肥磽之所生。』亦即此義。」

⑨「手」，弘治本同元刊明補本；薈要本、四庫本作「作」。

⑩「儻」，弘治本同元刊明補本；薈要本、四庫本作「倘」，亦通。

御驃出廐圖

何人拂絹素，寫此房駟精。一馬老伏櫪，志在千里行。二馬騁踶囓①，角壯猶龍騰。一馬方輥塵，海岸鼲鯤鯨。畫師慘澹意，落筆矜多能。我觀寓所感，國制貴有經。唐人重馬政，分屯列郊坰②。當時百萬匹，肅肅羅天兵。東封與西蕩，歲用不可勝。嗣王獵其餘，尚足開中興。乃知三軍本，匪馬將奚憑。聖經説備預，萬古爲世程。倉卒事亦辦，未免衆目驚。我思立仗閒，振鬛仲長鳴。吾言固蒭蕘③，聖經其可輕。

【校】

①「嗑」，弘治本、薈要本同元刊明補本；四庫本作「齧」，亦通。按：齧，同嗑。

②「郊」，元刊明補本、弘治本作「郊」，形似而誤；據薈要本、四庫本改。按：郊坰，猶郊外，葛洪《抱朴子·崇教》：「或建翠翳之青葱，或射勇禽於郊坰。」

③「蒭」，弘治本、薈要本同元刊明補本；四庫本作「芻」，亦通。按：蒭，同芻，《小畜集》卷一四《有巢氏碑》：「憑高就樹，作巢之基，橫蒭蔽空，啓扉向風。」芻蕘，謂淺陋之見解，謙辭。《劉賓客文集》卷一一《爲杜相公讓同平章事表》：「輒思事理，冀盡芻蕘。」底本作「蒭蕘」，當爲偏旁類化。

題吕充隱和陶詩卷後

吕字明復，武陟人。金亡，居襄陽，尋渡江居鄂。

昔從顒軒遊，嘉話半耆耇。每及充隱君，稱道弗容口。自憐野逸姿，佳遯乃師友。聞風即欣慕，高興渺林藪。况吟平生篇，開卷粲瓊玖。君詩江西來，一旦落吾手。正襟三復餘，酣飲得重酎。外枯含至腴，霜落溪水瀏。嚮來和陶作，雲夢吞八九。金鏞出大音，何俟寸筳扣①。吾愛先生心，吾尚隱君守。當時淮西役，臨事見不偶。吾策君可屈，此身孰得有。先生歌鳳徒，簪紱胡可誘。高情薄雲月，流詠見不朽。九原儻可作，清江變醇酒。眼中杖屨來，磯礴門邊柳。與背一壺遊，秋毫峴山首。

【校】

①「筵」，弘治本同元刊明補本；薈要本、四庫本作「莛」，形似而誤。

昆陽懷古

行役宛葉郊，路入昆陽城。滍水抱城左①，蕩潏東南傾。川原入四顧②，蟠互多岡陵。城頹削懸崖，草深惡鴟鳴。嗟爾一抔土，當此百萬兵。莽圖十九年，聚此天爲阬。王者況不死，千騎驚龍騰。漢業兆豐沛，赤伏此中興。創復兩不易，山川賁雄名。東西遥相望，盤盤兩神京。千年事雲散，草木含威靈。野人無所知，城邊事春耕。扶犂上廢壘，壠畝縱復横。只應懷古士③，千古愴餘情。爲東坡《昆陽城賦》④。

【校】

①「滺」，元刊明補本、弘治本、薈要本、《中州名賢文表》作「浍」，形似而誤；據四庫本改。

②「顧」，元刊明補本作「頭」，形似而誤；據弘治本、薈要本、四庫本、《中州名賢文表》改。

③「應」，弘治本、《中州名賢文表》同元刊明補本；薈要本、四庫本作「因」。

④「爲」，弘治本、薈要本、《中州名賢文表》同元刊明補本；四庫本作「謂」，亦通。按：爲，通謂。

苦熱歎四十六韻

效昌黎體

祝融駕火虬①，頓轡周八裔。戰酣西北乾，回薄餘暮熾。朱光沸虞淵，大地蒸一氣。蒼茫夜色濕，酗鬱玄象醉。今年六月中，荼毒逾往歲。金晶才始伏，熛怒勢比鋭②。炎官張火傘，屏翳揚赤幟。四合歊陳來，一鼓赫離治。天潢影半涸，星鳥芒欲彗。吟風樹葉噤，塌翮林鳥墜。併兼坎兑權，不使天地閉。王城十萬家，燻灼迫一勢。乾坤墮熾甕，逸德駭天吏。掩關人事絶，藏伏敢口議。褰裳起中夜，通夕不容寐。捫背赭汗流，窺井湯泉沸。松間有困鶴，無夢到清唳。牆根有腐草，螢化光晢晢。穿簾入我室，照眼驚火齊。陰蟾遁老魄，火鼠騁黠智。夜深過我前，跳躑翻飲器。屋古又足蝎，伺螫尤謹避。簟紋燎炎輝，側脅能少甜。舉動體懊熟，慶欷氣短細。抱冰眠或可，揮翣何所濟。二年客京師，身幸置散地。雖無束帶勞，唯老覺加倍。彷徨不知曙，種髮沐而被。四序本平分，偏盛誰所致③。火攻出下策，不已熸萬類。嗟此一世人，暍死將何厲。此生匪金石，流鑠吁可畏。内熱復自焚，衰槁將立至。燥惟以静勝④，事須以義制。冰山詎可依，煬竈非所媚。遐想崑峻巔⑤，庭觀何偉麗。巍然五千仞，日月光隱蔽。回環十二樓，空明澹無際。水晶作柱礎，羣玉絢軒陛。天風掠枕席，月露濕環帔。瑶臺擁灝靈，萬舞發清吹。真仙事朝元，鸞鳳互驂翳。閶風接玄圃，追陪憶遊戲。何年墮塵緣，坐想無由詣。安得萬里風，振此垂天翅。脱落區中囚，高舉尋吾契。

【校】

①「火」，弘治本、四庫本、《中州名賢文表》同元刊明補本；薈要本作「大」，形似而誤。

②「比」，元刊明補本、弘治本、《中州名賢文表》作「此」，形似而誤；據薈要本、四庫本改。

③「偏」，元刊明補本作「編」，形似而誤；據弘治本、薈要本、四庫本、《中州名賢文表》改。

④「以」，弘治本、《中州名賢文表》同元刊明補本；薈要本、四庫本作「必」，形似而誤。

⑤「峻」，弘治本、《中州名賢文表》同元刊明補本；薈要本、四庫本作「崙」，亦可通。

聽講呂刑諸篇

至元十六年己卯歲冬十二月十七日，中山府明新堂雪夜會府尹史子華、貳政朱信卿洎諸吏屬，聽教官滕仲禮講《周書·呂刑》、《論》、《孟》諸篇。

淒風布雲葉，寒日慘不光。光集靚微霰①，轉盻鵝毛揚②。一天陽和氣，散入中山堂。公堂何所有，曹務紛刑章。竟日椎與扑，令人足悲傷。廉隅是何物，僥倖爲尋常。淪胥一至此，禮義從消亡。涉淵不自濟，試以舟楫航。郡侯樂與善，揮檛噪其傍③。況復得佳士，問學陂汪洋。一編周穆書，噩噩深慈祥。爰念盡心戒，披衍何琅琅。敷明發蘊奥，遠紹開微茫。太羹得至味，黍稷非馨香。狐白有餘燠，弊緼非所當。衆目鑿聾聵，同僚益溫良。夜久不能寐，孰知冰雪雱。定武古戰國，風俗稱雄强。今夕復何夕，弦歌破天荒④。吏散擁衾卧，薄俗思溥匡。大決洙泗波，浩蕩湔聾盲。此事恐難必，此志詎能忘。一州稍安行，一方賜無量。比老汲一見⑤，此外吾何望。打窗聽雪聲，起視夜已央。

【校】

①「光」，弘治本、薈要本、四庫本作「先」，形似而誤。

②「盻」，弘治本同元刊明補本；薈要本、四庫本作「盼」，亦可通。按：盼，當爲盻之異體。轉盻，同轉眄、轉盼，謂轉眼，喻時間短促，《樂府詩集》卷五五王儉《齊白紵辭》：「轉盻流精輝光，將流將引鴈雙。」按，《南齊書》卷一一《志第三・樂》作「轉眄」，《古樂府》卷八作「轉盼」。《東坡全集》卷一四《徐大正閑軒》：「君如汗血駒，轉盼略燕楚。」

③「檛」，弘治本同元刊明補本；薈要本、四庫本作「提」，非是。

④「弦」，抄本、薈要本同元刊明補本；四庫本作「絃」，亦通。按：弦、絃，多可通。後依此不悉出校記。

⑤「汲」，抄本同元刊明補本；薈要本、四庫本作「及」，亦通。按：汲，通及，謂及時、趁著，馬王堆漢墓帛書《戰國縱横家書・觸龍見趙太后》：「今媪尊長安之位，而封之膏腴之地，多予之重器，而不汲今令有功于國，山陵堋，長安君何以自託于趙？」傳世本作「及」。

謝子文龍尾藤策之贈

子文善方伎，好從吾輩游①。城居三十年，藥惠遍八州。我適駐棘津②，數見禮聿修。循循似不能，氣皃何和柔③。贈我龍尾研，加以蒼藤脩。杖爲扶我衰，研用供冥搜。入手三摩挲，白雲滿汀洲。意重無所答，在我將何求。君言愛余書，落紙雲煙浮。儻蒙數字惠，永作千金收。既聞因語君，我老拙所謀。有時縱惡扎④，聊用寫殷憂。如君濟物心，胡爲效予尤。喜抱弊帚歸，兩袖紛琳璆。客去倚窗坐，念之思夷猶一作「悠悠」。誰期淡癖中，亦有同好流。呼兒一題詩，持贈相爲疇。

【校】

①「游」，抄本同元刊明補本；薈要本、四庫本作「遊」，亦通。按：游、遊，多可通。後依此不悉出校記。

②「適」，抄本同元刊明補本；薈要本、四庫本作「過」，形似而誤。

③「皃」，抄本同元刊明補本；薈要本、四庫本作「貌」，亦通。按：皃、貌，古今字。

④「扎」，抄本同元刊明補本；薈要本、四庫本作「札」，亦通。按：扎，《廣韻》側八切，《玉篇·手部》：「扎，俗『札』字。」古籍中，字從扌、從木多有相混之處。《玉篇》所言切中肯綮，點明「扎」字之産生時代及造字成因問題。到《廣韻》時代，此字進入字書，廣泛運用開來後，仍與「札」字多可通用。

贈仲温教授求授真訣

僕年五十餘，氣志覺衰耄。耳厭秋蟬號，目眩昏花眊。瘤鍾百態具，何啻鬚髮皓。朅來觀津邑，有幸遇醫老。仰開浩浩天，俗學歸一掃。息心抱吾真，辨之當在早。人生堪輿間，雖靈貴强矯。不然一物耳，歲久等枯槁。况復智物誘，内熱日煎擾。不聞山木喻，樗散元壽考①。守身爲最大，自餘皆細眇。亟當念所存，夕惕謹持保。授我内經旨，根命入幽討。促膝語三日，底裏爲傾倒。會合豈易得，相逢悵草草。多君濟物誠，憐我慕丘禱。夜闌耿無寐，再拜獲至寶。作詩代瓊琚，相期永爲好。

【校】

①「元」，抄本、薈要本同元刊明補本；四庫本作「原」。

泛漳篇 并序

予以王事奔命，今春環走二千餘里，前次漳陰①。車殆馬煩，且得目眩髀痛疾，遠不能騎，舟行東下，庶得一日之休。富覽大川，勉卒來事，作《泛舟篇》以見意。時至元辛巳四月十一日也。

盤盤魏大名，屬縣行且周。銷我髀裏肉，四月猶綿裘。舍車出漳陰，步上枋頭舟。咿啞理雙棹，信船下中流。清風泛微瀾，篙師訝當頭。豈知河伯意，故故爲遲留。汀花助行吟，孰取澤畔愁。解衣卧篷底，穩似畫舫幽。駭觀兩岸移，灣環轉林丘。灘回淺能澀，波富去自遒②。拍拍風水聲，雨打空階秋。白鳥何處來，雪點河之洲。前飛如導予，翔集聲啁啾③。欽念川上歎，晝夜何悠悠。宜爲智者樂，曲折涵至柔。中擅利物功，轉漕半九州④。君看萬斛載，掀舞一葉浮。仍爲勉不息⑥，能若兹水不？行行望沙麓，且得一日休。呼兒覓殘紙，題作漳川遊。

【校】

①「漳」，抄本、薈要本、四庫本同元刊明補本；《中州名賢文表》作「障」，偏旁類化。

②「湭」，抄本、薈要本、四庫本作「猶」，形似而誤；《中州名賢文表》作「遒」。按：湭，水名，在陝西省渭南縣。顧祖禹《讀史方輿紀要·陝西二·西安府》：「湭水，在縣城西，《水經注》謂之首水。」

③「聲」，抄本同元刊明補本；薈要本、四庫本作「如」，涉上而誤。按：作「如」，涉上「前飛如導予」之「如」字而誤。

④「州」，抄本、薈要本同元刊明補本；四庫本作「洲」，聲近而誤。

⑤「息」，抄本同元刊明補本；薈要本、四庫本作「見」，涉上而誤。

柏亭歎

至元十八年七月初二日，次柏鄉，因所見而作。

烏巢一枝多，回薄萬幹林①。富覽擅已有，振羽辭凡禽。傾身附老鶻，翔集千仞岑。既切彼所習，復接鳴鳳音。秋空恣搏擊，鷙老有弗任。勢大不兩立，擠彼歸幽沉。健雛從天來，赫赫威制臨。毒拳奮所宜，坼裂顙與衿②。縣官籍其家，富埒郭穴金。懷璧匹夫罪，況此皆漁侵。行值柏亭傳，緩轡惻我吟。前車滿孥戮，後車載瑜琛。乃知非分福，禍養儉人深。行路莫爲惜，但云神理忱。豺豕與蛇虺，吞噬蓋本心。天道喜報復，自昔非獨今。戾氣容有己，怨讎日相尋。一禮制萬動，千古聖所欽。何當民志定，無復僭與淫。

【校】

①「薄」，元刊明補本「簿」，形似而誤；據抄本、薈要本、四庫本改。按：回薄，謂盤旋回繞，《宋書》卷二九《符瑞志下》：「紫氣從景陽樓上層出，狀如烟，回薄良久。」

②「坼」，抄本、薈要本同元刊明補本；四庫本作「圻」，形似而誤。按：坼裂，猶裂開、撕裂，《後漢書》卷一六《五行志四》：「建光元年九月己丑，郡國三十五地震，或地坼裂，壞城郭室屋，壓殺人。」

九門道中

至元十八年十二月六日，同察司諸公會葬董簽院於南董高里原，還過九門故城作。

朔風暮轉劇，曠野埃霾昏。長鞭驅羸驂，日晏東南奔。義有執紼役，重過孤城闉。邑居廢與置，代遠不必論。緬懷武靈舉，騎服開雄尊。國聽固自我，臣義贊亦惇。潛師襲中山，萬馬出此門。林樓九原塞，英氣爲一吞。睥睨五雄間①，霸業幾桓文。至今西林阜，隱隱猶兵屯。一朝探雀鷇，瘐死秋槐根。人事靡不初，克終乃可云。野老無所識，引宿投荒村。吹燈具萍粥，土雉爇使温②。解我寒悴色，謝官非所存。就枕固不寤③，一覺東方暾④。

【校】

①「睥」，元刊明補本「脾」，形似而誤；據抄本、薈要本、四庫本改。

②「土」，元刊明補本、抄本作「士」，形似而誤；據薈要本、四庫本改。「雉」，弘治本、四庫本同元刊明補本；薈要本作「銼」，妄改。按：作「銼」，當涉上「萍粥」、涉下「爇使温」而妄改「雉」爲「銼」。土銼，猶炊具，亦即上文「吹燈具萍粥」之「具」，如此則上下句重複矣。

③「寤」，抄本同元刊明補本；薈要本、四庫本作「寐」，妄改。後依次不悉出校記。

④「暾」，元刊明補本作「噉」，形似而誤；據抄本、薈要本、四庫本改。按：暾，《廣韻》他昆切，日始出貌，《欒城集》卷九《送吴思道道人歸吴興二絶》：「惠山惟有錢夫子，一寸閒田曉日暾。」

野河渡

蒼茫劉橋渡，南北凡幾過。清霜十月交，澄湛東流波。飲馬立水邊，照我兩鬢皤。行役非所苦，傷懷動悲歌。三年恒山趙，彈劾兼拊摩。嗸嗸眼中民①，力弊差與科。不能一勺潤，慰彼煩與痾。顧此衣帶水，溉載功寔多。人而反不若，低首愧野河。素餐吾可逃，奈此蒼生何。

【校】

①「嗸嗸」，抄本同元刊明補本；薈要本、四庫本作「嗷嗷」，亦通。按：嗸，嗷之異體字。嗸，通嗷。嗸嗸，即嗷嗷、嗷嗷，《漢書·陳湯傳》：「國家罷敝，府臧空虛，下至衆庶，嗸嗸苦之。」顏師古注：「嗸嗸，衆愁聲。」《文選注》卷五一賈誼《過秦論》：「夫寒者利短褐，而飢者甘糟糠，天下之嗷嗷，新主之資也。」《史記·秦始皇本紀》作「嗷嗷」。《資治通鑑》卷一〇〇《晉穆帝升平元年》：「主上失德，上下嗷嗷，人懷異志。」胡三省注：「嗷嗷，衆口愁聲。」

菊歎　沙河縣作

佳菊如幽人，蔬畦溷凡卉。遶叢嘆萎暍，與我初不異。秋香期爛熳①，培植須早計。呼童溉清泉，乘曉看生意。繁根溢芳滋，秀色失枯悴。一物苟獲養，面背見盎晬。人生胡不然，浩浩存夜氣。

【校】

①「爛熳」，抄本同元刊明補本；薈要本、四庫本作「爛漫」，亦通。按：爛熳，亦作爛漫，葉適《水心集》卷二八《祭林叔和文》：「春筍秋花，爛熳牕几。」《陳拾遺集》卷七《大周受命頌·慶雲章》：「南風既薰，叢芳爛漫，郁郁紛紛。」

輓漕篇 一作拖舟謡

湯湯汶水波，西鶩復東注。勢雖汗漫來，止可流束楚。發源本清淺，才夏即沮洳。安能浮重載，通漕越齊魯。有時汎商舶，潦漲藉秋雨。船官行有程，至此日艱阻①。鉅野到齊東，着淺凡幾處。必資州縣力，澀滯方可度。漫村赶丁夫，所在沸官府。先須刮流沙，推挽代篙艣②。硬梔泥水行③，奚異奡盪努。涉寒痺股腓，負重傷背膂。咫尺遠千里，跬步百舉武。兹焉幸得過，斷流行復阻。又須集牛車，陸遞入前浦。中間吏因緣，爲弊不可數。蠻梢貪如狼，總壓暴於虎。所經輒繹騷，不啻被掠虜④。盼盼入海口，未免風浪鼓。舟中一斛粟，百姓幾辛苦。今復起堰埧，壅積百方禦⑤。木石動萬計，科配困氓伍。不思根源微，隄障深幾許。轉漕本便民，廣儲實國補。事功貴順成，勉强終齟齬。海道事已然，又復有此舉。惜將生民力，委棄若泥土。山東實重地，一靜乃可撫。嘗聞建隆間，有相曰趙普。凡百投利人，罷遣皆不取⑥。以玆報國恩，後世比申甫。黄閣十餘年，清風一萬古。

【校】

①「阻」，抄本同元刊明補本；薈要本、四庫本作「沮」，形似而誤。

②「代」，薈要本、四庫本作「折」。

③「柂」，抄本、薈要本、四庫本作「拖」，形似而誤。按：柂，《集韻》待可切，《文選注》卷一一鮑照《蕪城賦》：「柂以漕渠，軸以崐崗。」李善注：「《廣雅》：『柂，引也。』」

④「啻」，元刊明補本、抄本作「若」，非是；據薈要本、四庫本改。按：不啻，猶無異于、如同，《元氏長慶集》卷三〇《敘詩寄樂天書》：「視一境如一室，刑殺其下不啻僕畜。」作「若」，則詩意晦澀難通。

⑤「方」，抄本同元刊明補本；薈要本、四庫本作「萬」，形似而誤。按：萬，俗字作万，與方形似。後依此不悉出校記。

⑥「罷」，抄本同元刊明補本；薈要本、四庫本作「能」，形似而誤。

元日示孫阿鞬六十韻

璠璵世重寶，就器須磨鐫。杞柳固凡木，矯揉成杯棬。人雖物之靈，學則全其天。蛾子積大垤，禮經存至言。多學卓有立，孔門稱子淵。吾年八九歲，入學鄉校間。外傅既善誘，汝曾從勉旃①。暮覩子夜後，晨讀霜月邊。日課字三百，熟誦例半千。十三至十六，詩賦填全篇。十九學蘇門，遂親經史筵。潛闚義理窟，弄筆勢翩翩。遺山紫陽翁，鹿庵暨神川②。四老鑄顔手③，誨我扣兩端。騰口爲獎藉，孺子有足觀。自後雖努力，已爲家務纏。隨復就力列，一身縛微官。道德負初心，聰明非日前④。歲月不我與，齒豁童其顛。猶能致禄位，分持憲司權。出入鶴蓋陰，紫袍金帶鮮。舉家初不識，啼飢與號寒。政自稽古力，汝曾極周旋。切誡習刀筆，有來戴儒冠⑤。傳家無長物，臨終付青氈。有書五千卷，太半親手編⑥。三世無白屋，辛苦天所憐。多財秖益愚，讀書可希賢。遺訓毋此替，我目瞑下泉。汝生今十歲，小字名阿鞬。貌端娟且静，氣吐清而圓。妍皮裹癡骨，了不直一錢。致身文學中，不負三輩傳。後事實汝責，窠雛望飛鶱。四民士爲貴，六經學之原。身安得所師，志節先强堅。憤悱務時敏，效習心眼專。人十己則百，人眠己不眠。事業一燈苦，聲華四方喧。唾手取青紫，如拾地芥焉。子孫丐華澤，其祚將綿綿。但見讀書貴，但知讀書便。重則復其家，輕則雜泛蠲。不見編户氓，差徭日相煎。里胥徵斂急，追呼到推牽。汝若學不立，非農即商鄽。更下作奔趣，爲人執弭鞭。爾雖士夫裔，所習失之偏。不學入常流，學者乘高軒。我嘗感時輩，貴賤難相攀。何啻龍與豬，過甚霄壤懸。子孫轉下愚，門户日凋殘。或秖爲士子⑦，終身尚高閑。向來徵斂暴，略不相爲干。近多置書家，萬卷圖好看。來者不一讀，非貿即棄捐。人果不好學，方寸如廢田。良苗復何有，茆塞深荒烟⑧。皇皇七篇書，義利何昭宣。堯舜等人耳，有爲即差肩。我家徙鄘衛，將近二百年。素業農與儒，宗族頗嬋嫣⑨。囑汝善繼述，可光新舊仟⑩。我老不足法，汝曾言不刊。念兹復在兹，敬之若銘盤。力學貴穉齒，收功良匪難。幼成若天性，習慣如自然。所以昌黎公，恩義戒奪遷⑪。願汝事斯語，佩服如韋弦。我文多漫與，此詩不可諼。

【校】

①「從」，弘治本同元刊明補本；薈要本、四庫本作「吾」，非是。

②「庵」，弘治本、薈要本同元刊明補本；四庫本作「菴」，形似而誤。按：鹿庵，元大儒王磐號，《元儒考略》卷一《王磐》：「王磐，字文炳，號鹿庵，永年人，舉金進士，後仕元世祖，官至翰林學士、兼修國史。與許衡友善，同議朝政，裨益居多。」《元史》卷一六〇《王磐傳》：「磐亦樂青州風土，乃買田洱河之上，題其居曰鹿庵，有終焉之意。」

③「顔」，弘治本同元刊明補本；薈要本、四庫本作「頏」，形似而誤。

④「日」，弘治本同元刊明補本；薈要本、四庫本作「目」，亦可通。按：目，當爲日之形誤。日前，猶目前。

⑤「有」，弘治本、薈要本同元刊明補本；四庫本作「由」，亦可通。按：作「由」，當因與「有」音近且認爲作「有來」者於詩意難通，改「有」爲「由」。按，作「由來」於詩意而言亦講得通，但此處「有來」並非一詞，而是一個詞組，結構與出句「切誡」同。「有來」、「切誡」，皆爲一個虛詞加一個實詞，實際上即言「來」、「誡」。來，猶由來、從來；有，助詞，詞頭無實義。

⑥「太」，弘治本同元刊明補本；薈要本、四庫本作「大」，亦通。按：大、太，古今字。太半，猶大半，謂數量超過半數，《新唐書》卷二七《曆志三上》：「《夏曆》十二次，立春，日在東壁三度，於《太初》星距壁一度太也。」《史記集解》卷七《項羽本紀》：「漢有天下太半。」裴駰集解：「韋昭曰：『凡數三分有二爲太半，一爲少半。』」

⑦「秖」，弘治本、四庫本同元刊明補本；薈要本作「秪」，亦可通。按：作「秪」，當爲「秖」之形誤。秖，同衹，助詞，猶只、但，《文選注》卷一五張衡《思玄賦》：「天長地久歲不留，俟河之清秖懷憂。」李善注：「秖，適也。」

⑧「茆」，元刊明補本、弘治本、薈要本、四庫本作「茒」，俗字；徑改。按：「茒」，卯，俗作夘、夘，故當爲「茆」之俗字。《漢語大詞典》作：「茒，yuán，義未詳」。《漢語大詞典》注「茒」音當非是，夗、夘、夘形似，注「yuán」音當爲從艸

死聲之誤。「烟」，弘治本、四庫本同元刊明補本；薈要本作「煙」，亦通。按：烟、煙，多可通。後依此不悉出校記。

⑨「嬋嫣」，弘治本、薈要本同元刊明補本；四庫本作「蟬嫣」，亦通。按：蟬嫣，同嬋嫣，謂相連貌，《柳河東集》卷四一《祭从兄文》：「我姓嬋嫣，由古而蕃。」《漢書》卷八七《揚雄傳上》：「有周氏之蟬嫣兮，或鼻祖於汾隅。」顔師古注：「應劭曰：『蟬嫣，連也，言與周氏親連也。』」《山谷集》卷三《次以道韻寄范子夷子默》：「蟬嫣世有人，風鍪嘯兩虎。」

⑩「仟」，元刊明補本、弘治本、四庫本作「仟」，當爲形似而誤；薈要本作「阡」，當以作「阡」爲是。按：阡，墳墓也。新舊阡，即言列祖列宗之墳、祖墳也。「光新舊仟」，猶言光宗耀祖也。仟，通阡，《漢書》卷二四《食貨志上》：「及秦孝公用商君，壞井田，開仟伯，急耕戰之賞……傾鄰國而雄諸侯。」顔師古注：「仟伯，田間之道也。南北曰仟，東西曰伯。伯音莫白反。」仟，此通作「田間小路」之義，未見用作「墳墓」之用例。

⑪「戒」，弘治本同元刊明補本；薈要本、四庫本作「我」，形似而誤。

桑蟲歎

行行桑間人，執柯争擊扑。樹根擁圓壤，持鍤待掩覆。云是振桑蟲，除治絶遺育。咄哉此何爲①，與蠶同出没。千林緑如雲②，一掃若湯沃。不知絲忽腸，其大容幾斛。春蠶眠正飢，蠢蠢富厥族。湯盆出新絲，奪自汝口腹。無衣四海寒，十千帛一束。老農前致詞，近歲旱何酷。無乃民作孽，其或時事促。十年餐險食③，邇來儉不復。嘗云和致祥，野成繭與穀④。皆緣一氣間，修省轉菑福。望望惜雨乾⑤，汝等稱濟物。駐驂答老農，嘿爾私自囑。調元真宰事，吾輩乃碌碌。低頭愧畸人，張口待廩粟。

【校】

①「咄」，弘治本同元刊明補本；薈要本、四庫本作「拙」，形似而誤。

②「綠」，弘治本同元刊明補本；薈要本、四庫本作「線」，形似而誤。

③「險」，弘治本同元刊明補本；薈要本、四庫本作「儉」，涉下而誤。

④「野」，弘治本同元刊明補本；薈要本、四庫本作「對」，非。

⑤「雨」，弘治本同元刊明補本；薈要本、四庫本作「南」，形似而誤。

靈光塔 并序

予自京師南還，赤日黄塵，走六百餘里。及登兹觀，煩襟倦思，頓爲一醒。因書斐作二十一韻，以記來曾。

我從京師來，望望入定武。靈光古傑觀，巀嶪上雲雨①。何年僧令能，建此壯佛宇。浮雲衛浩劫，神力湧坤土。經過二十年，未暇登陟舉。坡仙遺墨在，平日思一覩。初穿若蜃樓，轉上疑戰櫓。拾級有餘平，緩步無陡苦。最愛洞腹寬，豁達儘容與。盤折抵絶巔，未省吾背僂。心清聞妙香，風烈不知暑。迴臨增雙明，徙倚慄兩股。滹池黄一綫，太行青可數。江山有清眺，萬象入延佇。乃知灝爽氣，物外自吞吐。應憐闤闠人，下與塵坌仵②。斜陽淡高層，風鈴時自語。靈光久無光，雄筆照千古。摩挲墨花昏，瞪視遽如許。清風冠高標，猶足跨虞褚。龍象幸護持，取重此窣堵③。窣堵波，佛經云「高顯」也。

【校】

①「巀」，弘治本同元刊明補本；薈要本、四庫本作「峩」，形似而誤。按：巀業，狀高聳貌，范成大《吴船録》卷上：「入寺側，出石磴半餘里，有三石峯，平正如高樓巍闕，巀嶪奇偉，不可名狀。」「嶪」，弘治本、薈要本同元刊明補本；四庫本作「業」，半脱。

②「仵」，元刊明補本作「仟」，形似而誤；四庫本作「伍」，非是；據弘治本、薈要本改。按：仵，謂等輩、同類，葛洪《抱朴子・嘉遁》：「絶軌躅於金張之間，養浩然於幽人之仵。謂榮顯爲不幸，以玉帛爲草土。」

③「窣」，元刊明補本作「窣」；據弘治本、薈要本、四庫本改。按：窣，各字書皆無收，由詩句注文「窣堵波」之言知，當爲「窣」之俗字。「宀」、「穴」皆與宫室相關，「卒」爲聲符而兼表義，字從宀、從穴仍可相通。窣堵，即窣堵波，梵語 stūpa 之音譯，謂佛塔，《臨川文集》卷二九《與道原游西莊過寶乘》：「周顒宅作阿蘭若，婁約身歸窣堵波。」《劍南詩稿》卷三九《予數年不至城府丁巳火後今始見之》：「窣堵招提俱昨夢，祝融回禄尚餘威。」

舂揄歎①

昨遊封龍迴，行行憫農耕。午憩得美蔭，飲馬常山城。有婦挾筐筥，木皮白縱横②。柴門臨野碓，舂治無停聲③。朝餐此皮麵，暮煮此葉羹。捄荒此上食，殘喘聊支撐。話已長歎息，一飽何時盈。我因慰田父，努力無嘆驚。皇家澤霶霈④，蠲盡租與征。閲月凡四雨，禾苗見青青。又聞使四出，訪問民間情。有害思與去，有利隨使興。惟期和氣應，庶得來休徵⑤。寧心待斯須，會見秋有成。

【校】

①「舂揄」，元刊明補本作「舂揄」，據弘治本、薈要本、四庫本改。

②「白」，弘治本同元刊明補本；薈要本作「拾」，非是；四庫本作「何」，非是。

③「春」，元刊明補本作「舂」，形似而誤；據弘治本、薈要本、四庫本改。後依此不悉出校記。

④「霶」，元刊明補本、弘治本、薈要本、四庫本皆作「雱」，徑改。按：雱，從雨汸聲；霶，從雨滂聲；汸，《洪武正韻》普郎切，同滂；雱，聲符省去右上部分而音義皆未發生變化，爲霶之俗字。霶霈，喻盛大、盛多，獨孤及《毘陵集》卷三《酬皇甫侍御望天灊山見示之作》：「天旋物順動，德布澤霶霈。」

⑤「庶」，弘治本同元刊明補本；薈要本、四庫本作「應」，涉上而誤。

折齒吟二十四韻

吾年未四旬，顱髮白勝雪。兩眼眩生花，一耳或通塞。所喜牙齒牢，未省有殘缺。飲食雖壽基①，齒壯物善囓②。庶幾桑榆境，健啖延歲月。所以胾與餅，飢來若刀截。今晨具盤飡③，輒肉固纖屑。一嘬出不虞，左齒拉而折。羣稚慘不嬉，病妻驚欲絶。汝老不自量，無故取摧摺。予云盛則衰，百醜見兩頰。平生好言辭，咀嚼出五色。文戰怒欲碎，醉飫乾甚決④。運用勤亦至，半百當衰苶。一作歇。時時以舌舐，乍脱覺中熱。一落不復生，根杈漫枯梢。駭若中堅摧，闊於山口豁。自今須慎護，作事思妥帖。一柔勝百剛⑤，有味老聃説。哈呀動恥念，顛倒漱水怯。猶勝昌黎公，餘者堅尚潔。既不妨嘯歌，底用心軏䡴⑥。齒墮端午前⑦，詩裁重午節。成虧恐有數，歌以散憂結。

【校】

①「壽基」，弘治本、《中州名賢文表》同元刊明補本；薈要本、四庫本作「基壽」，倒。

②「善」，弘治本、《中州名賢文表》同元刊明補本；薈要本、四庫本作「猶」，非是。

③「飡」，弘治本、薈要本、《中州名賢文表》同元刊明補本；四庫本作「飧」，亦通。按：飡、飧，多可通。後依此不悉出校記。

④「飫」，弘治本、《中州名賢文表》同元刊明補本；薈要本、四庫本作「飲」，涉上而妄改。後依此不悉出校記。

⑤「剛」，弘治本、《中州名賢文表》同元刊明補本；薈要本、四庫本作「堅」，非是。按：剛、堅，皆可與柔相對。但「一柔勝百剛，有味老聃説」明確用老子《道德經·微明第三十六》：「將欲噏之，必固張之；將欲弱之，必固强之；將欲廢之，必固興之；將欲奪之，必固與之。是謂微明，柔弱勝剛强」典，故此當作「剛」。

⑥「軏䡴」，弘治本、《中州名賢文表》同元刊明補本；薈要本作「甈軏」，亦可通；四庫本作「卼䡴」，亦可通。按：「軏䡴」，本作「兀䡴」，偏旁類化；「卼䡴」，本作「兀䡴」，偏旁類化；軏䡴，同臬兀、兀䡴、危䡴、卼䡴、䡴卼，謂動搖不安貌，《周易正義》卷八《困》：「困于葛藟，于䡴卼。」《全唐詩》卷七六八盧汪《酒鬍子》：「盤中䡴卼不自定，四座清賓注意看。」《九家集注杜詩》卷三三《大曆三年春白帝城放船四十韻》：「生涯臨臬兀，死地脱斯須。」

注：「困于鼿卼」《別本韓文考異》卷五《贈劉師服》：「羨君齒牙牢且潔，大肉硬餅如刀截。我今呀豁落者多，所存十餘皆兀鼿。」《懷麓堂集》卷九一《泊故城》：「自從違京邑，道路屢危鼿。」甈，通鼿，《柳河東集注》卷一《平淮夷雅》：「孰頮蔡初，胡甈爾居？」集注：「此謂杌隉不安。字當作鼿，音五結切，不安也」；𤬪，鼿之俗字；甈𤬪，亦即鼿鼿、甈甈，猶言不安貌。

⑦「墮」，弘治本、《中州名賢文表》同元刊明補本；薈要本、四庫本作「隳」，亦可通。按：隳，當爲墮之形誤。墮、隳，多可通。後依此不悉出校記。

癸未七月秋分日鎮陽澤宮弘道堂讀韓子有感

盤盤素王宫，鬱起金粟背。厭喧臥芹堂，梏亡心暫在。岡平勢尚隆，雨久晴亦快。風清自遠至，雲奇堆户外①。一編子韓子，至味欣一嘬。時當八代衰，道脈僅如帶②。先生睎聖徒③，扶觝由我泰④。詠歸渺聖門，簞食乏藜菜。顧時有汚隆，盡我志所逮。皇皇仁義心⑤，自任乃爾大。横流嚙巨防⑥，力障俾勿壞。排陰入九地，孤唱肅萬籟⑦。困吝初不計，百折氣益邁。要當没則已，不易下惠介。書雖不盡言，後學有足賴。真知程子説，安石詩自阨。荀楊公所譏，鄒後無接派。道心得非深，能遽發此嘅？略内詳外言，恐就述作概。我知踐履功，當世仰崧岱。後來立論者，志毋以辭害。文平極道腴，筆肆走光怪。

私心適有會，何翅讀屢再。雄名儷景翻，浩氣振吾憊。起拜壁間像，頮泚覺雨霈。宜乎配神庭，血食昭萬代。

【校】

①「堆」，弘治本、薈要本同元刊明補本；四庫本作「推」，形似而誤。

②「帶」，弘治本、薈要本同元刊明補本；四庫本作「蔕」，非是。按：蔕，《廣韻》去聲霽韻；帶、泰，《廣韻》去聲泰韻，諧韻；霽、泰二韻相隔較遠，不諧韻。

③「晞」，弘治本同元刊明補本；薈要本、四庫本作「希」，亦通。按：晞，通睎，仰慕也。晞聖，同希聖，謂仰慕聖人，《陸士龍集》卷三《贈顧尚書》：「蹈齊闕里，晞聖而惟。」《范文正集》卷八《上張右丞書》：「希聖者，亦聖人之徒也，從容正道，不能維其末。」

④「扶」，弘治本同元刊明補本；薈要本、四庫本作「抉」，非是。

⑤「皇皇」，元刊明補本、弘治本作「遑遑」，非是；據薈要本、四庫本改。按：皇皇，《禮記注疏》卷三五《少儀》：「祭祀之美，齊齊皇皇。」鄭玄注：「皇，讀如歸往之往。」孔穎達疏：「謂心所繫往。」

⑥「嚙」，弘治本、薈要本同元刊明補本；四庫本作「齧」，亦通。後依此不悉出校記。

⑦「唱」，弘治本同元刊明補本；薈要本、四庫本作「喝」，非。

董大夫廟

在元州城北門内有宋元祐間縣宰宋保國壁記云縣西南八十里有廣川店隋避諱改長河縣今將陵縣是也舊屬冀州①

吾觀漢家制，所法皆亡嬴。中間去取之，易苛稍寬平。何參不足責，本是刀筆生。文景尚黄老，申公負虚名。賢哉董大夫，三策冠漢庭。論説天人際，高吐三代英。仁義我所重，功利我所輕。紛紛弘湯問，獨能尊聖經。所惜王者佐，竟老膠西卿。過蓨得遺廟，再拜冠與纓。至今讀公書，片辭皆世程②。浩浩廣川水，萬古朝滄溟。因之觀其瀾，吾道得少行。

【校】

①「隋」，元刊明補本、弘治本作「隋」，形似而誤；據薈要本、四庫本改。「是」、「舊屬冀州」，弘治本同元刊明補本；薈要本、四庫本脱。

②「程」，弘治本同元刊明補本；薈要本、四庫本作「型」，非是。按：世程，謂世人之軌範、法式，《文苑英華》卷三一〇岑參《僕射裴公挽歌》：「盛德資邦傑，嘉謨作世程。」

漢丞相條侯廟

在蓨縣西三里①

遥遥漢蓨國，落落真將軍。至今有遺廟，突兀城西垠。維景四葉帝，恩濫椒房親。高帝白馬約，侯斷乃忠勳②。區區王氏子，何功復何人？丞相懲吕禍，安劉念先臣。所重社稷計，豈憚嬰其鱗。竭忠固臣節，返得怏怏嗔。大胾不設櫡③，薄責等上尊。瘐死何所慊，景皇似非君。

【校】

①「在蓨縣西三里」，弘治本同元刊明補本；薈要本、四庫本脱。

②「斷」，弘治本、薈要本、四庫本作「封」，非是。按：白馬約，其核心内容即爲確立「非劉氏而王，天下共擊之」以加强中央集權，詳見《史記》卷九《吕后本紀》。而「白馬約」之背景，即劉邦逐一剪滅爲建立大漢政權立下赫赫戰功之異姓諸侯王，如韓信、彭越、英布、臧荼、盧綰等，而聚集劉氏子侄殺白馬爲誓。此非封侯，而是滅異姓之侯。作「封」，乃涉下「忠勳」而妄改底本，而忽略出句「白馬約」之實際内容。

③「櫡」，弘治本同元刊明補本；薈要本作「箸」，亦通；四庫本作「筯」，形似而誤。按：櫡，《集韻》遲據切，《史記》

卷五七《絳侯周勃世家》：「景帝居禁中，召條侯，賜食。獨置大胾，無切肉，又不置櫡。」司馬貞索隱：「《漢書》作箸。箸者，食所用也。」

泥阻小大西門道中　七月四日

常山抵鳶鞮，望望百里近。我行滹水陽，秋漲勢纔褪①。氣蒸暑肆虐，雲駃雨作陳②。經塗被游潦③，間關阻前進④。固知路未夷，畏此簡書迅。東西大小門，咫尺浮圖鎮。泥淤壞轍深⑤，車陷雙輪軔。顛蹶困長耳，喧呼空斷靷。于役非其時，跬步有至遴。用拯壯則吉，人牛親倩問。言形半公私，物應有違順。禮讓疏慊荒，非係風土悋。侯門仁義存，河去安所潤。赴官比花開⑥，斯語未盡信。暮投田家宿，何翅夏畦病。苦熱不能眠，伏枕聽露蚓。

【校】

①「褪」，弘治本同元刊明補本；薈要本、四庫本作「緊」。

②「駃」，弘治本、薈要本同元刊明補本；四庫本作「駛」，形似而誤。後依此不悉出校記。

③「經塗」，弘治本、薈要本同元刊明補本；四庫本作「徑塗」，形似而誤。

④「關」，元刊明補本作「開」，形似而誤；據弘治本、薈要本、四庫本改。按：關，俗作闗；開，與闗形似而誤。間關，《漢書》卷九九《王莽傳下》：「王邑晝夜戰，罷極，士死傷略盡，馳入宮，間關至漸臺。」顏師古注：「間關，猶言崎嶇展轉也。」

⑤「壞」，弘治本同元刊明補本；薈要本、四庫本作「壤」。

⑥「比」，弘治本同元刊明補本；薈要本、四庫本作「此」，形似而誤。

鋤鏤詩 并序

至元二十年癸未，歲七月四日，赴任濟南。道出藁邑西南鄉，觀農人用鋤鏤理田，時秋霖開霽，嘉穀滿野，三農熙熙然有歲成之樂。自惟本田野間人①，喜爲賦詩，不知何時得與若輩耦而耕也②。

雙竿駕特牛，獨脚雲耳並。紛紛捲土落，一劃蕃草净③。是名爲鋤鏤，初不見田令。行觀數畝禾，草去苗意盛。中心覺欣快，圖蔓得機柄。種多我力寡，匪此何由勝。一作「人定果能勝」④。神農製田鎡，耒耜理之正。茲焉述後來，初出鷩智竟。荆公重農本，一一見歌詠。青苗變箕斂，大爲當世病。千年負深譏，言不覆所行。

【校】

①「三農熙熙然有歲成之樂自惟本田野」，弘治本同元刊明補本；薈要本、四庫本脱。

②「也」，弘治本同元刊明補本；薈要本、四庫本脱。

③「蕃草」，弘治本同元刊明補本；薈要本、四庫本作「草蕃」，倒。

④「勝」，元刊明補本作「勝天」，涉上而衍；據弘治本、薈要本、四庫本改。

牛升哥詩 并序

深州靖安故城店牛氏子升哥①，年十歲②，能白翦諸字。試之誠然，點畫波撇，甚有可觀者。其父來求詩，因走筆賦此。七月八日。

人生有至性，凡事作不難。豈問年長少，智巧出百端。阿升甫毁齔③，能弄金翦刀④。一字初不識，所見禾與蒿。字形雖百態，裁成思無勞。撦膚搯細像⑤，棘端刻飛猱。往往從幼習⑥，猶足驚兒曹。我因囑乃父，宜令筆墨操。學焉苟不輟，智見爲書豪⑦。

【校】

①「店」，弘治本同元刊明補本；薈要本、四庫本脱。

②「年十歲」，弘治本、薈要本同元刊明補本；四庫本作「年方十歲」，衍。

③「毀」，弘治本同元刊明補本；薈要本、四庫本作「齠」，涉下而妄改。按：齠齔，毀齔，即毀齒，本謂指兒童乳齒脱落，更生恒齒。劉向《説苑》卷一八《辨物》：「男八月而生齒，八歲而毀齒……女七月而生齒，七歲而毀齒。」此借謂兒童七八歲，《柳河東集》卷一七《童區寄傳》：「自毀齒已上，父兄鬻賣，以覬其利。」作「齠」，涉下「齔」而妄改。

④「弄」，弘治本同元刊明補本；薈要本、四庫本作「用」，形似而誤。

⑤「搯」，弘治本、薈要本同元刊明補本；四庫本作「掐」，形似而誤。

⑥「幼」，元刊明補本、弘治本、薈要本作「効」，形似而誤；據四庫本改。

⑦「智」，弘治本同元刊明補本；薈要本、四庫本作「會」。

聞談劉齊王故事 并序

七月十三日宿阜城縣廨，教諭劉元輔話廢齊祖塋，在縣南十二里，今謂之御莊，至今石馬在焉。明日，次元州，陳教授又説：「豫未貴時，一日顧見一白龍現婦翁家大鏡中，但無鱗與角耳。後乃岳亦見，以女妻之，資藉之力甚厚。及生二子，以鱗、角名之。或者謂二子長，豫當大貴。後果然。」劉公布衣時，往往人鄙棄。婦翁識其賢，資藉極至意①。龍騰鏡光中，第闕鱗角異。用補二子名，既長志果遂。八年阜昌齊，有命終閏位。至今説釜銀，託子返爲絫②。爲淵既毆魚③，齊安得不廢。揭來過故城，人指金華地。公昔此讀書，葱鬱見佳氣。尚看書帶草，碧色映階砌。蕭條縣南墳，猶以御莊謂。石馬慘無聲④，山冢久蕪穢。空餘一字詠，流播傳後世。邦人陳與劉，因話談此事⑤。

【校】

①「藉」，薈要本、四庫本同元刊明補本；弘治本作「籍」，亦通。按：藉、籍，多可通。後依此不悉出校記。

②「託」，弘治本同元刊明補本；薈要本、四庫本作「記」，形似而誤。「絫」，弘治本同元刊明補本；薈要本、四庫本作「累」，亦通。按：絫、累，古今字。《漢書》卷三五《吴王濞傳》：「脅肩絫足，猶懼不見釋。」顔師古注：「絫，古累字。」後依此不悉出校記。

③「毆」，弘治本同元刊明補本；薈要本、四庫本作「敺」。

④「慘」，弘治本同元刊明補本；薈要本、四庫本作「轉」。
⑤「此事」，弘治本同元刊明補本；薈要本、四庫本作「及此」。

過深州故城有懷韓昌黎解牛元翼圍事

維唐有藩鎮，連衡皆盜區。污孽互相濟，殆似背脇疽。心腹訌蟊賊，膏血化蟲蛆。厲階安史亂，王澤不遠敷。河朔有故事，誓作效逆徒。堂堂裴中令，夷蔡恢皇圖。聊乘破竹勢，一制三鎮污。腐敗就與決，大赫天王誅。彼相中妒梗，百裴竟無如。事機一墮地，涵潰終喪軀①。所以賊湊輩，血人于牙鬚。既戕弘正忠，復抗新使符。靖安門晝鎖，長圍困貔貙。昌黎解一言②，王略始得舒。信乎立大事，臨機見真儒。東征過故城，往事秋風徂。得人國無弱，懷古重欷歔。文公豈多得，元翼何代無。

【校】

①「潰」，薈要本、四庫本作「漬」。
②「一」，弘治本同元刊明補本；薈要本闕，四庫本作「圍」。

賢哉霍生行

霍宗字守道世商賈二子長曰思廉次曰思文

賢哉禹城霍，傳家惟永圖。一身坐服賈，二子使業儒。虚館致師範，謂董宗道也，名師舜，濟南人。捐金買詩書。所願士行列，所願德依於。利達非素望，爵禄非所覦。厥修日有來，此心得安舒。我職宣教責，東行式其閭。二子出拜我，朴厚中若虚。呼前試講説，固覺回不愚。我因囑乃父，義利不並居。頓首謝使者，行將帶經鋤。祝阿幾萬家，從古禮義墟。爰自兵革來，錐刀衆爲趨。瀟瀟枳棘間①，一朝見鵷雛。孝悌道甚邇②，色怡步徐徐。聖賢事不難，經訓即菑畬。二者有餘裕，文章自華腴。要知特達舉，張本德與譽。切戒作而輟，又慎終匪初。勤苦天不負，流芳子孫濡。或秖稱善人③，已爲舜之徒。讀書不求官，此語聞大蘇。譬如飲不醉，陶然歡有餘。賢哉霍君心，能與坡意符。因之訓二子，此詩不可無。七月二十三日客禹城作。

【校】

①「瀟瀟」，弘治本、薈要本同元刊明補本；四庫本作「蕭蕭」，半脱。

②「悌」，弘治本同元刊明補本；薈要本、四庫本作「弟」，亦通。按，弟、悌，古今字。後依此不悉出校記。

③「秖」，弘治本同元刊明補本；薈要本、四庫本作「祇」，亦通。按：秖，通祇。後依此不悉出校記。

題洪崖先生卷後

昔夢洪崖仙，遺我雪色鹿。振衣登長崗，超邁翥玄鵠。山精與木怪，役使供走僕。至今青城山，神爽動林谷。三郎老温柔，妄意企仙躅。兩行招隱書，空霑巖桂馥。誰能拍其肩，翳鳳事追逐。我欣拜遺像，及此凡數幅。仙標入遐想①，兹畫更清淑。掩卷見南山，高興渺烟麓。

【校】

①「標」，元刊明補本、弘治本作「摽」，形似而誤；據薈要本、四庫本改。按：仙標，謂超凡脱俗之風標，讚譽人之風度。《李太白文集》卷一七《春陪商州裴使君游石娥溪》：「裴公有仙標，拔俗數千丈。」

出香奇石

張生貯奇石，攜來有遐觀。一峯華不注，墮我几按間①。穿穴作怪供，突兀橫蒼顔。炷香烟滿竇，野燒生春山。我久汨俗冗，對之心暫閒。瞑坐清興遠，夢與孤雲還。

【校】

①「按」，弘治本作「桉」，亦通；薈要本、四庫本作「案」，亦通。按：按，通案；桉，同案。後依此不悉出校記。

洗硯示孫阿鞬

書生事筆耕，窮年治農圃。我貧未是貧，四寶會文府①。東坡謂：「筆墨紙硯，文房四寶。」伊硯供我用，小大不恒主。磨硯積有時，敗墨雜垢淤。毛錐汨厚漬②，豪蕩失劍舞。墨石不相入，肝膽幾越楚。呼兒濯清泉，外難思一抒。枯蓬發寒芒，炭柳屏宿污。玄泓連紫臺，月露霪天宇。炯炯鸜眼碧，婉婉脩眉嫵。歙絲紛霧縠，秋色鬱端渚。更憐緑玉洮，金桃啄鸚鵡。石中有此理，面目開太古。不辭襟袖黝，一一重摩拊。朝來試玄圭，瑟瑟響秋雨。聽餘思倏然，揮灑方得所。玩之中有感，滌念易心慮。元來況本善③，物誘失初度。賢愚不相遠，克復在朝暮。昏蒙貴擊伐，氣志戒墮窳④。淬礪能日新，天理自昭著。願渠體終章，吾豈爲硯賦？

【校】

①「寶」，元刊明補本、弘治本、薈要本作「貴」，非是；據四庫本改。按：由注文「文房四寶」之言可知，貴爲寶之誤。

②「汩」，薈要本作「泊」。

③「元」，弘治本、薈要本同元刊明補本；四庫本作「原」，亦可通。按：元來，猶原來。作「原」，因與「元」聲近而妄改。後依此不悉出校記。

④「戒」，弘治本同元刊明補本；薈要本、四庫本作「成」，形似而誤。「墮窳」，弘治本同元刊明補本；薈要本、四庫本作「惰窳」，亦可通。按：墮窳，同惰窳，《文選注》卷三四枚乘《七發》：「今太子膚色靡曼，四支委隨，筋骨挺解，血脉淫濯，手足墮窳。」李善注：「郭璞《方言》注曰：『墮，懈墮也。』應劭《漢書》注曰：『窳，弱也。』」《東觀漢記》卷一七《吴良傳》：「議曹惰窳，自無袴，寧足爲不家給人足邪？」

王惲全集彙校卷第四

五言古詩

遊百家巖四十一韻

兩紀山陽城，行役凡七過。佇瞻百巖雲，屢往屢不果。亭亭白塔顛，望遠幾招我。今秋若有相，老玃脱籠鎖。二三會心友，與遊無不可。初從萬户門，迤邐陟層坷。石林轉幽深，到寺氣幾叜①。截雲駭巨屏，勢軋坤軸妥。天關瞰絶巔，黛色潑峻朶。三纏上杳冥，兩岫巧包裹②。谷深餘繚曲，石怪欲垂嚲。何年緇衣徒，詩境闢飣顆。或疑巨靈斧，擘削乃爾硪。僧殘失珠寶，寺圮驚甑墮。寒猿從何來，跳踉不能箇③。近人不少怖，掇拾落殘菓。有草名龍須，纖潔豈容涴。崖絶不可攀，殆似衒奇貨。最憐明月泉，流瀉不細瑣。玉虹貫山透，噴灑螭口拖。我嘗遊三嵒，景氣固云㲈。未有此泉勝，翕合瑶峪大。

怳疑神物潛，供飲結僧課。徘徊醒酒臺，石老書字娜。憶當沉酣時，萬象入眺卧。八荒敞庭衢，日月螘旋磨。下視區中人，宜爲蜾與蠃。復尋淬劍池，履巘不辭跛。澗黑不可渡，悵望藉草坐。山僧似嗔余，空踏苔蘚破。萬槲霜葉丹，鍛竈烘熾火。有懷中散公，材大識或麽。至人戒其偏，康鋭不自挫。當時朝右奸，如會鬼見唾。吹毛不此施，淬礪安用那？徒爲論養生，竟落非命禍。長歌下山門，世累訝許夥。寵辱未足驚，門閭續弔賀。吾須人爲徒，長往非所荷。正煩日用間，克我偏與頗。賦詩約重遊，備豫木客和。

【校】

①「㬮」，弘治本、薈要本同元刊明補本；四庫本作「㥸」，亦可通。

②「岫」，弘治本同元刊明補本；薈要本、四庫本作「袖」，形似而誤。

③「不能」，弘治本同元刊明補本；薈要本、四庫本作「百十」，妄改。按：作「百十」，涉上「寒猿」、涉下「箇」而妄改底本。能箇，猶如此、這樣，《全唐詩》卷六一三皮日休《夏首病癒因招魯望》：「貧養山禽能箇瘦，病關芳草就中肥。」此上下兩句言兩崖相隔較遠，猿猴不能從對岸跳過來。

謝王中丞惠柏栽

我家西河阡，清陰不多植。白楊風蕭蕭，萬葉空戛擊。君家手種柏，蒼榦照城壁。移栽滿山丘，鬱鬱歲寒質。丐餘補不足，雅意許波及。恣取不我貪，廣種庶多得。慇勤教之法，水土要相適。又云樹平壤，根柢雜沙礫。蒼官雖鬼庭①，在木躋壽域。根蟠泉窟深②，氣接太行碧。佗時兩喬林，黛色看千尺。大招遠遊魂，納此衆香國。百年見諸孫，鶻立太陰黑。若問物從來，渤海王氏出。

【校】

①「官」，弘治本同元刊明補本；薈要本、四庫本作「宮」，形似而誤。

②「根」，薈要本、四庫本同元刊明補本；弘治本作「恨」，形似而誤。

飼牛辭

我性本疏拙，壯年樂郊居。況兹二頃田，近在城之隅。兩紀官爲家，耕牛老無餘。秋翻已失計，春種烏可虚？浮陽漲林坰，我甽猶荒蕪。傾囊買雙牸①，典卻杯與壺。齒歲固云穉，野牧多形癯。角浪黯無光，寒毼躁不濡。服未試壠頭②，喘息久未蘇。田家作雖苦，大本誠在渠。嘗聞老農言，力盛出壯軀。時時過皂隖，付囑飲食劬。早晏日有常，瑣屑豆與蒭③。均匀細爲和，回嚥皆至腴。顧立終所舐，對之爲嘻吁④。半生遊宦間，代耕竊官租。雖乏濟物功，遇事多直愚。鬬怯公戰勇，不知夏畦謏。古人發畎畝，開務荷天衢。有莘伊衡相⑤，南陽孔明廬。大賢吾敢望，恥作遊説徒。咄哉奚戚輩，販鬻庸自汚。百里西入秦，炊扊感妻孥。養牲五羖皮⑥，其志還自如。越裼不掩骭，夜半歌嗚嗚。應憐南山粲，中有尺半魚。一朝遇霸主，立談開遠圖。我歌意有在，歸來事耕鋤。水溢繼旱乾，二年儉餅儲。力田漢重科，躬耕需壯夫。我老理當佚，返與若等俱⑦。塗霑固不及，風日儘瘁枯。筋力日衰耗，毛髮不滿顱。平頭七十數，温飫帛肉須⑧。舉家二百指，張口待爾餔。田間一笑起，謀生太區區。非關效周人，白首悲窮涂⑨。庶配未耜經，因之補叢書。

【校】

①「牸」，薈要本同元刊明補本；弘治本、四庫本作「牸」。

②「耒」，薈要本、四庫本同元刊明補本；弘治本作「來」，形似而誤。按：作「來」，當因「來」之俗字與「耒」形似而誤。服耒，猶負耒，以肩負荷農具。

③「瑣屑」，弘治本、薈要本同元刊明補本；四庫本作「鎖屑」，亦通。按：鎖屑，同瑣屑。

④「吁」，元刊明補本作「呀」，形似而誤；據弘治本、薈要本、四庫本改。按：吁、腴，《廣韻》平聲虞韻；租，《廣韻》平聲模韻；虞、模二韻相鄰，諧韻。呀，《廣韻》平聲麻韻，麻、模分屬不同韻攝，韻部相隔較遠，不諧韻。

⑤「相」，弘治本、薈要本同元刊明補本；四庫本作「耕」，涉下而誤。按：作「耕」，當涉對句「南陽孔明廬」而誤。孔明出山佐蜀之前，躬耕南陽。伊衡，即商相伊尹，佐湯滅桀，被尊爲阿衡。有莘，伊尹姓也。故此當作「相」。

⑥「牲」，弘治本同元刊明補本；薈要本、四庫本作「生」，半脱。按：作「生」，當因與「牲」相近而誤。生，通牲，《論語・鄉黨》：「君賜生，必畜之。」劉寶楠正義：「鄭此注云：『魯讀爲牲，今從古。』考《説文》：『牲，牛完全也。』引申爲凡獸畜之稱。《周官・庖人》注：『始養之曰畜，將用之曰牲。』鄭以言牲爲行禮時所稱。此賜生，泛説。平時不必言牲，故從古《論》作生也。」

⑦「返」，弘治本同元刊明補本；薈要本、四庫本作「反」，亦通。按：反、返，古今字。後依此不悉出校記。

⑧「飫」，弘治本同元刊明補本；薈要本作「飽」，亦可通；四庫本作「煖」，涉下而妄改。按：作「飽」，當涉上「温」字而誤；作「煖」，當涉下「帛」字而妄改。温飫，猶温飽，謂衣暖食飽，與下文之「帛肉」相對爲文。飽、飫，皆仄聲，於此皆可通。

⑨「涂」，弘治本同元刊明補本；薈要本、四庫本作「塗」，亦通。按：涂、塗，多可通。後依此不悉出校記。

種蔬

風人憫東周，饑饉何薦臻。一飢未爲窘，二事胡並云①。當其穀歉時，一菜真偏恩。減粒倍蔬茹，儘足濟餓貧。我田在溪曲，有圃逾一廛。十年廢不治，草闇野井眢。飯糗日兩盂，舉按蔬爲先。顧瞻晝乂首②，日食無幾錢。甘受宣父誚，課兒斸荒烟。嘗聞饉不驚，示貶中書堂。況我田野人，鄙事亦備嘗。東家乞蔬子，西家學種方。乂土作長塍③，繚垣爲周防。劬勞不旬時，緑畦變天荒。朝來見生意，次第青與黄。春韭存夜氣，夏葵茁屯芒。努力辦一飽，藉爾爲半穰。大哉烈山柱，濟物心遑遑。草木別珍味④，擴充神祖嘗。雨露天地恩，水土仍君王。智能創而述，功用有至藏。皇風眇無及，庶物昭回光。配社德罔極，萬代詎可忘。

【校】

①「胡」，弘治本同元刊明補本；薈要本、四庫本作「何」，亦通。

②「首」，弘治本同元刊明補本；薈要本、四庫本作「手」，聲近而誤。

③「乂」，弘治本同元刊明補本；薈要本作「合」，非；四庫本作「分」，非。

④「珍」，弘治本同元刊明補本；薈要本、四庫本作「真」，聲近而誤。

餞王和之北還

王郎自燕來，不見凡四載。拜起寒暄餘，命坐至于再①。靡然衰俗中，持身敬勝怠。出言口不能，遇事意何慨。瀾翻譯語詳②，宛轉刀筆快。幾年民部間，奔走事多賴。負責在人先，利心非所在。所以郎曹官，倚用例深愛。朅來衛南鄘，治任將北邁。爲余閑著書，論説餘教戒。探微尋墜緒，發源疏九派。贈言爲至榮，在公猶謦欬。賤名見諸編，儘足光世代③。常觀長厚人，往往福未艾。行矣愿所守，揚名此無外。芸香霏版藉④，鴈署雜書袋。飛翔得所止，早夜更匪懈。會當長安陌，軒翥看冠蓋。

【校】

①「于」，弘治本同元刊明補本；薈要本、四庫本作「於」，亦通。按：于、於，多可通。後依此不悉出校記。

②「灡」，元刊明補本、弘治本作「闌」，聲近而誤；據薈要本、四庫本改。按：灡翻，狀筆力或文章氣勢奔放跌宕，陳鵠《耆舊續聞》卷三：「蘇、黄、米、薛，筆勢灡翻，各有趨向。」

③「世」，弘治本同元刊明補本；薈要本、四庫本作「四」，形似而誤。

④「藉」，弘治本同元刊明補本；薈要本、四庫本作「籍」，亦通。按：藉、籍，多可通。後依此不悉出校記。

汲冢懷古

丁亥歲三月十八日，觀稼西疇，遂至伍城，抵安釐王陵下。歸作是詩者，蓋自江左平後，竹書多傳於世，余憂好奇攻異者讀之，恐有致遠汩泥之弊，故不得不辯云。

瀰迤伍城郡①，背水猶陣圖。魏陵廢已久，磅礴如覆盂。草樹慘不春，穿穴狐狸墟。我來登其顛，懷古心躊躇。憶當戰國際，安釐亦狂且。澤麋被臯比，坐爲秦人驅。敗亡自此始，保邦何乃疏。不知身後藏，安用書十車。上窺姒與商②，下逮蒼周書。零亂竹簡光③，詭説何紛拏。征南辨已詳，多出行怪徒。稽古不適正，死爲毛穎誣。其中亟當辨，阿衡被夷誅。孔子修六經，亦已防奸汚。大書一德後，薨葬開亳都。在易最奇法，安取理所無。玆焉萬世程，洋洋真聖謨。何煩事幽隤，致遠泥所趨。長歌望陵去，樂過風乎雩④。

【校】

①「瀰迆」，弘治本、四庫本、《中州名賢文表》同元刊明補本；薈要本作「瀰迤」。

②「寬」，元刊明補本、弘治本、《中州名賢文表》作「窺」，亦可通；據薈要本、四庫本改。按：窺，窺之俗字也。窺，從宀規聲；窺，從穴規聲；窺、窺，字形結構未變，且字從宀、從穴義可通。審文義，「上窺」、「下逮」，相對爲文，窺，猶逮也，是以當亦爲窺字。後依此不悉出校記。「商」，弘治本、薈要本、四庫本同元刊明補本；《中州名賢文表》作「辛」。

③「零亂竹簡光」，弘治本、《中州名賢文表》同元刊明補本；薈要本、四庫本作「汗漫亂竹簡」。

④「乎」，元刊明補本作「平」，形似而誤；據弘治本、薈要本、四庫本、《中州名賢文表》改。

壽弟監使仲略

淇澳望鄧鄗，迢迢千里途。吾弟官其間，筠林辦公租。十年凡兩見①，聚散何須臾②。今歲乃天幸，同歸在鄉閭。朝昏對無時，談笑樂愉愉。春風露堂飲，盤餐雜肴蔬。絲竹厭啾聒，卻去從歌呼。曾及兩耳熱，仰空作嗚嗚③。張燈更大白，要盡罍與壺。都將積年懷，一洗中無餘。健倒不知曙，醉頭同與扶。扣瓶得餘醞，忘卻公堂趨④。時以事俟府下。兩宵對牀眠，百篇詠徐徐。静聽未容再，恍陟西崑墟。鬼窟易作計，犬馬艱爲摹⑤。吾弟擅所長，愈吟辭愈都。意圓兼理到，韻遠幾風疏。宛從尋常中，奇倔驚專車。又如荷盤露，細大皆成珠。韋郎五字吟⑥，花樹欣游居⑦。今夕復何夕，香滿先世廬。近復示新作，篇篇商起予。玉美韞櫝中，得價不待沽。倡者凡幾輩，賞識風雅殊。今者重有喜，不爲文字娱。君今知命年，我亦耳順踰。素髮各滿領，不樂復何如。況逢初度朝，怡怡與之俱。膝下分戲綵，朋徒日依於。我有一罇酒⑧，慇懃三禱渠⑨。一酌願君壽，金石堅不渝。再酌官事利，百吝爲一攄⑩。三酌日康寧，神相千金軀。貴富天所與，道義我所儲。居閑未落寞，畏涂足崎嶇⑪。家理即邦政，緊孝與友于。長歌復一杯，此外非吾圖。總詩皆漫與⑫，此詩吾特書。

【校】

①「凡」，弘治本同元刊明補本；薈要本、四庫本作「幾」，形似而誤。按：幾，俗所几；凡、几形近。

②「散」，弘治本、四庫本同元刊明補本；薈要本作「首」，非是。

③「仰空」，弘治本、四庫本同元刊明補本；薈要本作「空仰」，倒。

④「趨」，薈要本、四庫本同元刊明補本；弘治本作「移」，形似而誤。按：趨，俗作趍；趍、移，形似。趨、扶，《廣韻》平聲虞韻；徐，《廣韻》平聲魚韻；虞、魚二韻相近，多可通押，諧韻。移，《廣韻》平聲支韻，與虞、魚二韻相隔較遠，上古屬不同韻類，不諧韻。

⑤「犬」，薈要本、四庫本同元刊明補本；弘治本作「大」，形似而誤。

⑥「韋」，弘治本同元刊明補本；薈要本、四庫本作「章」，非是。按：韋郎五字吟，《東坡詩集註》卷二九《觀靜觀堂效韋蘇州》：「樂天長短三千首，却愛韋郎五字詩。」注：「《舊唐書·白居易傳》云：韋蘇州歌行清麗之外，頗近興調。其五言又高雅閑澹，自成一家之體。今之秉筆者，誰能及之。然當蘇州在時，人亦未甚愛重，必待身死後則愛之。」韋郎，即韋蘇州，亦即韋應物。

⑦「居」，弘治本同元刊明補本；薈要本、四庫本作「車」。

⑧「罇」，弘治本同元刊明補本；薈要本、四庫本作「尊」，亦通。按：尊、罇，古今字。《説文·酋部》：「尊，酒器也。」段玉裁注：「凡酒必實於尊，以待酌者。」朱駿聲通訓：「尊爲大名，彝爲上，卣爲中，罍爲下，皆以待祭祀賓客之禮器也。」此審而爲量詞，《李太白集注》卷三二杜甫《春日懷李白》：「何時一尊酒，重與細論文？」

⑨「慇懃」，弘治本同元刊明補本；薈要本、四庫本作「殷勤」，亦通。按：殷勤，同慇懃。後依此不悉出校記。

⑩「吝」，弘治本同元刊明補本；薈要本、四庫本作「谷」，形似而誤。

⑪「涂」，弘治本同元刊明補本；薈要本、四庫本作「途」，亦通。按：涂、途，多可通。後依此不悉出校記。

⑫「總」，弘治本同元刊明補本；薈要本、四庫本作「縱」，亦通。按：總，通縱，《杜詩詳注》卷二二《酬郭十五判官》：「藥裹關心詩總廢，花枝照眼句還成。」「與」，弘治本、四庫本同元刊明補本；薈要本作「興」，形似而誤。按：漫與，猶言隨便對付，《補注杜詩》卷二六《江上值水如海勢聊短述》：「老去詩篇渾漫與，春來花鳥莫深愁。」漫與，於此爲謙辭也，與「特書」相對，以突出「此詩」著力之深。漫興，則是謂率意爲詩並不刻意求工，與上下文詩意不切近。

酬紹開提刑見寄原韻

我老不足畏，閉門欲誰親。按頭有遺經，卷舒無時旬。平生未嘗學，於焉究彝倫。既非目擊者①，補拙需以勤。其或少有得，庶浹羲和春。吾子四科哲，勳名逐時新。邇來亦斂翮，淵潛思自珍。有時縱諧笑，傾倒冠與巾。豈知寄傲餘，落筆摛雄文。客來示新作，郁郁皆卿雲。

【校】

①「目擊」，弘治本、四庫本同元刊明補本；薈要本作「自棄」，非。

擊訓狐

訓狐本惡鳥，飛潛林谷間。視夜反爲晝，聲勢何軒軒。矜凶聚妖異，其氣幾神奸。家僮夜得之，縛致庭階前。目光爛兩炬，狂躍倖一騫。羣兒顧之駭，四走入席眠。我因爲沉思，善惡以氣宣。古云鷹隼輩，不如鳳與鸞。以兹惻㥯心①，遠彼凶與殘。胡爲止我屋，夜半呼聲乾。女奴前致辭，此物何足患。西家養已久，逸飛偶翩翻。内疑始冰釋，念之心稍安。緬懷昌黎公，心炳陽烏丹。彎弧親斃之，絶類不使蕃。揮策碎厥首，亦與韓意然。長令杖端血，著此一綫殷。比跡孔段笏②，異世同不刊。起視夜何其，斗插西南天。蒸雲變曉黑，漠漠來輕寒。

【校】

①「惻㥯」，弘治本、《中州名賢文表》同元刊明補本；薈要本、四庫本作「惻隱」，亦通。按：惻㥯，本作惻隱。作「惻㥯」者，偏旁類化，臨時寫「隱」爲「㥯」。由此觀之，元刊明補本、弘治本更接近於原始底本；薈要本、四庫本則是經過某種程度上的整理。

②「孔」，弘治本、《中州名賢文表》同元刊明補本；薈要本、四庫本作「於」，非。

明農亭

我田僅二頃，近在清水涯。宦遊苦不巧，歸來把鋤犁。樊須被聖闢，彼士當有爲。時有利不利，一飢胡可醫①。士而食其力，安分至極宜。緊予事農圃，三歲慘不怡。四郊氣隆崇②，澗芼成悴萎③。釋來得窮處④，日坐詩書癡。樵蘇甫有積，瓶儲復無幾。餬口恐不給，奚暇卒歲衣。明農榜新亭，此意空規規。有懷靖節翁，起爲三徑資。分種秔與秫⑤，一稔欣有期。豈知事大謬，折腰困儉微。斂裳即宵逝，一粒不入頤。瀟然環堵間⑥，老飢日相持。九華安足服，嚼句充朝飢。士貧理雖常，念之令人悲。空餘身後名，萬古流清輝。天運既若爾，吾道將安之？過此或有作，殆與天相違。

【校】

①「醫」，薈要本、四庫本同元刊明補本；弘治本作「瞖」，形似而誤。

②「崇」，弘治本同元刊明補本；薈要本、四庫本作「蟲」，聲近而誤。

③「芼」，弘治本同元刊明補本；薈要本、四庫本作「毛」，亦通。按：芼，通毛，即草，謂可供食用之野菜或水草，《儀禮注疏》卷一五《特牲饋食禮》：「主婦設兩敦黍稷于俎南，西上；及兩鉶芼設于豆南，南陳。」鄭玄注：「芼，菜也。」《左傳·隱公三年》：「澗溪沼沚之毛。」杜預注：「毛，草也。」後因以「澗溪毛」謂山澗中之草，《山谷集》卷二《柳閎展如蘇子瞻甥也才德甚美有意於學作詩贈之》：「上爲朝陽桐，下爲澗溪毛。」亦省作「澗毛」，袁枚《隨園詩話補遺》卷二：「誰採澗毛修冷寺，我沽村酒讀遺詩。」於此亦可見元刊明補本、弘治本較之薈要本、四庫本，更接近於原始底本，改動更少。後依此不悉出校記。

④「來」，弘治本、薈要本、四庫本作「耒」，形似而誤。後依此不悉出校記。

⑤「粇」，弘治本同元刊明補本；薈要本、四庫本作「秔」，亦通。按：粇、秔，多可通。後依此不悉出校記。

⑥「瀟」，弘治本同元刊明補本；薈要本、四庫本作「蕭」，亦通。按：蕭然，同瀟然。後依此不悉出校記。

感興詩三首①

中丞子初過訪，憫及生事，述此以見志，亦古人感遇意云。

□歲不製衣，日僅兩盂飯②。得年過期頤，此亦何足羨。是非擁華軒，口匪悅芻豢。平生未嘗學，晚歲似有見。盈望五秉粟，禦此飢凍患。閉門了一經，庶幾思過半。探囊到羞澀，百計若爲辨。人生霄壤間，所異恐有限。分外思錙銖，有力不容縮。傷哉道難或，拊掌發浩嘆。

士閑不吾知，胷次何磊落。少當利害間，鮮有不顛錯。患在無定方，多學昧所樂。出處況大節，未用從人諾。開談話艱辛，汝豈有求託？譬彼飲與食，孰不知飢渴。區區侯渠決，肥瘠不相腭。在我弗能了，彼豈吾可度？咄哉太玄推，校讎天禄閣。我嘗讀其書，辭旨徒噩噩。知幾意何有，止得寂與寞。

物來有當行，道在吾其作。紛紛百二事，所在俗争取。士維抱經綸，見售獨世主。未容禄代耕，韞櫝俟其沽。陷獸入石中，可爲失恒所。困極貴征吉，又昧出困舉。正須利所見，蹭蹬變軒羽。有客過語予，順受固宜僂。所論誠足佳，出門誰復與。道行會有時，且入此室處。

【校】

①「感興詩三首」、「苦寒效昌黎體」，弘治本同元刊明補本；薈要本、四庫本二詩俱闕。二詩闕文甚多，據抄本補，不再另出校記。

②「盂」，弘治本作「盃」，形似而誤。

苦寒效昌黎體

二十四年丁亥歲十二月十七日作是月廿五日立春四十六韻

四年丁亥冬，玄冥肅坎治。太陰包元陽，少動不得遂。苦無風色惡，積雪不在地。陰機發新巧，寒沍鼓餘鋭。玄霜佐隆嚴，宿靄助重曀。長空浩乾冷，物態入慘悴。猛於虎政苛，虐甚伯有厲。爰從一氣處，起手便可畏。刮肌粟生膚，酸鼻冰揮涕。瓶羸酒□凌，井凍晨無氣。凝洞澤水空，破裂山石碎。潛蛟僵若蠶，火鼠縮如蜎。□□獸忘群，巢棲鳥交墜。羲和倚雲愁，袖手促遠轡。熒惑慘不芒，崑火澹不熾。東皇約祝融，縮首避權勢。天弧弦屢折，何有琴瑟輩。薄帷透三衾，夢凛神不寐。暖老玉無憑，炙手竈可媚。閭巷稀往來，鷄犬噤鳴吠。茫茫堪輿間，欲追何所逝。若將肅殺威，一變寬大制。時當謹蓋藏，理合絕掩蔽。雖威貴不猛，革故不失惠。明知勢非恒，其奈日增劇。富人尚云咨，貧弱胡爲濟。里門有殣僵，穴處返得計。我時幸深藏，順此天地閉。無餐又無褐，不易卒此歲。有客過予談，歲律何時易。九陽消一陰，萬象回生意。予因語過客，無庸心過亟。四序本平分，過差自成蟞。此雖節氣正，未免急恒致。循環萬化輈，一刻何嘗滯。昨晨履中園，芳樹一爲睨。枯枝雜凍條，芽孽已萌綴。都無十日春，迎致句芒祭。土牛送餘威，斗柄插寅位。汝宜姑待之，能做幾日祟。我閑亦已久，幽屏空懷霽。偶書苦寒辭，又成韓筆贅。何當凌景風，下折炎洲桂。古云玉燭和，調燮由獻替。冥冥於兩間，侶恐不關係。天連諒自然，何俟呶吾喙。

怪石辭

巉巉荒溪石，濁滓疑太古①。顧雖一拳小，岌立有足覩②。牛神兩顛撐，山魍一足柱③。移來夸娥檐，劈截巨靈斧。蒼雯裂荒寒，老峽濯秋雨④。千年洪水餘，石浪尚掀舞。又疑秋江蛟，蜕骨委幽渚。卻愁出雷火，下取還洞府。要從五色族，軒鼎入練煮。元精儻不克，備豫女媧補。從渠置散地，不第奇章譜。

【校】

①「疑」，弘治本同元刊明補本；薈要本、四庫本作「凝」。

②「覩」，元刊明補本、弘治本作「觀」，形似而誤；據薈要本、四庫本改。按：覩、古，皆爲《廣韻》上聲姥韻，諧韻。

觀，《廣韻》平聲桓韻，與「上聲姥韻」平仄相異，韻部陰陽類隔，絕不諧韻。

③「柱」，弘治本、薈要本同元刊明補本；四庫本作「拄」，亦可通。按：作「拄」，當爲「柱」之形誤。柱，《廣韻》知庾切，同拄，猶「撐」也。

④「濯」，元刊明補本、弘治本作「翟」，半脱；據薈要本、四庫本改。

疇昔一首寄胡紫山

戊子十二月廿二夜①

疇昔夢紫山，燕集街西居。又撐瓦傘底，一笑春帖餘②。四顧盡佳客，半是高陽徒。紫山正襟坐，手把一卷書。疾讀且稱歎，照眼皆驪珠。乃云某近作，商也真起予。吾儕惜無幾，炯如曉星疏。正須佳眠食，善保千金軀。別久得一會，喜與老叟俱③。呼兒具罇酒，張燈列肴蔬。觴予不數行，致辭前見揄。平頭七十數，眉毛雪模糊。投閑天或憐，有書心使娛④。又云悼亡來，不以再娶圖。老懷固鰥鰥，宿業一掃除。殘年累幸輕，恐是得壽符。敘闊夜向深，對牀卧斯須。展轉寤寐間⑤，怳然到吾廬⑥。春明煥庭軒，門縶雪色駒。倏忽坐壞舍⑦，意若傷道污。彼豈能我浼，高氣初自如。體融合若一，樂適歸不殊。安得自伊始，終歲同步趨。或乘欵段馬，或駕下澤車。春風十二窩，醉墨翻瓊琚。

相看以佚老，脱屣榮與枯。夜寒薄重幃，夢清誰遣呼。枕邊有鐘鼓，鼕鼕應更壺。起聽夜何其，漏下三更初。念兹夢何異，自况良可吁。紫山俯秋澗，玉峯映汚渠。固知瞠其後，庶可山澤臞。援毫記所遇，一字不敢渝。代書寫離索，涸魚聊自濡。何當拊素箏，醉捋桓侯鬚。取其使君不凡之意。

【校】

①「廿」，弘治本、薈要本同元刊明補本；四庫本作「二十」，亦通。

②「帖」，元刊明補本作「怗」，形似而誤；抄本作「怡」。據薈要本、四庫本改。按：春帖，即春帖子，又稱春端帖、春端帖子。宋制，翰林一年八節要撰作帖子詞，多爲五、七言絶句，其體工麗，或歌頌升平，或寓意規諫，貼於禁中門帳。于立春日撰作之帖子詞，稱「春帖子」。朱弁《曲洧舊聞》卷七：「歐公與王禹玉、范忠文同在禁林，故事進春帖子，自皇后貴妃以下，諸閤皆有。」《清容居士集》卷一六《翰林故事莫盛于唐宋聊述舊聞擬宮詞》：「春帖分裁閤分多，宫娥争餽纈綃羅。」

③「叟」，元刊明補本、抄本作「嫂」，據薈要本、四庫本改。

④「使」，抄本、薈要本同元刊明補本；四庫本作「便」。

⑤「展轉」，抄本同元刊明補本；薈要本、四庫本作「輾轉」，亦通。

⑥「怳」，抄本同元刊明補本；薈要本、四庫本作「恍」，亦通。

⑦「倏」，元刊明補本作「倈」，形似而誤；據抄本、薈要本、四庫本改。

元日吟

深院咤祭餘，黎明紛賀拜①。嚌飲藍尾杯②，傳嗅辟瘟馤。獻歲事多宜，晚景福未艾。鄉鄰最善禱，有錢無病害。兒童樂新年，添歲漸壯大。老人死生忙，應接筋力憊。元正貴清明，其占君子泰。多連人日陰，野老足吟嘅。今年天氣晴，日色晅可愛。相竿絕微風，曦馭飛火蓋③。牆陰凍全消，水陽冰自壞。布席坐前簷，欹傾餘醉態。一冬苦凝沍，乍暖欣曝曬。頹然曲肱眠，夢到華胥界。宿酲與臘嚴，融暢無內外。放教原壤肆，大豁伯夷隘。温温泰和湯④，股痺爲一差。覺來喜不勝，嚼有屠門快。持美欲獻君，癡絕覬霑丐。

【校】

①「賀拜」，元刊明補本、弘治本、薈要本作「拜賀」，倒；據四庫本改。按：拜，《廣韻》去聲怪韻；馤、艾，《廣韻》去

聲泰韻。

②「隮」，弘治本同元刊明補本；薈要本、四庫本作「齊」，非是。

③「曦」，弘治本、薈要本同元刊明補本；四庫本作「羲」，亦通。按：曦馭，本作羲馭，謂羲和馭車。羲和爲日奴，後因以代指太陽，故於「羲」旁加「日」而爲「曦」。後依此不悉出校記。

④「泰」，薈要本、四庫本同元刊明補本；弘治本作「秦」，形似而誤。

嗟哉傅生行

客從大梁來，投刺謁蕙帳①。再三相之坐，氣貌何骯髒。袖攜一卷詩，照映青藜杖。起立懇予觀，詩意見推唱②。傅生南樂人，明兩自幼喪。聽官奉心君，入耳物能狀。曖然內含光，記誦殊通暢。我思篤廢人，氣志多散放。苟能豢此軀，那計非所養③。傅生痼而卓，出入知所嚮。不學陰陽流，甲乙肆虛妄。復惡鄭衛哇，恥列師瞽行。六經天浩浩，義理無盡藏。游心於其間，取友千古上。古人不復見，古心胡可忘。古心果云何，姬孔乃心將。循夫天理公，絶去私慾王。神光滿牛背，安取內外障。師傳庶西河，爽識或晉曠。不吐張籍奇，猶可祖珽相。世人非禮視，外蔽內隨蕩。思屏心過易，眼過最難愴。

一根塵滓空④，内動息孟浪。作詩還自笑，示勸隨彼量。大匠無棄材，長短皆有望。文昌藉終譽，尺書軍欲張。豈知我非韓，徒增山斗仰。

【校】

①「剌」，元刊明補本、弘治本作「刺」，俗用；據薈要本、四庫本改。按：剌、刺，本爲二字，因字形相近，後字形遂有相混之處。此處之「刺」，當爲「剌」之俗字。後依此不悉出校記。

②「意」，弘治本同元刊明補本；薈要本、四庫本作「竟」，形似而誤。「推」，弘治本、薈要本同元刊明補本；四庫本作「雅」，形似而誤。

③「計」，弘治本同元刊明補本；薈要本、四庫本作「記」，聲近而誤。

④「一」，弘治本、四庫本同元刊明補本；薈要本作「六」，妄改。按：作「六」，當涉下「空」字加之「六根清浄」之世俗觀念，而妄改底本。作「一」者，即六根中之一根，亦即意根。「滓」，元刊明補本、弘治本、四庫本作「幸」，非；據薈要本改。

處暑日偶書　丙戌歲七月

長夏便幽居，動静得交養。杜門遠炎囂，人事息來往。三年謝簪紱，倦鳥脱籠網。生涯書滿屋，汎覽極遐想。欣然欻有得，忘卻折俎饗①。一涼沐新恩，允治多峻朗②。殘暑竟餘熾，木葉戛清響。好風從西來，一雨爲滌盪。氣骨增老健，絺綌颯餘爽。赫然酷吏去，而得故人訪。草木行變衰，騷客重悲愴。況復迫暮景，歲月驚俯仰。浮生太奔忙，壯志非昔曩。時至氣自衰，心在不忘嚮。要資配義剛③，每戒揠苗長。人生老當佚，我老事耕壤。有田不及蘇，開徑謾希蔣。一貧非所憂，俗事苦紛攘。娱心筆補衮，甘分玿居韔④。兹焉庶有成，心體日胖廣。窮兒即暴富，孰羡軒冕儻。何煩問大鈞，自斷示諸掌。敲門看竹來，一笑豁心賞。

【校】

①「忘」，弘治本同元刊明補本；薈要本、四庫本作「志」，形似而誤。

②「允」，元刊明補本、弘治本作「兑」，據薈要本、四庫本改。按：兑，俗作兊，與「允」形似。

③「資」，弘治本同元刊明補本；薈要本、四庫本作「知」。

④「韔」，弘治本同元刊明補本；薈要本、四庫本作「韔」，亦通。按：韔，爲韔之異體字。韔，從革長聲；韔，從韋長聲；革、韋，只是該詞所反映事物之材料發生了變化，這個字所代表之音、義皆未發生變化，另如：襪、韈、韤。後依此不悉出校記。

秋雨中書懷

秋氣何沉寥①，寒序變淒滰。木葉與時謝，芳菊得秋苒②。生涯無少管③，書史有餘覽。靜尋古人心，理亂見忠諂。薄田待耕食，雖苦猶嚼欖。稍豐不外求，卒歲飽羹糝。既獲飯蔬樂，又免素餐忝。吾儕當壯年，頭角露嶄嶄④。一爲客氣乘，前進率勇敢。才行有所蹇，欲止不容憺。尚恨才術疏，而不大其膽。隨即事變來，長網驚一掩。天意深有惜，不遺入習坎。委心聽自然，致用每縮斂。宦巧輸晉衍，戇直終漢黯。世途伏黄間⑤，舉足中機險。虚名竟何用，抵事纏坎壈⑥。唯餘讀書心，連綴若紘紞。秉德思一心，覺衰誠多感。古人了婚嫁，家事斷不攬。賢哉靖節翁，歸卧斜川崦。怡然擁敗絮，一笑慰佟儼。多生各有分，過慮讓憂貶。當時曠達懷，樂過鼓瑟點。因復念涪翁，亦厭俗累染。異世同其流，漆板書何醰⑦。青山與白雲，江湖渺而湛。終古無少異，曾有不足慘⑧。窮年爲形役，膏火自煎歁。齒髮況日衰，神情豈任晻。正須慎圭璧，不致有容玷⑨。惟天有盈虚，賦分自豐歉。天運審如此，終老樂貧儉。世或昧茲理，遇塞强鐫鏨。我恐傷天和，作詩時自檢。

【校】

①「沉」，弘治本同元刊明補本；薈要本、四庫本作「泬」，形似而誤。

②「苒」，弘治本同元刊明補本；薈要本、四庫本作「冉」，非是。

③「管」，弘治本、薈要本、四庫本作「營」。

④「斬斬」，弘治本、薈要本同元刊明補本；四庫本作「嶄嶄」，亦可通。按：作「嶄嶄」，涉上「頭角露」而妄改原文，「斬斬」此意少用。斬斬，劉炎《邇言》：「待制王質，王文正公子也。扶病送范希文，願預黨人，斬斬出鋒稜。」

⑤「黄」，弘治本、薈要本同元刊明補本；四庫本作「莽」，非是。按：黄間，亦作黄閒，即黄肩，《文選注》卷四張衡《南都賦》：「騄驥齊鑣，黄閒機張。」李善注引：「鄭玄曰：『黄閒，弩。』」《遺山集》卷一《送欽叔内翰並寄劉達卿郎中白文舉編修》：「世故彀黄間，能不發其機。」

⑥「坎壈」，弘治本同元刊明補本；薈要本、四庫本作「壈坎」，倒。

⑦「何」，弘治本、四庫本同元刊明補本；薈要本作「可」。

⑧「慘」，弘治本同元刊明補本；薈要本闕；四庫本作「窨」。

⑨「容」，弘治本同元刊明補本；薈要本作「客」，形似而誤；四庫本作「瑕」，涉下而妄改。

餞侯敬甫還汴

侯君司竹君，調度去聲纔年半。去春特停罷①，公私或云便②。繼差上官來，新舊盡交算③。衣袍到緼弊，未免積垢綻。支持一載强，非汝不易辦。天姿公戰勇，奔北獨與殿。昨從汴梁來，相過爲飲讌。坐間出片紙，喜色晬於面。乃云監復立，將集此微霰。財賦至復任，斯人不多見。愀然忽變容，不覺當饋歎。操刀截鼎肉，有味誰爲雋。半生媿兹心，而向此中轉。若來期半歲，整示見關鍵。蠲潔七賢讖，去應一鶚薦。脱落小規爲，追逐接時彦。擬憑素所懷，高舉酹吾願。仍説解由事，不了無一件。俄爾來告别，牽率復還汴。祝余贈言榮④，歸代賓朋羨。歷聞君所談，行止渠自判。何庸待余言，樂處戒久戀。最哀同寮子，臨事本怯愞。壯士被蝮螫，慷慨有解腕。懸絙即自經，而釋身後患。更無拙計人，一死循皃貫。常嗟白面生，時務少諳練。大概説不差，節目多自絆。米鹽瑣屑間，居之要無倦。君看韓侍中，張本府推幹。行矣夷門侯，前涂況多援。髮壯吾舌在，橐罄志曾變。花樣又時宜⑤，何患不光炫。

【校】

①「特」，薈要本、四庫本同元刊明補本；弘治本作「持」，形似而誤。

②「云」，元刊明補本作「去」，形似而誤，據弘治本、薈要本改。

③「算」，弘治本同元刊明補本；薈要本、四庫本作「散」。

④「佘」，元刊明補本作「余」，據弘治本、薈要本、四庫本改。

⑤「宜」，弘治本同元刊明補本；薈要本、四庫本作「直」，形似而誤。

望崧吟

至元丙戌長至日追作廿韻

神歲試洛師①，憶與節齋約。同作崧少游，心賞爲一豁。羸驂鞭欲前，竟爲事所卻。宛循洛水東，馬首眺陰壑。洪濛元氣湧②，磊落雷雨惡。不有此峻極，安得雄四岳。只緣不得登，萬象負酧酢。諸峯羅六六③，景氣終慘錯。披榛入會靈宋離宮名，吟倚廢宫角。陳公最健者，帥可三軍奪④。空餘墜仙興出世説，飛墮迷嶺崿。歸尋黑石渡，易駉指鞏洛⑤。行行歎不勇，失此寧復作。吾儕貴乘時，過慮自羈靮。至今有餘恨，夢繞神崧脚。盤空轉危磴，矯首看飛閣。探穴不知畏，入室不挽葛。兹焉即神清，洞户四開闊。山人喜余至，供具爲止泊。會淩列宿嶺⑥，一笑動寥廓。

【校】

①「神」，弘治本、薈要本、四庫本作「往」；《中州名賢文表》作「前」。

②「濛」，四庫本、《中州名賢文表》同元刊明補本；弘治本、薈要本作「朦」，聲近而誤。

③「羅」，弘治本、《中州名賢文表》同元刊明補本，薈要本、四庫本作「罷」，形似而誤。

④「帥」，弘治本、薈要本、《中州名賢文表》同元刊明補本；四庫本作「師」，亦可通。按：作「師」，當爲「帥」之形誤。師，通帥，《周禮·春官·司常》：「師都建旗」，孫詒讓正義：「段玉裁云：『唐以前俗字帥作師。』」後依此不悉出校記。

⑤「馹」，弘治本、四庫本、《中州名賢文表》同元刊明補本；薈要本作「驛」，亦通。按：馹、驛，多可通，元代文獻中多有混用。後依此不悉出校記。

⑥「淩」，弘治本、薈要本、《中州名賢文表》同元刊明補本；四庫本作「凌」，亦可通。後依此不悉出校記。

宣城筆

己丑秋八月三十日晨起，試宣城筆。前一夜夢對御陳事，故有「入閣」、「侍立」之語①。

江夏無雙公，翰墨能事畢。平生稱快意，揮灑得此筆。圓如棗心大，銳比囊穎直。橫馳屈産良，細插蜂脣悉。鋒柔得字易，心勁腕能適。赤管纔握餘，貶削失勍敵②。策勳媲中山，落紙生五色。或簪豸冠霜，或泚螭首墨。入閣與贊書，侍立天咫尺。雖非山甫儔，萬一補衮職。

【校】

①「閣」，元刊明補本、弘治本、四庫本作「閤」。閤、閣，多可通。後依此不悉出校記。

②「勍」，薈要本、四庫本同元刊明補本；弘治本作「掠」，非。

賦襄邑蒸豚

尹劉璹字君玉予爲都司時部提控令史相州人①

我行錦襄野，田間多牧豚。不沾欄笠溷，不識糟醡渾。渴飲兔苑溪，飽嚙香草根②。所以味佳美，萬有空其羣。故人得劉宰，紅蒸具盤飧③。俵淺食不饐，體芳腥未聞。今日復何日，大嚼過屠門。他鄉固肥腯，性燥空突奔。有時嘬其肉，一筋增餘惛。蒸蒸謝晉豪④，禁臠未必尊。柔毛託沙苑，盛餮厭羶葷。未減貨所饋，往拜禮合殷。物産貴得地，橘與枳遽分。藍田異崑丘，而別璠與珉。人生與物殊，善變觀鵬鵾⑤。

【校】

①「璹」，弘治本同元刊明補本；薈要本、四庫本作「濤」，形似而誤。

②「草」，元刊明補本、弘治本、四庫本作「阜」，形似而誤；據薈要本改。按：香阜，謂佛寺之别名，《格致鏡原》卷一九《宫室類》：「楊慎《外集》：佛寺曰仙陀，又曰仁祠，又曰寶坊，又曰香阜，又曰奈園，又曰香界。」與上下詩義無涉。

③「飧」，弘治本、四庫本同元刊明補本；薈要本作「飡」，亦通。按：飧、飡，多可通。後依此不悉出校記。

④「蒸」，元刊明補本、弘治本、四庫本作「烹」，據薈要本改。

⑤「鵾」，弘治本、薈要本同元刊明補本；四庫本作「鯤」，亦可通。按：鵬鵾，即鵾鵬，本作鯤鵬，語本《莊子·逍遥遊》：「北冥有魚，其名爲鯤，鯤之大，不知其幾千里也。化而爲鳥，其名爲鵬。鵬之背，不知其幾千里也。」偏旁類化，「鯤」字遂訛爲「鵾」。

雙廟懷古

鐵轝動地來，獵火爐九縣。睢陽東南衝，江淮國所援。蔽遮不使前，恢復可立見。二公明此機，死守誓不變。雖危所保大，如蝮螫解腕。最難結衆心，存歿匪石轉①。彼蒼畀全節，誰爲落賊便。已矣君不忘，握爪掌爲穿。竟能濟中興，淮海了清奠。至今忠烈氣，皎皎白日貫。賀蘭觀成敗，不飲浮屠箭。殺亡計多寡，此論誠可辨。我來拜遺像，凜對如生面。乞靈激懦衷，剸决剛同鍊。朔風吹樹聲②，尚想登陴戰。暮倚暈月城③，悲歌淚如霰。

【校】

①「歿」，弘治本、《中州名賢文表》同元刊明補本；薈要本、四庫本作「没」，亦可通。按：歿、没，形似。没，通歿。後依此不悉出校記。

②「吹」，弘治本、《中州名賢文表》同元刊明補本；薈要本、四庫本作「大」，非。

③「倚」，弘治本、《中州名賢文表》同元刊明補本；薈要本、四庫本作「依」。

虞姬墓 在靈壁縣東三十里虹縣道南陰陵山北舊有廟在山上今廢

重瞳鮮情人，鍾愛獨虞美。五年有天下，寵幸想無擬①。一朝走陰陵，楚歌聞四起。君王大事去，飲訣共欷歔。感君伉儷恩，死不爲漢鬼。一坵鳳陽東②，粉黛見石紀。空餘山頭草，纔歌葉披靡。定應月夜魂③，長遶烏江水④。

【校】

①「擬」，弘治本、《中州名賢文表》同元刊明補本；薈要本、四庫本作「比」，亦通。

②「坵」，弘治本、薈要本、《中州名賢文表》同元刊明補本；四庫本作「丘」，亦通。按：坵，同丘。

③「夜」，弘治本同元刊明補本；薈要本、四庫本作「下」。

④「遶」，弘治本、《中州名賢文表》同元刊明補本；薈要本、四庫本作「繞」，亦可通。按：作「繞」，當因與「遶」聲近而誤。遶，《字彙·辵部》：「遶，同繞。」

江船二詠

蓬

尺簀編黄蘆，節次數須隻①。長短隨所宜，張弛易爲摘。長者二十七節，廣二丈餘。一傍繫脚索，若網綱總緝。北人布爲帆，南俗蓬以荻。舟師貪重載，高掛借風力。順流與遡波，巨鷁添羽翮。望從遠浦來，一片雲影黑②。亂衝渚煙開，重帶江雨濕。百里不終朝，用捨從順適。夕陽見晚泊，堆疊紛襞積。水雖物善利，其助乃爾益。

櫓

江船一鉅魚，櫓柂乃尾鬣。當其淵水深，棹弱不捄乏。故今施航後，前與棹力合。濟川具有五，此物乃其甲。一聲天際來，欸乃中流發③。我浮大河東，並岸行若狎。終朝卧舷間，蘭槳但空插。緬懷剡木皇，智創萬古法④。

【校】

①「次」，元刊明補本、弘治本、薈要本闕；據四庫本補。

②「黑」，弘治本同元刊明補本；薈要本、四庫本作「墨」，形似而誤。

③「欸」，元刊明補本、弘治本作「欵」，形似而誤；據薈要本、四庫本改。

④「萬」，元刊明補本作「方」，據弘治本、薈要本、四庫本改。

舟宿桃源縣

長路風日淒，遠征力難勝。捨鞍事舟行，庶便寢與興。蓬底坐秋江，愯如在韝鷹①。有時縱遠目，汎若孤槎星。河從西北來，勢建東南瓴。萬艘水上下，浩浩無時停。利名任風波，醉着誰復醒②。閑看兩岸移③，轉盼煙中汀。晚泊桃源下，波光亂漁燈。静卧船舷間，拍拍風水聲。舟人話夜潮，使君老母驚④。又云此水樂，君其細爲聽。

【校】

①「韝」，弘治本同元刊明補本；薈要本、四庫本作「鞲」。後依此不悉出校記。

②「着」，弘治本、薈要本同元刊明補本；四庫本作「著」，亦可通。
③「閑」，弘治本同元刊明補本；薈要本作「閒」，亦通；四庫本作「間」，形似而誤。按：閑、閒，同。作「間」，當爲「閒」之形誤。後依此不悉出校記。
④「毋」，弘治本、薈要本同元刊明補本；四庫本作「毋」，形似而誤。

劉營田拜慶詩

人生所欲壽，有壽貴健安。接物心思聵①，曳履行步艱。雞窠日省定，此又何足歎。耿濟劉營田字太初，事親有餘懽②。母氏壽期頤，髮艾顏渥丹③。步趨不扶杖，目視分遐觀。怡神奚服餌，終朝例三餐。共云子致樂，諒自家有閑。結褵見壼儀，教兒列時官。豈惟一門樂，化及濟岱間。德盛福自備，百歲到不難。朝家重貞静，露恩不時頒。行當見旌崇，寵光爛門闌。車簾蹙繡額，誥錦回翔鸞。肩輿王與陳，一旦相追攀。兹焉答春暉④，寸草心能單。我詩媿彤管，要作後代看。

【校】

①「瞶」，弘治本、薈要本、四庫本作「聵」，亦通。按：聵，同瞶，謂昏瞶、不明事理也，王世貞《藝苑卮言》卷四：「謝茂秦謂許渾『荆樹有花兄弟樂』勝陸士衡『三荆歡同株』，此語大瞶大瞶。」後依此不悉出校記。

②「懽」，弘治本同元刊明補本；薈要本、四庫本作「歡」，亦可通。後依此不悉出校記。

③「丹」，元刊明補本作「卅」，形似而誤；據弘治本、薈要本、四庫本改。

④「暉」，薈要本、四庫本同元刊明補本；弘治本闕。

食鱸魚

鱸魚昔人貴①，我行次吴江②。秋風時已過，滿意蓴鱸香。初非爲口腹③，物異可闕嘗。口哆頰重出，鱗纖雪争光。背華點玳斑，或圓或斜方。一脊無亂骨，食免刺鯁防。肉膩勝海鯈④，味佳掩河魴。燈前不放箸，愈啖味愈長。張翰爲爾逝⑤，我今赴官忙。出處要義在，不須論行藏。倚裝足朝睡，且快所欲償。夢驚聽吴歌，海日方蒼涼。

【校】

①「貴」，弘治本、薈要本、四庫本同元刊明補本；《中州名賢文表》作「賢」。

②「行」，弘治本、《中州名賢文表》同元刊明補本；薈要本、四庫本作「因」。

③「初」，弘治本、《中州名賢文表》同元刊明補本；薈要本、四庫本作「我」，涉上而誤。

④「儵」，元刊明補本、弘治本、《中州名賢文表》作「薊」，非是；據薈要本、四庫本改。

⑤「逝」，弘治本、《中州名賢文表》同元刊明補本；薈要本、四庫本作「遊」。

長至日次赤岸驛

扁舟下餘杭，遠客逢佳節。呼童起四更，理棹未明發。燈前一杯酒，持飲聊自悦。江行官有程，貴重敢中輟。此身得安舒，行止聽驅策。去冬一陽生，露寢樂良夕。錫茶雖草草，初不失家食。今年赤岸亭，野宿雜亂聒。鄉關天一涯，雲水幾重隔。殘年無定居，餬口走閩越。眷焉不無情，念久意爲惻。兩舷暗浪喧，拍拍若嗚咽。寄聲紫山翁，此懷多不别。時任蘇州提刑。

平望道中①

今日風色好，舟行喜清和。吴江抵嘉興，遠不百里過。解衣坐蓬底，閑聽吴儂歌。大艑從東來，帆檣鬱嵳峩。云是淮海公，赴召躭微痾②。倉皇不少住，進棹如飛梭。物情忌太盛，從者不得多。尚餘蔽川載，意氣隘兩河。有懷陶朱公，霸業到不磨。功成委之去，潎屣與棄蠡。左顧萬金槖，右顧西施婆。可想不可見，五湖渺煙波。

【校】

①「平望道中」至「吕梁」四詩，弘治本、四庫本同元刊明補本；薈要本置於本卷「明農亭」詩之後。

②「痾」，弘治本、四庫本、《中州名賢文表》同元刊明補本；薈要本作「疴」，亦可通。按：作「疴」，當爲「痾」之形誤。疴，同痾，《水心集》卷七《周純臣子去病淑慧而短折》：「所投烈藥盡，始獲奇疴痊。」疴、痾，皆爲《廣韻》平聲歌韻，不違韻。

大安嶺①

亂山從閩來，勢若萬馬騁。六丁闢坤闔，通道取此嶺。仰觀已可怖，初陟戒太猛。乘班事推挽，氣鬱頸生癭。既升頗平夷，六折到絶頂。最慮泥雨滑，沙磴足易整。俯臨盡黑澗，一漫漲雲影。似矜吾年衰，不遣見巇景。一山勢兩殊，限隔示外警。北登儘坡陀，南下峻深井。牛肩抵風門，峽束轉幽迥②。湍泉激南駃③，噴薄萬壑冷。人生此兩足，停輟不俄頃。舉緣聲利牽，走險不知挺。我獨喜壯觀，大嚼快雋永。好奇與馮生，比較略相等。漢家截海表，兹嶺乃内境。行人無晝夜，關吏初未省④。徒令踠馬足，安用障巨屏。暮投大安傳，燈火破窗炯。吐我胸中奇，削此疊嶂梗。此事特遊戲，夜久凍生穎。控馭稍得宜，雖險勢莫逞。黎明叫雲去，有懷爲耿耿。

【校】

①「大」，弘治本同元刊明補本；薈要本、四庫本作「太」，形似而誤。按：《秋澗集》二一《下大安嶺》、卷三一《過大安嶺》，皆作大安嶺。

②「峽東」，弘治本同元刊明補本；薈要本作「岐東」，形似而誤；四庫本作「岐束」，形似而誤。
③「駃」，弘治本同元刊明補本；薈要本、四庫本作「駛」，形似而誤。
④「吏」，元刊明補本、弘治本作「史」，形似而誤；據薈要本、四庫本改。

自淮口抵宿遷值風雨大作

拖舟入清口，適喜亂淮碧。崔鎮抵宿遷，徐行纔半日①。朔風殆警余②，不爾何凛慄。江雲作陣來，凍雨矢四集。行捧人力微③，泥爛槽岸側④。打頭爲旅拒，遇淺殆鯨吸。波神鼓餘勇，洶洶波浪黑。勢張互相薄，力進硬與敵。欹傾乃尋常⑤，簸蕩不少息。秋江渺無涯，終日困跼蹐。夜眠任倒懸，晝坐自撞擊。試身一葉舟，淩轢蛟蜃窟。遠道胡爲來，行止吾豈必？相值當耐何⑥，安順險能出。有涂莫舟行，此語聞自昔。君看坦塗間，風浪猶莫測。處身苟無方，往往半軌没⑦。居安貴不忘，遇險戒無佚。所以長樂老，進諫及銜失⑧。行行入吕梁，持守要愈惕。

【校】

①「纔」，抄本、薈要本同元刊明補本；四庫本作「讒」，形似而誤。

②「警」，抄本、同元刊明補本；薈要本、四庫本作「驚」，亦通。按：驚，通警，《詩・小雅・車攻》：「徒御不驚，大庖不盈。」孔穎達疏：「言以相警戒也。」

③「捧」，抄本、薈要本同元刊明補本；四庫本作「牽」，亦通。按：捧，同牽。後依此不悉出校記。

④「槽」，抄本、薈要本同元刊明補本；四庫本作「漕」，形似而誤。

⑤「尋」，抄本同元刊明補本；薈要本、四庫本作「平」，亦可通。

⑥「耐」，抄本同元刊明補本；薈要本、四庫本作「奈」，亦通。按：奈何，同耐何。後依此不悉出校記。

⑦「軋」，抄本、薈要本、四庫本作「乾」，形似而誤。

⑧「銜」，抄本、薈要本同元刊明補本；四庫本作「御」，形似而誤。按：銜，俗字與「御」形近。後依此不悉出校記。

吕梁

吕梁世所畏，往往舟碎破。我來相其銜，説者無乃過。南洪一石埌①，北梁更么磨②。水淺但湍急，欲上船旋磨。更緣暗石多，重載防右左③。舟空人力衆，徑往彼無那。豈云水至柔，内極沉溺禍④。至人特爲名，過者戒微墮。舟行四千里，冒涉鋭盡挫。高歌幸無虞，猶呼細扶柁⑤。寄聲畏塗間，識者當有和。

【校】

①「埌」，抄本同元刊明補本；薈要本、四庫本作「垠」，形似而誤。

②「磨」，抄本、薈要本、四庫本作「麼」。

③「右」，抄本同元刊明補本；薈要本、四庫本作「石」，形似而誤。

④「極」，抄本同元刊明補本；薈要本、四庫本作「涵」，亦可通。

⑤「扶柁」，元刊明補本俱闕；據抄本補，薈要本、四庫本作「茵卧」。

王惲全集彙校卷第五

五言古詩

和淵明歸田園

庚寅冬，余自閩中北歸，年六十有五①。老病相仍，百念灰冷，退閑静處，乃分之宜。辛卯三月十七日，風物閑暇，偶游溪曲，眷彼林丘，釋然有倦飛已焉之念②。城居囂雜，會心者少，因和淵明《歸田園》詩韻以寓意云。

寡智空樂水，便静思潛山。性既時與捩③，况復迫暮年。邇者事遠役，冒涉江海淵。意令不家食，餬口須閩田④。因之委順去，强顔官府間。道遠策疲蹇，跬步鞭莫前。天幸脱羈靮，放歸坰野煙。鄉曲喜我至，迎拜衣倒顛。雖云有限軀，且遂未老閑。一洗矯拂性，俯仰從天然。

【校】

①「五」，弘治本同元刊明補本；薈要本、四庫本作「二」，形似而誤。按：王惲生於金正大四年，即一二二七年。詳見本書前言。「庚寅」年爲一二九〇年，是年王惲六十四歲。

②「焉」，弘治本同元刊明補本；薈要本、四庫本作「然」，涉上而誤。

③「捩」，弘治本同元刊明補本；薈要本、四庫本作「戾」，亦可通。

④「須閩」，弘治本同元刊明補本；薈要本、四庫本作「不問」，非是。

教授晉卿旬月間連失三孫

子孫續吾後，上繼祖與先。何家無與奪①，與奪非我偏。壽夭況彼命，賢愚亦偶然。生者撲不死，死者捄不全②。又況諸囝屬③，夭折皆債冤。不爾造物戲，欲見不測權。所以達觀者，怡然於其間。死者不深嗒，生者不溺憐。東野昧此理，悲歌淚漣漣。負我十年恩，此豈達者言？延陵合中道，失子亦悲酸④。掩坎三匝去⑤，一慟不復潸。曠懷聖爲取，情鍾世所嘆。懼傷吾子和，爲擬昌黎篇。

【校】

①「與」，弘治本同元刊明補本；薈要本、四庫本作「予」，非是。按：予，同與；與奪，同予奪。但由古詩對句「與奪非我偏」之言，知此當作「與」。

②「撲不死」，弘治本同元刊明補本；薈要本作「□□死」，闕；四庫本作「撲死去」，非。

③「況」，元刊明補本、弘治本闕；據薈要本、四庫本補。

④「失」，弘治本同元刊明補本；薈要本、四庫本作「夫」，形似而誤。

⑤「匝」，弘治本同元刊明補本；薈要本、四庫本作「帀」，亦通。按：帀、匝，古今字。後依此不悉出校記。

響板辭

笙篌雜箏琶①，悲築合蕃唱。喧然一堂間，餘音胡得抗。紅牙掩自無，按拍喜時向。響板出新聲，激烈極清亮。都來三欒木，手拉若爾壯。遠疑啄木禽，扣户何畢剥②。近驚老鸛喙，頓齒振林壑③。劃然透空去，夜静秋成柝④。方能節衆音，乃見終始作。我本幽吟人，避喧便淡泊。奈何將兩耳，聽此終日聒。君不見陶琴無絃趣有餘，子幼嗚歌死哀樂。

【校】

①「琶」，弘治本、薈要本同元刊明補本；四庫本作「笆」，涉上而誤。按：作「笆」，涉上「笙篌」、「箏」皆從竹而誤。

②「畢」，弘治本、薈要本、四庫本同元刊明補本；《中州名賢文表》作「異」，形似而誤。

③「齒」，弘治本同元刊明補本；薈要本、四庫本作「處」，形似而誤。

④「成」，元刊明補本、弘治本作「成」，薈要本、四庫本作「戍」，形似而誤；《中州名賢文表》作「城」。

海獶

海氣發異產，兹獶世無雙。氃頤滿脩耏，被體紛奇狵。睛黃猱玃古，喙促歇獢胮。斗尾纔尺許①，直立森幢幢。跳踉顧自見，喜極狂莫降。夜風動庭草，狺吠聲爾哤②。不近穢與惡，不竊鼎與缸。勢猛性乃馴，見罕人多愯。有時威見齒，迫視防嚙撞。東坡詠烏喙，量移遠蠻邦③。喜公得北還，渡險無濤瀧。此犬從閩來，氣骨不喙胦。厭隨吴獵陸，喜逐龍移龐。伴予水陸行，足輕音不跫④。導予爲前驅，健迅逾駿駹。辭炎得吠雪，寢處不夢江。堂無紅絲罽，攔有碧蘚椿⑤。繫之護燕几，足以增雄厖⑥。戀主義不爽，傳書心爾悾。作詩見物性，寄傲倚南窗。

【校】

①「斗」，弘治本、四庫本同元刊明補本；薈要本作「牛」，形似而誤。

②「狺」，弘治本同元刊明補本；薈要本、四庫本作「信」，形似而誤。

③「遠」，弘治本同元刊明補本；薈要本、四庫本作「近」，當以此爲是。

④「跫」，元刊明補本、弘治本作「蹵」，形似而誤；據薈要本、四庫本改。按：跫，《廣韻》平聲鍾韻；江、龐、駹，皆《廣韻》平聲江韻；江、鍾二韻相近，諧韻。蹵，即蹴字，《廣韻》入聲屋韻，不諧韻。

⑤「攔」，弘治本、薈要本、四庫本作「欄」，亦可通。按：攔，通欄，焦贛《易林》卷一《需之鼎》：「膠著木連，不出牛攔，斯享羔羊，家室相安。」一本作「欄」。

⑥「彪」，元刊明補本作「虎」，非是；據弘治本、薈要本、四庫本改。

和曲山遊澤宮感舊詩廿一韻

三代闡頖辟①，菁莪育英材。六經治平具，致澤需吾儕。君看弦誦堂②，明新揭橫牌。新民果何事，五典惇克諧。平生勉勵心，雖老時往來。名存到實忘，過者宜興哀。上行意固盡，下效理或乖。文章將相科，勳業麒麟臺。倚席了不講，若人安取哉？文憲日如綫，逝者不復迴。嘗觀亡宋學，丕冒江與淮。考亭泊西山③，兩公生海隈。天遣闢異教，不使爲妖災。前年拜遺像，鑽仰心徘徊。文明麗東南，淵源公所開。至今號多士，翺翔與時偕。嘗思萬有選，細考勳與階。青紫不素養④，格例空崔嵬。棟梁胡可得⑤，摩挲到莓苔。萬員備兩紀，一夢南柯槐。此説誠至論，忍使空學齋。人微喙雖尺，有言輕薄埃。畎畝不忘憂，念之傷老懷。

【校】

①「頖」，弘治本、薈要本同元刊明補本；四庫本作「判」，聲近而誤。

②「弦」，弘治本、薈要本同元刊明補本；四庫本作「絃」，亦通。按：絃、弦，多可通。《漢語大詞典》漏收詞條「絃誦」。後依此不悉出校記。

③「泊」，弘治本同元刊明補本；薈要本、四庫本作「洎」，形似而誤。

④「紫」，弘治本、薈要本、四庫本作「絲」，非是。

⑤「梁」，弘治本、四庫本同元刊明補本；薈要本作「樑」，亦可通。按：作「樑」，涉上字「棟」而於「梁」旁加「木」。棟樑，本作棟梁，偏旁類化。

韓晉公畫蒼牯出水圖

蒼牯水所憙①，泳遊溪水中。物情便所適，頓立不我從。但見鼻吻長，可知力挽雄。小大制有法，驅牽任此童。東皐夜來雨，催辦耕稼功。一飽賴爾力，高廩歌年豐。畫師亦敦本，大意與訓同。用五代劉訓指水牯爲黑牡丹事。吮墨變花賞，指爲洛花叢。妙哉韓相筆，遠意老明農。

【校】

①「憙」，弘治本、薈要本同元刊明補本；四庫本作「喜」，亦通。按：憙，同喜。後依此不悉出校記。

唐邊鸞正面孔翠①

邊鸞弄丹青②，思入造化窟。平生雀寫真，多作正面筆。圓張金花扇，迥與鸞彩匹。暖圍姚魏春，翠射琅玕碧。瑤池百丈鏡，顧影時自惜。峩冠赤墀間，朝午見孤立。年深粉色暗，元氣悵猶濕。遠來米家船，復出王涯壁。髯温玉臺後，素有書畫癖。一見易以歸，不惜金與璧。緊君具眼士，鑑定能事畢。竹亭展觀餘，異夢憶疇昔。當時文字祥，其應在此夕。

【校】

①「邊」，元刊明補本、弘治本作「邊」，訛字；據薈要本、四庫本改。

②「邊」，元刊明補本作「還」，形似而誤；弘治本作「邊」，訛字；據薈要本、四庫本改。

琅山

廿九年冬十月廿九日北上過保塞馬上賦①

太行西南來，萬馬騖東北。奔騰走蛇陣，一脊千里碧②。夸娥負補餘，弛擔於此息。神功見天巧，削出千仞壁。亭亭十二峯，上與霄漢逼。高張巨靈擘，羅列黑帝戟。枝撑圓蓋傾，間映落景黑。或云琅爲郎，説是郎君石。物類無不偶，遠與巫峽匹。不爾氣變常，萬化無定質。巨細一概觀，何異爪髯析。天機我偶泄，山鬼中夜泣。萬石鎮雞川，亦可稱峻極。

【校】

①「廿九年冬十月廿九日北上過保塞馬上賦」，弘治本同元刊明補本；薈要本、四庫本脱。

②「脊」，弘治本、薈要本同元刊明補本；四庫本作「眷」，形似而誤。

望黄金臺有感

欒生與郭隗，儗德非同儕。九九乃小數，正可訓提孩。欒生復國讎，强齊捲輕埃。燕昭師事隗，竟築黄金臺。我思賢王心，要罄初始懷。在昭固至德，贊襄誠衆哉。卧龍以力食，躬耕亦堪哀。昭烈昧三顧，孔明甘草萊。一語萬代譽，正獨龐公開。鳳凰巢千仞①，一舉出九垓。翺翔覽德下，千年能幾來。捄時不易得，况復管樂才。毅然好賢心，無爲古所咍。

【校】

①「凰」，弘治本、《中州名賢文表》同元刊明補本；薈要本、四庫本作「皇」，亦通。按：鳳凰，亦作鳳皇。後依此不悉出校記。

和紫山題觀音堂山石詩韻

彦良馬君索賦①

我行滏水陽，思有登臨舉。佳處得一遊，不計寒與暑。盛聞臨水間，猶是鄴西圃。山滋與水潤，不識田家苦。陰壑閟靈景，石林氣清楚。又云龍洞水，清可濯纓土②。我無適俗韻，樂與泉石伍。此行應旌招，敢覬煙霄侶。閑雲本無心，安取濟時雨。紫山知幾人，夢覺邯鄲黍③。題詩見歸隱，真隱果能否？作配不自量④，賡此山石語。

【校】

①「彦良馬君索賦」，弘治本同元刊明補本；薈要本、四庫本脱。

②「土」，元刊明補本作「上」，形似而誤；據弘治本、薈要本、四庫本改。

③「覺」，弘治本同元刊明補本；薈要本、四庫本作「與」，形似而誤。

④「量」，弘治本同元刊明補本；薈要本、四庫本作「景」，形似而誤。

張鵬飛治虎骨爲鎞插作詩以贈

張侯骨鯁士，志節何誾誾。英發見早歲，智效今埋輪。赤手搏於菟，脱略狐狸羣。今復切其骨，整此烏角巾。持贈壯我氣，能復冠惠文。吾老無所用，胡爲走踆踆？忝落麟鳳網，或可解糾棼。一薦不可負，上有文思君。倘遂寸補去，所得亦已殷。要當簪此插，醉看西山雲。

淵明漉酒圖

爲表弟韓雲卿賦①

晉人尚放曠，不受羈與束。虚高失之傲，降志到自辱。淵明性真率，順適無矯慾。清風凛一時，千古仰高躅。得錢送酒家，況我新釀熟。渴來夢吞江，奚計巾一幅。有槽不待壓②，露頂手自漉。清濁即聖賢，併欲貯吾腹。悠然對南山，夕鳥送以目。還我浩浩天，世運任伸縮。泠然風度林，澹若雲在谷。俯仰霄壤間，出處一往復。過此設有論，正爲蛇畫足。宛轉出新意，便可激流俗。不思皇上人，方寸許撑觸。欲求先生心，用意不當曲。縱使欲自況，此老烏可黷。吾言誠漫與，得酒且兀兀。

【校】

①「爲表弟韓雲卿賦」，弘治本同元刊明補本；薈要本、四庫本脱。

②「待」，弘治本同元刊明補本；薈要本、四庫本作「得」。

有懷雪庵禪師

雪庵圖通士，我非方外人。每來扣禪扉，坐暖蒲團春。有時論書翰，兩耳聞未聞。自笑以技進，斲輪非郢斤。吾學師所知，師傳吾所珍。擅書三十年，臨池墨霶淪。手提八陣法，論入三昧神。功多懸誠骼①，勁擢平原筋。蹴踏龍巖癡②，髣髴黄山真。何心山陰鵝，不計羊欣裙。興來追醉素，堂堂張其軍。驚蛇雜走虺，入草猶龍奔。縱横與捭闔，真積力可臻。具眼世所難，雪菴洞無垠。道存見目擊，霎隸知見薰③。孔竅灑有開④，滌我胸中塵。十年風馬牛，苑塞未易耘。去冬喜北來，將謂晤語頻。遠遊久未歸，此抱將何伸。懷人敘游藝，愧乏昌黎文。何時太行道⑤，梯空下秋雲。

【校】

①「懸誠骼」，弘治本同元刊明補本；薈要本、四庫本作「誠懸骨」，既倒且脱。按：作「誠懸骨」，「誠懸」爲「懸誠」之倒，「骨」爲「骼」脱其聲符。

②「癡」，弘治本同元刊明補本；薈要本、四庫本作「勢」。

③「知見」，弘治本、四庫本同元刊明補本；薈要本作「如聞」。

④「有」，弘治本、四庫本同元刊明補本；薈要本作「然」。

⑤「時」，弘治本同元刊明補本；薈要本、四庫本作「如」。

李庭珪墨①

墨龍奮晚唐，五季相繼出②。林林歙溪松，黑入太陰窟。老奚綰天機，萬竈出玄笏。松身玉質堅③，走研風肅肅。神爽漆點光，湛湛童子目。二者既得兼，高名宜擅獨④。妙劑秘千古，何有遇與谷。埋馨六經笥⑤，漏網龍在陸⑥。横罹相國阨，復值永寧酷。殆及宣和間⑦，千金購無復。郁郁蒙城田，文獻世相屬。香林秀孫支，善繼踐芳躅。傳家無長物，寶此一寸玉。客居大於斗⑧，豐潤蔀華屋。阮生幾緉屐，舜樂一夔足。公餘日摩挲，寧使食無肉。古人不復作，精絶見此物。傾囊任借觀，不許一磨倏。田郎固淡僻，清賞儘不俗。書生臭味同，往往溺所欲。吾家眉子歙，隱隱脩娥緑⑨。客來恣濯玩，亦弗容少黷。墨不知研良，硯不沾墨馥。譬猶藏書人，終歲不一讀。插架徒好觀，新若手未觸。相看兩癡絶，一笑爲捧腹。

【校】

①「庭」，弘治本同元刊明補本；薈要本、四庫本作「廷」，亦通。按：庭珪，一作廷珪，《宋藝圃集》卷一一晁沖之《復以承晏墨贈之》：「我聞江南墨官有諸奚，老超尚不如廷珪。後來承晏復秀出，喧然父子名相齊。」

②「季」，元刊明補本、弘治本作「李」，形似而誤；據薈要本、四庫本改。

③「身」，弘治本同元刊明補本；薈要本、四庫本作「聲」，聲近而誤。

④「名」，弘治本同元刊明補本；薈要本、四庫本作「明」，聲近而誤。

⑤「埋」，弘治本同元刊明補本；薈要本、四庫本作「理」，形似而誤。

⑥「漏」，弘治本同元刊明補本；薈要本、四庫本作「滿」，形似而誤。

⑦「殆」，弘治本、薈要本同元刊明補本；四庫本作「迨」，亦通。

⑧「斗」，弘治本同元刊明補本；薈要本、四庫本作「年」，形似而誤。

⑨「娥」，弘治本、薈要本同元刊明補本；四庫本作「蛾」，亦通。

贈承旨唐壽卿

論士須諳實，相馬先其神。周秦何貴賤，變化存吾身。唐侯金閨彦，動有鸞鳳馴。飄飄瀚海翮，上拂明月輪。憶初識君面，轉眄二十春。揭來客京師，君爲玉堂臣。時於管中窺，班班見其文①。高適四十詩②，便與作者鄰。青紅桃李場，夭葩散奇芬③。有德諒有言，君侯性誾誾。最愛發策際，不迫意獨臻。理明中事機，士氣借以氳。重念朋友交，敬穀多不倫。或者一顰笑，意在交相因。令人氣最短，標置分畦畛。愛君略城府，吐詞爛天真。不作崖異舉④，不學游説秦。信厚等麟趾，爲人解絲棼。所以多士間，堂堂張吾軍。蹇予自結髮，汎愛而親仁。當其立事歲，亦復求蠖伸。長風萬里浪，蹭蹬無縱鱗。今雖老伏櫪，尚友心猶振。都城交游海，因依幾當親。如君辱識久，辨與陪翔麟⑤。人事有乖合，對面如離羣。徒從樽俎間，一笑傾冠巾。只今友道衰，耐久將何人。相馬論其力，取友非所尊。天機到没滅，君今九方歅。心期既有在，形迹不必云。因題樂山詠，聊書代吾懃。

【校】

①「班班」，弘治本同元刊明補本；薈要本、四庫本作「斑斑」，亦通。

②「詩」，弘治本同元刊明補本；薈要本、四庫本作「韻」。

③「夭」，元刊明補本、薈要本、四庫本作「天」，形似而誤；據弘治本改。

④「舉」，弘治本、四庫本作「奉」，形似而誤；薈要本作「李」，非是。

⑤「辨」，弘治本、薈要本同元刊明補本；四庫本作「辦」，亦可通。按：作「辦」，當因與「辨」形近而妄改。辨、辦，古今字。後依此不悉出校記。「翔」，弘治本同元刊明補本；薈要本、四庫本作「祥」。

成德堂詩卷

蹇予客京師，詩卷日交至。此風近日長，珍饌互相餌。張君構新堂，乃以成德示。再拜來懇予，一言願明志。成德以德成，何翅餘愷悌①。德者得於中，行己見於外。是乃君子稱，實爲聖賢事。一時扁之者，無乃躐等第。大朴自六鑿②，衰俗日零替。剽竊糟粕餘，色取仁爲利。遽然以玆名，豈速蒲盧意。我開入德門③，試説第一義。厥修貴有初，主敬聖不易。孜孜先此念，優入匪難致④。收功心日休，不匱將錫類。會見堂中人，事業稱不器。

【校】

①「翅」，弘治本同元刊明補本；薈要本、四庫本作「啻」。

②「大」，弘治本同元刊明補本；薈要本、四庫本作「太」，後依此不悉出校記。

③「我開入德門」，弘治本同元刊明補本；薈要本、四庫本作「意我開入德」，既脱且衍。按：作「意我開入德」者，「我開入德門」脱爲「開入德門」，涉上「豈速蒲盧意」而衍「意」。

④「優」，四庫本同元刊明補本；弘治本作「慢」；薈要本作「擾」。

題趙文卿嘉山詩卷

徐公序嘉山，衆美掠已竟。復徵諸公作，落筆先漫應。我雖乏新意，不爲蛇足賸。文卿慷慨士，意氣掩趙孟。識君二十年，每對豁滯興。談噱傾底裏，議論老能正。以儒乃盬名，以盬實儒行。誰爲幽并豪，虎變伏延炳①。先賢去世遠，一氣猶包凝。蒼蒼嘉嶺山，玉立想照映。士會悚秦策②，宣尼善衛磬③。我常登汾脽，西眺河山勝。延安東北秦，得士敢小鄭。彼嘉宜降神，英物復趙孕。儒豎有顯道，孝愛發天性。惟其啬世用，裔遠有餘慶。會生甫與申，駟牡擁高乘。我詩匪諛辭，探賾神聖證④。有子教讀書，服此恒起敬。

【校】

①「延」，弘治本、四庫本同元刊明補本；薈要本作「彪」涉下而誤。

②「悚」，弘治本同元刊明補本；薈要本、四庫本作「懷」，當非是。

③「善」，弘治本同元刊明補本；薈要本、四庫本作「喜」，形似而誤。

④「聖」，弘治本、薈要本、四庫本作「理」，非。

東征詩

東藩擅艮隅①，地曠物滿盈。漫川計畜獸，蕩海驅羣鯨。盛極理必衰，彼狡何所懲。養虺得返噬，其能遁天刑？遠接强弩末，近訹乳臭嬰。一朝投袂起，氈裘擁矛矜。天意蓋有在，聚而剿其萌。莽蜂有螫毒，大駕須徂征。寅年夏五月，海甸觀其兵。憑軾望兩際，其勢非不勍。横空雲作陣，裹抱如長城。囂紛任使前，萬矢飛欃搶②。我師静而俟，銜枚聽鼙聲。夜半機石發，萬火隨雷轟。少須短兵接，天地爲震驚。前徒即倒戈，潰敗如山崩。臣牢最愾敵，奮擊不留行。卯烏嗢都間，天日爲晝冥。僵屍四十里，流血原野腥。長驅抵牙帳③，巢穴已自傾。彼狡不自縛，鼠竄逃餘生。太傅方窮追，適與叛卒迎。選鋒不信宿，逆頸縻長纓。死棄木彎河，其妻同一泓。彼狡何所惜，重念先王貞。擇彼順祝者，其歸順吾氓。萬落脅罔治，無畏來爾寧。三師固無敵④，況復多算并。君王自神武，豈惟廟社靈。三年哂東山，殪戎營柳清。都人望翠華，洗兵雨何零。長歌入漢關，喜氣鬱兩京。小臣太史屬，頌德職所承。雖非平淮雅，動盪耳目精。赫赫桓撥烈，仰之如日星。泚筆爲紀述⑤，發越吾皇英。召穆美常武，且莫誇雷霆。

【校】

①「艮」，四庫本同元刊明補本；弘治本、薈要本作「良」，形似而誤。按：東藩，即日本，在中國東北方位，爲艮位。艮隅，亦謂東北角。

②「欃搶」，弘治本同元刊明補本；薈要本、四庫本作「欃槍」，亦可通。按：作「欃槍」，「欃搶」之形誤。欃槍，同欃搶，《文選注》卷二一謝瞻《張子房詩》：「鴻門消薄蝕，垓下殞欃搶。」李善注：「薄蝕、欃搶，皆指項羽。」《陳書》

卷一《高祖紀上》：「公左甄右落，箕張翼舒，掃是攙槍，驅其獫狁。」《文選注》卷三張衡《東京賦》：「欃槍旬始，羣凶靡餘。」李善注：「欃槍，星名也。謂王莽在位如妖氣之在天。」《補注杜詩》卷一九《奉送郭中丞兼太僕卿充隴右節度使三十韻》：「幾時迴節鉞，戮力掃欃槍。」

③「帳」，薈要本、四庫本同元刊明補本；弘治本作「悵」，形似而誤。

④「三」，弘治本、薈要本、四庫本作「王」。

⑤「泚」，弘治本、薈要本作「此」，形似而誤；四庫本作「珥」，非是。

覓風字歙硯詩贈侍其府尹

硯本發墨具，不爾安用他①。碧紫暈鸜眼，黝黑深宮鴉。彼端類高人，風姿固云佳。遠韻不少吝，清談浩無涯。但於當機時，未免思棼拏。若或砥礪用，茫然手空義。硬則墨爲褪，軟則磨泥沙。惟歙士之傑，體性何交加。羅紋與刷絲，一寸皆可嘉。回視端溪公，有名實則差。新安山水窟，澤大生龍蛇。舉世被其利，何有蛭與鼃②。山高溪水清，其芒利如碬③。嘗聞右軍硯④，風字琢豐奢⑤。是名爲水箕，朶頤駭唅呀。松煤燼無餘，惟恐中書丫。池寬水瀰漫，挹彼如尊洼。陂陀浸半海，揮灑生雲霞。平生未嘗有，夢寐江之涯。君今去爲邦，過此空成嗟。包公尹端州，歸不一硯拏。彘肝類安邑，一笑春生華。書生乞索態，殆是心貪邪。禰衡溺所愛，竟摻漁陽檛⑥。今冬與來春，會有泛斗槎。雄雯或雌縵，分送張華家。

【校】

①「他」，弘治本、四庫本同元刊明補本；薈要本作「耶」，非是。

②「何有」，弘治本同元刊明補本；薈要本、四庫本作「有何」，倒。

③「利」，元刊明補本、弘治本作「例」，聲近而誤；據薈要本、四庫本改。

④「嘗」，弘治本、薈要本同元刊明補本；四庫本作「常」，聲近而誤。

⑤「豐」，元刊明補本、四庫本作「手」，形似而誤；弘治本、薈要本作「丰」，亦可通；徑改。按：丰，豐之俗字。作「手」，當因與「豐」之俗字形似而誤。

⑥「檛」，弘治本同元刊明補本；薈要本、四庫本作「撾」，亦可通。按：作「撾」，當爲「檛」之形誤。撾，同檛，《後漢書》卷一一一《獨行傳·温序》：「序素有氣力，大怒，叱宇等曰：『虜何敢迫脅漢將！』以節撾殺數人。」一本作「檛」。後依此不悉出校記。

十月牡丹

彰德路監郡完閭嘉議治甚有聲①，壬辰秋，辭職讓其叔也里不花中順②。是歲冬十月，新侯府弟發牡丹二本③。明年秋，計吏伯耕香林先生孫不遠千里來求詩於翰林諸公，因首爲賦此。

玄冥氣折膠，草木餘萎悴。鄴城樂土郊，畫戟清香地。誰留翠被暖，小試丹砂藝。一枝鶴翎紅，照映朝袍貴。散彩冰雪中，造物有深意。正緣二侯賢，撫字見早歲。藹然禮讓餘，涵蓄坤靈秘。歐九譜花神，百種第佳麗。洛花固芳妍，根盛氣或異。春華復冬榮，彼祥端可記。無乃後來者，踵治更和惠。雖云有淺深，錫類由不匱。奚煩鑑傍州，一段中和氣。慇懃將二美，千里偕計吏。遍求翰林詩，擬薦金盤瑞。我欲論五行，推測涉茫昧。浩浩二氣中，事或有關繫。重榮説紫荆，偏反詠唐棣。佳花元致祥，惡草終可畏。未若中庸篇，繼述皆自致。栽者即封培，傾者隨覆墜。由來衰盛間，爲善不中廢。曰善即胡爲，不出讓與悌。神明與扶持，聲譽日四至。君能馴是理，獲利餘百倍。何翅天香臺，卿雲摛四季。

【校】

①「完間」，弘治本、薈要本同元刊明補本；四庫本作「沃哩」。

②「也里不花中順」，弘治本、薈要本同元刊明補本；四庫本作「伊囉布哈中順」。

③「弟」，弘治本同元刊明補本；薈要本、四庫本作「第」，亦通。按：弟、第，古今字。後依此不悉出校記。

送范藥莊子楚教授嘉興

范君號藥莊，杖屨屢來謁。坐間話行藏，曾是憲幕客。投我詩一編，細嚼讀恐徹。詩從晚唐來，高風日淩折。君才何清峻，略不見萎薾①。渾涵中州氣，佳處每擊節。朝來又相過，喜色浮兩頰。迺云子楚輩②，得調官兩浙。南歸行有日，一舸赴吴越。懇予送行詩，我略爲渠説③。路教然冷官④，似緩係實切⑤。化源開兩庠，彼秀富才傑⑥。朝家急得賢，訓勉宜屑屑。一門在清流，聲譽儘昭晣。君雖客京師，破帽幾風雪。兩椽省東牆，一片江南月。羇栖思不無，相視爲一豁。君歸稍如意，晝日抵三接。何俟老夫詩，長路絢行色。

【校】

①「薾」，弘治本同元刊明補本；薈要本、四庫本作「苶」，非是。按：苶、薾，本爲二字。爾，俗作尒。苶，此當爲薾之俗字。各字書皆無載。後依此不悉出校記。

②「輩」，弘治本同元刊明補本；薈要本、四庫本作「來」，非是。

③「略」，元刊明補本、弘治本作「畧」，薈要本、四庫本作「樂」。

④「然」，弘治本、薈要本同元刊明補本；四庫本作「雖」，妄改。

⑤「係」，弘治本、薈要本同元刊明補本；四庫本作「繫」，非是。

⑥「才」，元刊明補本作「本」，形似而誤；據弘治本、薈要本、四庫本改。

贈大同利彦祥

名翥，西域人①

金天一氣畠，以理迺爲義。兼包體用言，藴蓄和與利。弘居大同東，去都爲近地。風塵雜四方，豪貴猶大魏。聖賢貴有教，初不限氣類。彦祥孕金畠，用雅變華裔。斂衽昨過門，偉矣髯卿麗。開談一老生②，略不見本氣。諒知六合表，固多瑚璉器。示予野齋辭，把玩愛不置。丹青寫虛影③，經史含至味。舍此或與彼，恐墮爲善志。同將與進心④，更擴讀書意。周邵兩邠産，文獻垂萬世。由余出西戎，斯也以賢議。吾賢即能賢，此論古不易。守之有餘師，何俟吾言贅。

【校】

①「名翥西域人」，弘治本同元刊明補本；薈要本、四庫本脱。

②「生」，弘治本同元刊明補本；薈要本、四庫本作「僧」，聲近而誤。

③「青」，弘治本同元刊明補本；薈要本、四庫本作「書」，當形似而誤。

④「同」，弘治本同元刊明補本；薈要本、四庫本作「因」，形似而誤。

贈筆工張進中 字子正①

書藝與筆工，兩者趣各異。工多不解書，書不究筆製。二事互相能②，萬穎率如志③。進中本燕産，茹筆鍾樓市。雖出劉遠徒④，妙有宣城致。我藏一巨弗⑤，用久等箠弊。授之使改作，切屬鋒健鋭⑥。疏治近月餘，去索稱不易。先生莫促迫，致思容子細。中書不中書，安用從新繫。揭來欻見投，入手知利器。文房三貴人，刮目喜相視。正緣兩資藉，辨此揮灑技。吾錐兀不銛⑦，甘分置散地。馳騁翰墨場，又匪老人事。不辭束縛坐，但愧簡拔意。子正來索詩，一笑吐吾喙。走書豪穎辭⑧，遂擬俳爲戲⑨。

【校】

①「字子正」，弘治本同元刊明補本；薈要本、四庫本脱。

②「二」，弘治本同元刊明補本；薈要本、四庫本作「一」，非。

③「志」，元刊明補本作「忐」，據弘治本、薈要本、四庫本改。

④「徒」，弘治本、四庫本同元刊明補本；薈要本作「從」，形似而誤。

⑤「弗」，弘治本、薈要本同元刊明補本；四庫本作「拂」，非。按：弗，猶筆也，杭世駿《續方言》卷上：「筆，楚謂之聿，吴謂之不律，燕謂之弗。」前言「進中本燕産」，故用燕地方言以與前文多用「筆」有所變化。巨弗，《漢語大詞典》不載，猶巨筆也。

⑥「屬」，弘治本同元刊明補本；薈要本、四庫本作「厲」，形似而誤。

⑦「兀」，弘治本、薈要本作「元」，形似而誤；四庫本作「原」，妄改。按：作「元」，當因與「兀」形似而誤。作「原」，四庫本《秋澗集》多有因「元」通「原」而改「元」作「原」者，當爲妄改。兀，猶仍、還，《杜詩詳注》卷一六《壯遊》：「黑貂寧免弊，斑鬢兀稱觴。」

⑧「走書」，弘治本、薈要本、四庫本作「束老」，非。

⑨「爲」，弘治本同元刊明補本；薈要本、四庫本作「徊」，涉上而誤。按：作「徊」，涉上「徘」字而誤。俳，通徘，猶言俳句也。

送張幼度倅冠州

前年走京師，忝與北海薦。白首官詞林，意若遂少願。雖非玉堂人，幸接金閨彦。供奉得張子，爲人良可羡。豈惟文字間，辭理見兼善。言行兩無擇，容度升回轉。温純韞櫝玉，樂易不崖岸。何心與物忤，有問即冰涣。宛如鸞鳳姿，肯作麒麟楦。相看二載餘，謹若初覿面。揭來過門别，新除得倅冠。坐久兩不懌，去住相慰浣。我心愛莫留，官屬亦深戀。其如行止何，物情復多變。鑾坡禮文窟，一任儘清宦①。古人貴任運，况去有三便。家近得侍親，州孤無劇辦。請益願一言，偏倚時揉鍊。我忻聞其説，解事語不漫。常思歐九説，可爲後來贊。摛文止潤身，及物自貞幹。休辭米鹽碎，莫厭衙起晏。不見忠獻韓，鼎鉉出推判。行俟官有程，民事不可緩。

【校】

①「任」，弘治本同元刊明補本；薈要本、四庫本作「仕」，形似而誤。

遊嬀川水谷太玄道宫

迎謁次嬀野，將爲旦夕間。尚餘百里遠，卻得三日閑。追陪玉堂翁，清游指仙山。窮秋草木盡，諸峯慘無顔。兩崖蓄餘暖，嵓樹如春妍。洞口疑有光，望中已欣然。始至覺夷曠，稍深更幽寬。山英喜客來，夜雨濯翠鬟。層巒與疊巘，供我柱笏看①。雲封石上鉢，初，大道酈五祖者逃難此山②，衆追及，弃衣鉢石上而匿。其物重，衆莫能舉，異焉③，遂請主其教。今道院蓋酈所創也④。玉漱山腰泉。灌溉滋樹藝⑤，一脈窮灣環。西臺頗峻絶，兩折躋其巔。詩翁見精健，登頓不作難。盤礴凛莫留⑥，松風吹袂寒。降阿集晴疏⑦，高談渺孤攀。山荒苦無稱，似待新詩傳。諸君垂橐來，稛載風煙還。因公得勝賞，此詩其可緩⑧？但恐雲霞舉，暮景去猶慳。我非桓野王，今識東山安。

【校】

①「柱」，弘治本同元刊明補本；薈要本、四庫本作「拄」，亦可通。按：柱笏，本作拄笏；柱、拄形似，且二字義可通，遂有拄笏訛作柱笏。語本《世説新語》卷下《簡傲》：「王子猷作桓車騎參軍。桓謂王曰：『卿在府久，比當相料理。』初不答，直高視，以手版拄頰云：『西山朝來，致有爽氣。』」手版，即笏。《遺山集》卷一三《西山樓爲王仲理賦》：「拄笏西山老騎曹，朝來爽氣與秋高。」《雲林集》卷一《長春宫同伯長德生儀之分韻得山字》：「攬衣空中雲，柱笏城西山。」《鶴年詩集》卷二《投贈鍾經歷》：「登樓望海吟懷遠，柱笏看山雅度舒」。

②「大」，弘治本同元刊明補本；薈要本、四庫本作「火」，形似而誤。

③「異焉」，弘治本同元刊明補本；薈要本、四庫本作「衆爲異」，非是。按：作「衆爲異」，涉上「衆莫能舉」而衍「衆」，「異焉」倒爲「焉異」，「焉」形誤爲「爲」。

④「酈」，弘治本同元刊明補本；薈要本、四庫本作「酈生」，衍。

⑤「灌」，弘治本同元刊明補本；薈要本、四庫本作「濯」，形似而誤。

⑥「盤」元刊明補本、弘治本、薈要本、四庫本作「礬」，亦可通；徑改。按：作「礬」，當爲涉下「礴」字從「石」而偏旁類化，於「盤」旁加「石」。「礬」，各字書皆無載，當爲「盤」之俗字，徑改爲相應之正字。

⑦「晴」，弘治本同元刊明補本；薈要本、四庫本作「情」。

⑧「緩」，弘治本、薈要本、四庫本作「諼」，形似而誤。

題筠菊亭

有客昨過門，挾卷攜酒壺。我老厭人事，汝謁將奚圖。自云有老親，倦游樂閑居。終年築亭圃，筠菊心所娛。二者諒微物，一日不可無。餐菊制頽齡，種竹來鵷雛。牀頭幾葉書①，隨意日卷舒。欣然有所得，擊鮮忘朝晡②。脱略少年事，呼鷹走韓獹③。治生不求富，教子供讀書。近隨計吏來，一命沾堂除。南歸不徒手，豈計巴與渝④。眼中倚門親，慰浣當何如。瞻烏噪乾鵲，過户縣蟢蛛。竹色動虚牖，秋香滿庭隅。計量到家釀，小槽滴珍珠⑤。江山漢陰國，耆舊稱名都。從今王氏亭，而與吾孟俱。題爲五字詩⑥，稇載樂有餘。路教爲再拜，歸當榜吾廬⑦。

【校】

①「葉」，弘治本同元刊明補本；薈要本、四庫本作「頁」，非是。按：頁，本讀《廣韻》胡結切，用作「書葉」，最早不會早於清代。作「頁」，當爲妄改底本。

②「擊」，弘治本同元刊明補本；薈要本、四庫本作「聲」，形似而誤。

③「獹」，弘治本、薈要本同元刊明補本；四庫本作「盧」，亦可通。按：韓獹，亦作韓盧，《鮑氏戰國策注》卷三《秦策三》：「以秦卒之勇，車騎之多，以當諸侯，譬若放韓盧而逐蹇兔也。」鮑彪注：「韓盧，俊犬名。《博物志》：『韓有黑犬，名盧。』」《廣雅·釋獸》：「韓獹」，王念孫疏證：「《初學記》引《字林》云：『獹，韓良犬也。……獹，通作盧。』」此以泛謂良犬，《稼軒詞》卷二《滿江紅·和廓之雪》：「記少年，駿馬走韓盧，掀東郭。」

④「渝」，弘治本、薈要本、四庫本作「俞」，亦通。按：巴俞，同巴渝。

⑤「小」，弘治本同元刊明補本；薈要本、四庫本作「山」，形似而誤。

⑥「詩」，弘治本同元刊明補本；薈要本、四庫本作「書」，非是。

⑦「榜」，弘治本同元刊明補本；薈要本作「傍」，非；四庫本作「牓」，亦可通。後依此不悉出校記。

陪張右相祭莫司徒忠懿公墓

元貞元年歲乙未夏四月九日①

王城西北郊，有山曰盧師。崗遠見蟠互，野曠欣平夷。我嘗以事來，旋軫思遲遲。匪緣蛇虺靈，不羨風煙奇。有懷德育公，攀附隨潛飛。一朝際風雲，振燿生光輝。我初拜英表，富貴非公誰。内焉龥國助②，上焉兩宫知。孰云恩澤侯，以德中自持。近侍足恭謹，接物餘謙撝。由家化而國，在理乃所宜。及夫司徒公，衍慶尤熙熙。再世保傅功，大書見豐碑。神龍襲九淵，奮起須鱗鬐。伊公漢大横，庚庚隱天機。歷數既有在，大器將安歸。君王自神武，監撫非細微。寶章猶傳璽，啓沃貴知幾。堂堂忠愛心，畫此廟社規。其報宜伊何，子孫保無期。倏欻三十載，山丘兩巍巍。生死固常事，盛衰有足疑。昌黎銘殿監，所以含餘悽。我老自多感，黄鳥聲正悲。駐車不忍去，日下山煙霏。

【校】

①「元年歲乙未夏四月九日」，弘治本同元刊明補本；薈要本、四庫本脱。

②「豳」，弘治本同元刊明補本；薈要本、四庫本作「幽」，形似而誤。

書日者卷後

稔聞日者名，不識詹尹面。共云推未來，符驗如契券。因之求題詠，有學難自衒。郭生序已詳，奚待余眷眷。雖非青囊翁，嘗讀季主傳①。爲憐長沙傅，三策動漢殿。及夫行藏間，而抱不遇怨。絳灌夫何爲，藝能上自羨②。弗思前席夜，有舌不少嗾。況彼倀倀徒，能不逐利轉。正直神所與③，言行士之觀。悔尤兩克寡，禄秩中自辨④。宣尼敞亨衢，天理不吾謾。山人有來問，此語告無緩。庶刳萬有心，一聽三聖斷。

【校】

①「季主傳」，弘治本作「李生博」，形似而誤；薈要本、四庫本作「李生傳」，形似而誤。按：李，季之形誤；生，主之形誤；博，傳之形誤。季主，謂司马季主，詳見《史記》卷一二七《日者列傳》。

②「上」，弘治本同元刊明補本；薈要本、四庫本作「止」，形似而誤。

③「直」，薈要本、四庫本同元刊明補本；弘治本作「真」，形似而誤。

④「辨」，弘治本、薈要本同元刊明補本；四庫本作「辦」，形似而誤。

題張氏先塋記後

禹城張氏先，起跡自農伍。力田與孝悌，內助半賢姥①。夫婦人倫常，松竹表寒苦。柔姿不易立，流離復蘼阻②。隻影攜孤兒，避地韓城隖。飢寒兒不知，採拾治絲縷。訓育至成人，衣食能自取。去著仙人衣③，春風三十許。若將終其身，一室老環堵。天其表媼慈，再世沾煦嫗。蔚爲庶門清，在野不多覩。南薰吹棘夭，衣冠見楚楚。孑然九齡迪，信厚稱幹蠱。或欲以節聞，顧視爲告語。近名道家忌，此事莫予吐。夫家已不幸，在我分當處。里南築幽栖，竹木映庭圃。還我浩浩天，香火湛靈府。晨昏省定際，迪也禮容與。一朝委蜕去，神光照東土。我紬石室書，逸事須世補。國初迄元貞，節義幾人數。豪族易昭晰，里俗多草腐。況保晚節難，往往變所素。猗歟望亭君，雅志遂初舉。凜凜百年間，毫髮不少沮。竟續所天家，時祀苾籩俎。豈唯勵衰俗④，清風激千古。裁文爲歌詩，流詠遍齊魯。

【校】

①「半」，薈要本、四庫本同元刊明補本；弘治本作「生」。

②「囏」，弘治本同元刊明補本；薈要本、四庫本作「艱」，亦通。按：囏、艱，古今字。

③「著」，弘治本同元刊明補本；薈要本、四庫本作「着」，亦通。按：著、着，多可通。後依此不悉出校記。

④「唯」，弘治本同元刊明補本；薈要本、四庫本作「惟」，亦通。按：唯，同惟。後依此不悉出校記。

送張勝非任汝寧府判

汝流漾玉虹，望入東南楚。雲連懸瓠城，形勢見今古。有鄉以龍名，旦評擅諸許。山川氣不易，舊蔡變新汝。名芳土亦馨，理在物爭覩。張生太史屬，三載戰文圃。開朗中有爲，一變至於魯。朝來得新除，破甕起欲舞。踵門來告别，一言求小補①。試將吾已行，聊用勉君舉。吾年四十餘，彈冠判晉府。通宵思闕遺，未明聽衙鼓。上焉事官長，下焉恤民苦②。簿書雜米鹽，塵土與相伍③。抗容不少倦④，公散日常午。任責在人先，見得思義取。爭輸公堂益，不惜寸心吐⑤。堂堂五十城，利病繫區處。心平知所宰，有衆孰敢侮。御史至東濕，未省聽渠主。最憐絳陽獄，五歲閉幽圄。一朝得其情，久旱霈尺雨。當時官府清，至今傳好語。伻來一宴過，蓄縮畏於鼠。正緣中省嚴，經制得其所。後來府無人，所事盡乖忤。官寮自兹壞，政荒歲飢阻。每用誡平生，艾服絜其矩。皇家重師帥，爵禄不輕與。汝寧本寧爾⑥，未用厭勞拊⑦。聲華月旦評，粲粲珠還浦。補缺公與卿，去去力當努。壯心横落日，高歌當梁甫。

【校】

①「求」，弘治本、四庫本同元刊明補本；薈要本作「永」，形似而誤。

②「恤」，弘治本、四庫本作「宿」，聲近而誤；薈要本作「察」，亦可通。

③「與相伍」，弘治本作「與相五」，亦通；薈要本、四庫本作「相與伍」，倒。按：五、伍，古今字。《呂氏春秋》卷一四《必己》：「孟賁過於河，先其五。」高誘注：「先其伍，超過次第也。」陳奇猷校釋：「畢沅曰：『古「伍」字作「五」』。」

④「抗」，薈要本、四庫本同元刊明補本；弘治本作「杭」，亦可通。按：杭，同抗，《禮記·檀弓上》：「天子之棺四重」，孔穎達疏：「唯椁不周，下有茵，上有杭席故也。」阮元《校勘記》：「閩監、毛本杭作抗。」

⑤「心」，弘治本同元刊明補本；薈要本、四庫本作「金」，聲近而誤。

⑥「爾」，弘治本同元刊明補本；薈要本作「汝」；四庫本作「安」，非是。

⑦「拊」，元刊明補本作「推」，非是；據弘治本、薈要本、四庫本改。

壯士吟題郝奉使所書手卷

使節駐淮海，人望兩好熙。宋人足變詐，觀望占成虧。不知破武事，中伏混一機。壯士死則已，不死將有爲。宋琚凛風概，天馬不受羈。拘隔一館間，激之見連雞。事久變乃生[①]，勢去心恫疑。奄奄十六年，慘悴甘湘纍。内閧既首鼠[②]，外侮宜紛披。盛氣屈使降，壯心終不移。睨柱欲碎首，忍見王人微。松嚴操愈厲，草緑秋更萎。蕭爽隱霧豹，脱略觸藩羝。老賊主一殺[③]，幽憤將何施？庭芝一援手，所惜良不貲。兵交使其間，天理或可期。子卿才屬國[④]，所報亦以卑。至今郎山塚，突兀空蟠螭。兩行清汝帖，只有老天知。

【校】

①「變」，元刊明補本作「变」，俗字；據弘治本、薈要本、四庫本、《中州名賢文表》改。

②「閧」，弘治本、《中州名賢文表》同元刊明補本；薈要本、四庫本作「開」，形似而誤。後依此不悉出校記。

③「主」，弘治本、《中州名賢文表》同元刊明補本；薈要本、四庫本作「在」，形似而誤。

④「子」，薈要本、四庫本、《中州名賢文表》同元刊明補本；弘治本作「于」，形似而誤。

送徐平叔還廣平因次其韻

全趙古多士，袨服見吾琛①。我生自有命，其肯枉尺尋。結交半豪右，翔集依雲林。當年平津閣，箕冠明月簪。乘時頗展翼，天高氣橫參。談詩似高適，走翰驚陳琳。忽騎將軍馬，縛賊虎穴深。嚮來三數公，朱絃得遺音。長劍一樽酒，灑落開雄襟。自笑我何有，踵門來載臨。袖攜長沙書，囊乏魯連金。白髮老親健，晚境毛義駸。時清渴明略②，友義多同衾③。躬耕食不足，從仕力儘任。秋風吹易水，游子動歸吟。深藏會有待，莫負平時心。

【校】

①「袨」，元刊明補本、弘治本作「⿰木玄」，薈要本作「⿰礻玄」，四庫本作「炫」，皆形似而誤。按：元代文獻中，從衤之字多有誤作從礻之字者，字從衤、從木亦較難辨別。炫，亦爲「袨」之形誤。「全趙古多士，袨服見吾琛」，語本《漢書》卷五一《鄒陽傳》：「夫全趙之時，武力鼎士袨服叢臺之下者一旦成市，而不能止幽王之湛患。」

②「渴」，弘治本同元刊明補本；薈要本、四庫本作「竭」，非是。

③「友」，弘治本同元刊明補本；薈要本、四庫本作「有」，聲近而誤。

題焦節婦卷後

焦氏有賢女，姿禀與衆殊。既笄樂貧素，出嫁南征夫。一朝聞卧病，尋訪邊之隅。怙恃力眷挽，在妾夫何如。竟能遂初志，扶喪歸里閭。朝昏事蠶織，恭侍舅與姑。百年終孝養，葬祭何勤劬。拊畜兩孤幼，嫁娶禮與俱。孫門固衰謝，賴一貞節扶。夫婦人倫始，因之變時汚。一端青縠信，至死誓不渝。采詩論國風，彤管宜沾濡。誰謂閭閻間，凜此風烈嫋。猗猗谷蘭馨，落落青松孤。豈惟表門閭①，抑備太史書。達卿昧平生，容齋文可娛。美節冠東州，亦用播友于。清風振孤標，讀者宜嘻歔。

【校】

①「閭」，元刊明補本、弘治本、《中州名賢文表》作「闕」，據薈要本、四庫本改。

送許澮齋提舉隆興學校

我初入玉堂，喜識澮齋面①。忠翁兩朝士，極口爲稱羡。子遠東嘉人，文綵金百煉。妙年登巍科，巧宦歷幾遍。風儀聳四筵，目光雙炯電。前年來京師，得遂依劉願。校書天禄閣，音吐見雄辨。長河瀉建瓴，灑灑江左傳。三釜固禄微，一官争鶚薦。行李日羈栖，猶是多士冠。今來得美除②，提舉江西彦。在吴列朝行③，客燕領詞翰。洪都儘經學，文藝業多擅。好將鑄顔手，主善志無倦。習俗與命脈，風雅爲一變。江煙送行舟，瀟灑離亭餞。清吟代驪歌，别思空眷戀。依依鄉國情，去逐南飛鴈。我老歸未得，松菊夢秋澗。衣冠拱清朝，粲焉珠會弁④。自慚老無能，零落秋風扇。君行重感概⑤，黽勉磨鐵硯。長江控高閣，百丈驚井幹。梅花散春妍，蒼煙開禹甸。江山有清眺，風月興不淺。南昌地卑濕，衆流争湊衍。去年水爲灾，孤城江四轉。兒童化魚鱉，萬竈産鼃黽。慨然爲開陳，此事豈小便。一鍤濬東湖，澄江静如練。澮齋素有爲⑥，肯遣空懷卷。

【校】

①「澮」，元刊明補本、弘治本作「淡」，非是；據薈要本、四庫本、《中州名賢文表》改。

②「美」，弘治本、四庫本、《中州名賢文表》同元刊明補本；薈要本作「義」，形似而誤。

③「列」，弘治本、四庫本、《中州名賢文表》同元刊明補本；薈要本作「到」，形似而誤。

④「焉」，元刊明補本、弘治本、《中州名賢文表》作「馬」，形似而誤；據薈要本、四庫本改。

⑤「概」，弘治本、《中州名賢文表》同元刊明補本；薈要本、四庫本作「慨」，亦通。按：概，通慨。後依此不悉出校記。

⑥「澮」，元刊明補本、弘治本、薈要本、四庫本作「淡」，非是；據《中州名賢文表》改。

觀臺鄉劉氏瑞蓮

遥遥觀臺鄉，近接魏西圃。風來紫陌香，臺傾金鳳去。繁華一夕空，風物猶可據。劉君號素侯，林野敞亭宇。貯藏物外春，中有百花隖。池開一泓多，雲錦漲秋渚。亭亭玉井花，十丈冰絲吐①。一茄十三蒻，秀發迺如許。輝映天泉淵，飄灑横塘雨。風流似六郎，澮艷疑静女。高情太極翁，愛玩吐奇語。根植汚泥中，香韻儘容與。褰帷對佳麗，淩波看微步。煙霏動簾櫳，漢女出歌舞。當其爛熳時，固已表雙舉。豈惟見家祥，分秀孕先母。重臺與雙頭，連萼同合跗。封章稱嘉祥，夸者徒媚嫵。由來草木蕃，造物不予侮。氣和物自盛②，事異未之覩。百年霈遺澤，宅相煥圖譜。君家邯鄲望，馬服迺鼻祖。諸郎藉餘慶③，雋拔一何楚。起家漢賢良，接踵泛蕖府。一門集清芬，嬋娟富簪組。爲君續夷堅，作詩劖石鼓。溢陽有石鼓山。

【校】

①「吐」，弘治本作「此」，形似而誤；薈要本、四庫本作「比」，形似而誤。按：吐，形誤爲「此」；此，形誤爲「比」；此、比，與本詩韻不諧。

②「和」，弘治本同元刊明補本；薈要本、四庫本作「蒸」，非是。

③「郎」，弘治本同元刊明補本；薈要本、四庫本作「孫」，非是。

蒲城行

效韋蘇州體示異姓弟喬百順

蒲城今樂郊，兩翁處東西。相別二十年，顏鬢颯以悽。加餐似平時，搭杖矜健移。置酒前拜壽，喜定垂涕洟。擁膝侍終日，念不共提攜。幸有聶與喬，治生事鋤犁。云誰知異姓一作派，孝養日孜孜。雖違心獲安，慰我悠悠思。官書促前去，望入雲林低。

黑山秋霽

我度居庸關①，天峽四十里。巉巉積鐵色，兩勢蒼壁倚。何由剗疊巘，一撮峙燕几。長令幼輿心，喜溢秋壑底。朅來遊京師，訪友棠陰里。入室得兹山，欣躍倒雙履。攜歸坐卧觀，論列忘兩紀。黑山凛冰大②，玉色何粹美。連峰卑高陳，夾嶂蹊逕透。遠勢走脩坂，秋骨濯清泚。絶巔蒼窮盤③，哀壑太妃圯。奇狀出天然，弃墨妄模擬。又如草間虎④，怒伏驚獵箠。昂頭入四顧，徐起妥蒼尾。書生眼孔曠，百見心未已。不爲此孱顔，照映横玉壘。烘香作怪供，揚觶問山鬼。不知天壤間，劖刻此能幾。魁岸狀木假，甲乙弟湖玭⑤。達人有大觀，太華拳石比⑥。曾爲物外誘，沾沾抱徒喜。屹立萬物表，景行世仰止。詩成贈山主，我豈鬱林齒。巖棲未有期，對此聊爾耳。大開致爽軒，拄笏約吾子。

【校】

①「關」，元刊明補本作「開」，形似而誤；據弘治本、薈要本、四庫本改。

②「大」，弘治本、薈要本、四庫本作「尖」。

③「窮」，弘治本同元刊明補本；薈要本、四庫本作「穹」，亦通。按：窮，通穹。蒼窮，本作蒼穹，且蒼窮少用。

④「草」，弘治本同元刊明補本；薈要本、四庫本作「蒼」，非。

⑤「弟」，弘治本同元刊明補本；薈要本、四庫本作「第」，亦通。按：弟、第，古今字。後依此不悉出校記。

「湖」，弘治本、四庫本同元刊明補本；薈要本作「瑚」。

⑥「比」，元刊明補本、弘治本作「厶」，形似而誤；據薈要本、四庫本改。